VOCÊ *acredita* MESMO ~em~ SEGUNDA *chance?*

♥ **FABI SANTINA** ♥

VOCÊ acredita MESMO em SEGUNDA chance?

Copyright © Fabi Santina, 2020
Copyright © Editora Planeta do Brasil, 2020
Todos os direitos reservados.

Preparação: Departamento editorial da Editora Planeta e Maria Luiza Poleti
Revisão: Laura Vecchioli e Mariana Rimoli
Projeto gráfico: Anna Yue
Diagramação: Maria Beatriz Rosa
Capa: Filipa Damião Pinto e Helena Hennemann / Foresti Design

Dados Internacionais de Catalogação na Publicação (CIP)
Angélica Ilacqua CRB-8/7057

Santina, Fabi
  Você acredita mesmo em segunda chance? / Fabi Santina. — São Paulo: Planeta, 2020.
  224 p.

ISBN 978-65-5535-196-5

1. Literatura brasileira I. Título

20-3627   CDD B869

Índices para catálogo sistemático:
1. Literatura brasileira

2020
Todos os direitos desta edição reservados à
Editora Planeta do Brasil Ltda.
Rua Bela Cintra, 986, 4º andar – Consolação
São Paulo – SP – CEP 01415-002
www.planetadelivros.com.br
faleconosco@editoraplaneta.com.br

Dedico este livro a todos que apostaram suas fichas em mim e leram meu primeiro livro, fazendo com que eu me tornasse uma autora best-seller. De verdade, obrigada. Foi uma das maiores conquistas da minha vida. Uma que eu nem imaginava ser possível.

Nota da autora:
As histórias narradas neste livro são verdadeiras e, por esse motivo, os nomes de algumas das pessoas envolvidas foram substituídos para manter preservada a intimidade de cada um.

PREFÁCIO

Quando recebi a oportunidade de escrever o prefácio desta obra, eu não sabia nem por onde começar, pra ser sincero. Achei uma responsabilidade imensa! É muito gratificante quando uma pessoa que você conhece e admira escreve um livro. E ainda mais gostoso quando você vê os *feedbacks* das pessoas que o leram. Eu já ouvi coisas do tipo:

"Que livro maravilhoso!"

"Nossa, se eu soubesse que ler um livro era tão gostoso, teria lido antes!"

"Surreal como me identifiquei com essa história! Eu ri, xinguei, senti raiva, chorei de amor e de alegria!"

"Que livro foi esse, pelo amor de Deus? PERFEITO!"

"Nossa, devorei o livro em algumas horas! Estou indo dormir com os olhos inchados de tanto chorar."

São algumas das mensagens que leio até hoje sobre o livro que antecede a este. O mais gostoso de tudo isso é quando você tem um carinho imenso pela escritora. Quando você sabe quanto ela se dedicou para escrever capítulo por capítulo, nos mínimos detalhes e com um cuidado enorme.

Nós até chegamos a viver dias mais distantes, eu diria, tamanho envolvimento com a história, porque, quando ela estava escrevendo um capítulo mais "tenso", as emoções voltavam à tona e, sim, ela não queria nem conversar comigo naquele dia… pelo contrário, quase rolavam umas brigas!

Imagine poder ver de perto toda essa dedicação e cuidado na escolha de cada palavra, para deixar do jeitinho que ela queria, para fazer com que você, que está prestes a iniciar esta leitura, sinta, imagine e pense o mais próximo possível do que ela mesma sentiu, viu e pensou no momento exato em que viveu tudo que está escrito aqui.

Sem dúvida, eu só tenho a agradecer por tudo que passamos juntos até hoje. Essa menina que eu conheci, hoje uma mulher, é muito dedicada em tudo que faz.

Se você resolveu comprar este livro ou ganhou de presente, parabéns! Além de uma história muito bem escrita te aguardar, tem um ponto principal que você pode levar como exemplo para a sua vida. Tenho certeza de que em algum momento você vai comemorar com algum personagem e vai sorrir durante a leitura. Sei que terá uma expressão do tipo: "Uau! Como assim?", e também vai falar para aquele personagem: "Bem feito! Tooomaaa! Isso aí, Fabiana!".

Sei que você vai sentir todas essas emoções porque eu tive o privilégio de ler este livro antes de ele ser publicado. E, para ser sincero, eu quase pensei em "embargar" (não autorizar) essa obra. Agora você deve estar se perguntando: "Mas por que você chegou a pensar isso?". Parece contraditório, né?

Tem só uma maneira de você entender... Tenha uma ótima leitura!

Aproveite, divirta-se e faça desta leitura um momento gostoso do seu dia!

Um abraço daquele personagem que despertou algum tipo de sensação, boa ou ruim, em você durante o primeiro livro... Ele mesmo, ou melhor, eu mesmo: Leandro Munhós. Hoje, fico mais tranquilo de me apresentar aqui pra você, mesmo porque estamos no segundo livro. Talvez no primeiro pudesse ter sido muito arriscado, mas sempre procuro manter essa distância segura por precaução, você aqui lendo o livro e eu provavelmente em casa, em segurança.

PRÓLOGO

Mas que afetam... ah se afetam!
Do que você está falando, Fabiana?
Oras, das redes sociais, da internet, da interação com as pessoas de todos os lugares e de lugar nenhum a todo momento. Sou do tempo em que não existiam computadores e, de repente, eles passaram a existir. Não existia internet, e logo ela também começou a existir – cara, de difícil acesso, discada e tudo mais. Até que ela ficou mais rápida e "todos" passaram a ter acesso a ela. Depois vieram os celulares, as redes sociais, os aplicativos, e de repente me vi no meio de tudo isso. E quando digo no meio de tudo isso, quero dizer no meio *mesmo*, pois eu trabalho com internet, com redes sociais. Como fui parar aí? Pois é, longa história... Tá, não é tão longa assim.

Minha irmã Nina, que é um ano mais nova do que eu, sempre foi apaixonada por maquiagem. Vaidosa, amava passar batom vermelho desde pequena. Depois, ela foi aprendendo a usar cada vez mais produtos e a testar coisas novas. Aí veio a internet, com vídeos e textos sobre novos produtos, como usá-los, e por aí vai. Se você é da nova geração, isso tudo pode parecer bizarro, mas é sério. Não existia a infinidade de conteúdo que existe disponível hoje e nem era fácil de pesquisar.

Fabiana, já está sofrendo com crise de idade? Tudo bem que você já começou a fazer botox, mas pera lá, o espírito jovem é o que conta!

Quando fiz meu intercâmbio na Austrália, eu tinha apenas dezesseis anos, e ela, quinze. Tínhamos uma amizade muito forte, éramos muito próximas, e, com a minha ausência em casa e o tempo livre depois da escola, ela começou a se aventurar fazendo vídeos de automaquiagem no YouTube. Tudo em segredo, acho que daí surgiu seu nome "artístico", Niina Secrets, que perdura até hoje. Eu mesma não sabia na época, ela fez escondido, porque era muito tímida e morria de vergonha dos amigos e de todo mundo. Quando pequena, ela era tão tímida que, se precisava falar alguma coisa na escola, tinham que me chamar na sala de aula para ela falar pra mim o que queria, pois ela não falava com mais ninguém.

Quando eu voltei pra casa, seis meses depois, por acidente descobri que ela estava publicando vídeos de maquiagem e, apesar da timidez, estava se saindo superbem! Não contei que eu havia descoberto logo de cara, fiquei com medo de ela ficar brava, se afastar ou quem sabe até parar de fazer os vídeos. Mas com jeitinho eu falei que tinha visto um vídeo dela, que tinha gostado bastante e que eu poderia ajudá-la com a edição, pois na Austrália eu havia aprendido a mexer um pouco em um programa de edição de vídeo, o que para a época era muita coisa.

Então, meu primeiro envolvimento "trabalhando" com a internet foi assim, ajudando a minha irmã na edição de seus vídeos, e aos poucos ela foi perdendo a timidez e gravando com mais frequência e confiança. Na época, o YouTube não era como é hoje, acho que já falei isso, mas é importante deixar claro que não existia a quantidade de vídeos que existem hoje, as produções não eram de superqualidade, ninguém se preocupava tanto com câmera, luz, edição e cenário. As pessoas apenas faziam e as outras assistiam e interagiam. Então, a Nina começou a mostrar mais da sua vida pessoal, da nossa família e me chamava para participar de uns vídeos de vez em quando por pura brincadeira, pois era o que considerávamos na época: brincadeira.

Decidi, então, criar um blog chamado Crie Moda. No primeiro momento para falar sobre moda, mas depois comecei a falar sobre tudo. Sempre fui melhor com palavras escritas (ou digitadas) do que faladas. O blog cresceu muito rápido, até me assustei com a quantidade de visitas que a página tinha logo no começo. Hoje, infelizmente, as pessoas não leem mais o quanto liam na época, ou não têm mais tempo, porque os vídeos tomaram conta. O meu blog ainda existe, na verdade virou um site e mudou de nome, hoje tem o meu nome, Fabi Santina. Mas não tem mais textos e textos, é apenas um espaço meu, onde replico o conteúdo das minhas outras redes.

Com o blog em crescimento e algumas aparições no canal da minha irmã, o público dela – que devia ser cerca de cem mil seguidores, o que já era muito para a época, algo que nós não conseguíamos mensurar – começou a pedir que eu criasse meu próprio canal e gravasse vídeos também. Mas eu? Sobre o quê? Nunca fui superapaixonada por maquiagem. Até os catorze anos, nem gostava de pintar as unhas. Claro que eu já estava melhorando nesse quesito, um pouco por conta da adolescência e muito por ajuda da minha irmã. Mas, ainda assim, do que eu falaria?

Quando finalmente criei a coragem, se é assim que posso expressar o que eu sentia na época, de criar meu canal no YouTube (Fabi Santina), eu já estava na faculdade de Publicidade. Fiz por brincadeira, e meu primeiro vídeo ficou... como posso dizer? UM DESASTRE! *Que exagero, Fabiana.* Tá, não é tão ruim assim, mas eu estava supertímida, megatravada na frente da câmera e da minha irmã, que me ajudou a gravar. Foi tão difícil que a Nina pegou todos os meus erros de gravação, que foram muitos, e fez um vídeo só disso para o canal dela. Como é bom rir da cara dos outros, né?

Enfim, com o tempo eu fui pegando o jeito. E não muito tempo depois, isso virou um trabalho para nós duas, o que foi uma surpresa. Hoje, muitas pessoas querem ou sonham se tornar youtuber, blogueira ou *digital influencer* (atualmente existem tantos nomes) para ganhar dinheiro com a internet; naquela época – sim, eu falo "naquela época" porque isso foi entre 2012 e 2013 –, não se sabia que era possível ser remunerado por isso, e muito menos imaginávamos que o que fazíamos viraria uma profissão, a nossa profissão.

Tá, tá, tá. Mas por que eu estou contando tudo isso para você, caro leitor? Afinal, este livro não fala sobre carreira, profissão, tecnologia ou coisas do tipo, este livro fala sobre amor, um amor que existiu, que foi forte, que foi lindo, mas que se desgastou, machucou e acabou. Tá, sinceramente não acabou, no fundo eu ainda sentia o amor, com mais um mix de outros sentimentos bem diferentes, mas o relacionamento, sim, tinha acabado, e pelo que parecia era definitivo.

Eu já havia passado pela fase do choro, do fundo do poço, da sensação de fim do mundo, e já havia superado, tinha conseguido enxergar a luz no fim do túnel e corri até ela. Não estava 100% recuperada do fim do relacionamento, claro que não, isso não é uma coisa fácil de superar. Mas eu já estava bem, pelo menos ao meu ver, em poucos dias havia parado de chorar e decidido seguir com a minha vida.

Mas é aí que entra o "porém". Como eu trabalhava com internet, expunha muito da minha vida pessoal nos vídeos e fotos que publicava. Ou seja, meu público, que pode até ser você que está lendo este livro agora, sabia da existência do meu namorado. *Corrige isso, Fabiana, naquele momento era ex-namorado.* Sim, todo mundo que me acompanhava na época conhecia o Leandro, sabia quem ele era e sabia do nosso relacionamento, ou pelo menos do lado bonito que eu expunha do relacionamento. Não estou dizendo aqui que eu sou falsa nas redes sociais, só para deixar claro; assim como a maioria das pessoas, eu só mostrava as coisas boas e bonitas da minha vida. Hoje em dia mostro mais que isso, tento mostrar o mais real possível, mas no fundo, no fundo, ninguém sabe o que realmente se passa na vida, na mente e no coração do outro.

Dias depois do término, houve uma conversa para resolver "pendências", no primeiro livro contei sobre esse dia em detalhes, me dá nervoso só de lembrar. Naquele dia, ele me perguntou: "Eu sei que você pediu para não mudar nada nas redes sociais por conta do seu trabalho e tudo mais. Mas até quando nós vamos prolongar essa mentira?". Meu sangue ferveu, e ferveu muito. Na hora eu só conseguia sentir a raiva passando pelas minhas veias, então eu disse: "Pode tirar tudo das suas redes sociais. Foto, status, tudo. MAS TIRA HOJE!". Resolvemos mais algumas questões, e ele foi embora da minha casa. Só haviam se passado cinco dias desde que tínhamos terminado, eu ainda estava processando as coisas, mas sou taurina (sim, eu gosto de assuntos de signos), e não gosto de deixar barato. Ele conseguiu me irritar, me tirar do eixo, e eu queria deixar claro para ele que eu falava sério. Então, talvez sem pensar nas consequências, peguei meu celular e apaguei todas as nossas fotos de casal do meu Instagram, tirei do ar os vídeos dos quais ele participava e mudei meu status de "namorando" para oculto. PRONTO! Agora era oficial. Ele demorou quase um mês para fazer o mesmo, o que me deixou ainda mais revoltada, porque a minha palavra tinha sido verdadeira.

Eu só não previ que meus seguidores seriam tão rápidos em desconfiar que nós havíamos terminado com o simples fato de algumas fotos do Instagram terem sido deletadas.

Claro que eu sabia que uma hora isso ia acontecer, só não pensei que seria tão rápido, quase instantâneo, e eu ainda não estava preparada para reagir a isso pela primeira vez na minha vida. Se já era difícil explicar a situação para mim mesma, para minha família e meus amigos, imagina para os meus fãs, que só sabiam o lado florido da realidade que eu estava vivendo nos últimos meses? Até hoje eu tenho vídeos daquela época, enquanto ainda namorava, mas já vivia à beira do precipício, e nesses vídeos você não percebe que algo está acontecendo, que eu não estava realmente feliz e que meu namoro, na verdade, estava por um fio. Como eu já disse e repito, eu não estava sendo falsa, eu só estava mostrando a minha melhor versão, o melhor da minha vida e o que eu queria acreditar que ela era.

Eu tinha vinte anos e vivia o primeiro grande amor e a primeira desilusão amorosa. Claramente, um desastre eminente e pouca noção de que caminho seguir. Hoje eu vejo que era nova demais, insegura demais; por outro lado, hoje eu enxergo que passar por tudo isso me tornou mais forte.

Em poucos dias, os únicos comentários que existiam nas minhas redes eram: "Você e o Leandro terminaram?", "Não está mais namorando?", "Por que deletou as fotos do namorado?" e coisas do gênero. Como reagir? Responder? Não responder? Fingir que nada aconteceu? Sumir? Eu realmente não sabia qual era a melhor opção, não existe um manual de como agir nessas situações, mas eu tinha que fazer alguma coisa. Então decidi gravar um vídeo breve, rápido, falando sobre três assuntos:

1. Por que eu andava sumida das redes. E expliquei que tinha me dedicado a trabalhos e estudos da faculdade, por isso havia conseguido antecipar as minhas férias, o que não era mentira, mas também não era 100% verdade. Eu também estava lidando com meus fantasmas internos, mesmo antes de terminar, e, depois disso, não conseguiria simplesmente gravar algo sem deixar transparecer o inferno que eu estava vivendo nos últimos tempos.

2. Eu estava solteira, sim. Contei às pessoas que o motivo de eu ter apagado as fotos com o namorado era realmente porque nós havíamos terminado o relacionamento. Disse que não entraria em detalhes nem daria explicações, pois era algo pessoal, porém queria deixar claro que havíamos terminado.
3. Viagem para Nova York. Contei que eu e a minha irmã Nina iríamos para NY comemorar nosso aniversário, falei que nós duas íamos vlogar (fazer vídeos da viagem) e que eu estava indo naquele mesmo dia em que o vídeo estava sendo publicado.

E foi assim que eu resolvi essa questão da era moderna do fim do relacionamento × exposição na internet. Ou pelo menos achei que tivesse resolvido, mas nada é fácil como a gente gostaria que fosse. Fui ingênua? Claro que fui, achei que um vídeo com poucas informações e frases diretas fosse suficiente para resolver tudo, mas mais pra frente eu iria perceber que o meu problema na internet estava só começando...

CAPÍTULO 1

QUANDO A MINHA *bolha* ESTOUROU, TUDO PARECIA TER MAIS *intensidade*

VIAJAR! Para muitos é um *hobbie*, mas pra mim é mais do que isso, é uma paixão. Conhecer lugares novos, outras culturas, experimentar novas experiências, sair da rotina e se aventurar. Aprendi a gostar cada vez mais e mais de viajar. Eu estava dentro de um avião rumo a Nova York, mas não era só mais uma viagem ou uma aventura qualquer. Pela primeira vez em muito tempo, eu me sentia livre e com o desejo de viver a vida da minha maneira. Eu estava sozinha? Não! Estava muito bem acompanhada pela minha irmã Nina.

Era maio de 2014, mês do nosso aniversário. Sim, fazemos aniversário no mesmo mês, as duas taurinas, mas não somos gêmeas, eu sou um ano mais velha, apesar de em muitos momentos ela ser a minha conselheira. Acho que a vida toda nós fomos o apoio e a sustentação uma da outra. Inclusive, nós temos uma tatuagem para representar nossa amizade e nosso amor de irmãs. Fizemos um coração vermelho no dedo mindinho da mão direita, assim, quando damos os dedinhos, em promessa de amizade, os corações se encontram. Até hoje eu acho difícil de explicar nossa amizade, porque vai muito além disso, muito além do amor de irmãs, é uma conexão e um amor muito grande. Ou seja, não existia pessoa melhor para viajar comigo naquele momento.

Era hora de decolar! Celulares em modo avião, cinto apertado, olhos na janela e coração disparado. Sei que para muitos esse é um momento de muita tensão, para mim também é, só que uma tensão boa, uma adrenalina, uma sensação de que vem aventura pela frente. *Que louca, Fabiana, gostar de aventura é uma coisa, frio na barriga nem sempre quer dizer coisa boa.* Sim, mas nesse caso era uma mistura de sentimentos e sensações: eu estava solteira pela primeira vez em anos. Apesar de parecer algo ruim, eu estava feliz. Além disso, estava com a minha irmã, que sempre foi a minha melhor amiga, claro que nós já tivemos nossos desentendimentos, o que faz parte e acredito ser supernormal numa relação de amizade.

Durante a viagem, não consegui descansar direito de tanta coisa que passava pela minha cabeça: faltavam poucos dias para o meu aniversário de vinte e um anos, apenas algumas horas para aterrissar em Nova York, tantos lugares para visitar, coisas para conhecer, comidas para experimentar. Não era a minha primeira vez na cidade, nem é meu lugar favorito no mundo, mas acredito que era o lugar aonde eu precisava ir e que eu precisava explorar naquele momento, uma cidade onde tudo acontece, mas ninguém te "julga". A Nina já havia morado lá, fez um intercâmbio de quatro meses e conheceu bem a cidade, os pontos não tão turísticos, mas megadescolados, e estávamos dispostas a nos divertir.

O avião pousou e outra sensação me invadiu, confesso que gosto mais da decolagem do que do pouso. Estávamos em solo americano, mais alguns detalhes e estaríamos prontas para começar a nossa aventura. E foi uma aventura desde o começo, éramos nós duas e quatro malas enormes. Pegamos o metrô no aeroporto mesmo, rumo ao nosso hotel, que ficava pertinho da Broadway. Quando chegamos ao hotel, era só risada: os corredores pareciam assombrados, pouco iluminados, tipo o Hotel Transilvânia. E, pra melhorar, a Nina sempre foi supermedrosa, mais que isso, cagona mesmo, pra tudo que envolve filmes de terror, fantasma, escuro, ETs, dinossauros, SIM… dinossauros!

Depois que nos instalamos no quarto, malas abertas, banho tomado, maquiagem refeita, estávamos prontas para curtir o primeiro dia de viagem. Mesmo cansadas, não íamos perder tempo dormindo, porque em Nova York você dorme em dólar, né? *Ai, Fabiana, como você é!* No primeiro dia, a diversão foi garantida, acho que não tinha como ser diferente… nos perdemos pelas ruas de NY, fizemos comprinhas, comemos besteira e, quando o cansaço realmente bateu, voltamos para o hotel para dar uma recuperada nas energias, largamos as sacolas no chão e nosso corpo na cama.

Eu lembro que eu estava muito agarrada na Nina, tipo grudinho mesmo. Faltavam horas para o meu aniversário e naquele momento eu só queria estar com ela e mais ninguém. Quando finalmente criamos coragem, trocamos de roupa, retocamos a maquiagem de novo e fomos para a famosa Times Square. Já havíamos passeado por diversos lugares de NY naquele dia, mas nenhum tem a energia que a Times tem. Ali, você se sente dentro de um filme, parece outro mundo, cheio de *outdoors* iluminados, lojas, turistas, atrações de rua. Chega a ser tão iluminado que às vezes parece dia, mesmo à noite.

A Nina diz que quem é de NY normalmente não vai pra Times, por ser muito lotada e cheia de turistas, mas nós éramos turistas, então estávamos lá. Entramos em diversas lojas, tiramos fotos, vimos um *outdoor* enorme da Gisele Bündchen, e me lembro de ter sentido orgulho de ver uma brasileira que conquistou seu lugar no mundo. Um dia chegarei lá, não necessariamente na Times, mas conquistando o meu lugar no mundo.

Quando a fome bateu, fomos jantar no Hard Rock Café, pedimos umas batatinhas e um lanche pra cada. Eu pedi um drink, faltavam horas para eu ter vinte e um anos, então a mulher do restaurante deixou passar, porque nos Estados Unidos você tem que ter vinte e um ou mais para poder tomar bebida alcoólica. Tomei um drink, um só, mas foi o suficiente para me deixar alegrinha, ainda mais devido às circunstâncias todas. Eu já estava alegre, a bebida só potencializou um pouco isso. Mas logo pegamos o metrô e voltamos para o hotel, afinal, no dia seguinte, tínhamos muitos lugares para ir e era meu aniversário.

Acordei um ano mais velha, mas não senti diferença nenhuma, apenas um cansaço que eu sabia que não tinha nada a ver com a idade, e sim com o *jetlag* (que é quando o relógio biológico do corpo está fora de sincronia, por conta de um novo fuso-horário). Assim que acordei, já havia várias mensagens de parabéns de amigas, dos meus pais, da minha vovó e mais algumas pessoas. As minhas redes também já estavam cheias de mensagens dos meus seguidores me parabenizando pelo meu aniversário e, é claro, perguntando detalhes sobre a minha recente separação. Por quê? Eu meio que havia esquecido o assunto por pouco mais de um dia, por que tinham que me lembrar disso?

Eu entendi a curiosidade das pessoas, e naquele momento havia ficado óbvio pra mim que apenas aquele vídeo falando que eu estava solteira não seria suficiente para que compreendessem o que havia rolado nem para pôr um ponto-final nessa história. Esse "ponto-final" virtual estava longe de acontecer, mas eu não sabia como lidar com isso, afinal, eu não sabia nem como lidar com os meus sentimentos sobre o fim do relacionamento.

Aí foi um caminho sem volta, não teve como minha cabeça não se encher de pensamentos. O que será que ele estava fazendo? Será que ia me dar parabéns? Será que estava pensando em mim? Será que ele tinha visto que eu não fiz a festa que falei que ia fazer e estava em Nova York? Será que ele viu que eu tô bem? Eu tô bem mesmo? Eu quero que ele me mande parabéns? Pra quê? *Para, Fabiana, hoje é seu dia, vai curtir!* Eu sabia, mas não teve como a minha cabeça não fazer esse rebuliço todo em apenas alguns segundos. Eu sou assim.

A Nina acordou, levantou e começou a se arrumar, então larguei meu celular e meus pensamentos e fiz o mesmo, afinal, era meu aniversário, motivo de comemoração e não de chateação. Saímos do hotel arrumadas, pelo menos na época eu achei que estava linda, mas olhando os vídeos hoje eu me pergunto: *por que usar essa calça toda colorida, Fabiana? POR QUÊ?* Mas, detalhes à parte, saímos pelas ruas com uma excitação estampada em nosso rosto, acho que já estávamos mais descansadas do que no dia anterior, sentimos a brisa fria da cidade tocando nossa pele ao mesmo tempo que o calor gostosinho da primavera nos aquecia e reconfortava.

A cidade estava movimentada como sempre, com seu ritmo acelerado que só metrópoles têm, flores coloridas por todo lugar, turistas com suas câmeras tirando fotos de tudo, pessoas estilosas com seus cafés nas mãos, atravessando a rua, executivos com suas pastas, pessoas estranhas e tudo junto e misturado em um único lugar. E no meio de tudo isso estávamos nós, mais uma vez perdidas, tentando descobrir para que lado devíamos seguir para chegar até a hamburgueria onde queríamos almoçar.

Eu amo hambúrguer, acho que é uma das minhas comidas favoritas no mundo. Não sei dizer qual é a favorita, a número um; sou taurina, uma das coisas que mais gosto de fazer é comer! Comer coisas gostosas me faz feliz, e comer hambúrguer no meu aniversário com certeza me deixava muito feliz. A Nina sabia disso, afinal ela é minha irmã e também é taurina, então fomos ao Shake Shack, onde ela considerava ter o melhor hambúrguer que ela já havia comido na vida. Era realmente muito bom, muito saboroso e me fez feliz.

Depois do almoço, passamos o dia visitando várias lojas no Soho, que é um bairro famoso para quem ama fazer compras; fizemos algumas comprinhas, é obvio, e, quando as sacolas já pesavam demais, achamos que era hora de voltar para o hotel, afinal era fim de tarde. Pegamos o metrô, que é outra coisa muito peculiar da cidade – além de você encontrar todo tipo de gente, você encontra artistas de rua tocando violão, violino, trompete, cantando e coisas assim, algo que você só vê no subterrâneo de Nova York.

Chegamos ao hotel e comecei a pensar na roupa que usaria para sair para jantar, afinal, era meu dia e eu queria me sentir fabulosa. Comecei a mexer na mala, não consegui decidir muita coisa, então aproveitei a internet do hotel para dar uma checada nas mensagens de aniversário que eu havia recebido. Quando abri o Facebook, percebi uma notificação, uma no meio de centenas, que fez meu coração disparar: "Leandro te enviou uma mensagem". Abrir ou não? *Fabiana, para de querer fazer suspense, você é supercuriosa, é obvio que vai abrir a mensagem!* Sim, eu sabia que eu não ia resistir, mas não sabia se estava preparada para ler o que ele tinha mandado, independentemente do que fosse.

Abri e li. Li de novo e mais uma vez só para ter certeza de que eu não tinha lido errado. Não podia ser verdade. Como ele teve a cara de pau, a pachorra de mandar aquilo? Não sei bem o que eu queria que ele tivesse mandado, acho que se fosse eu no lugar dele nem teria enviado nada, sei lá. Mas lá estava, na tela do meu celular, uma mensagem curta e breve do meu ex, dizendo:

> Oi, Fabi! Parabéns pra você neste seu dia! Muitas felicidades e tudo de bom para você e sua família! Que consiga conquistar tudo aquilo que deseja... Beijos.

FALA SÉRIO! Pra mim, isso era mais uma mensagem de médico ou dentista que te manda parabéns por educação do que de alguém que já te amou. O que eu esperava? Nem eu sei, mas acho que eu preferia que ele não tivesse mandado nada. Fiquei irada, minha respiração ficou acelerada, eu não estava acreditando naquilo, queria mandar textos e textos xingando ele, mas preferi não me "rebaixar" e só mandei: "👍".

A Nina logo percebeu minha agitação, não tinha como não perceber, eu estava vermelha, sentia que meu rosto estava pegando fogo, por dentro era uma mistura de raiva e tristeza, acho que esperava mais, sendo que o certo era não esperar nada!

— Que foi, Fabi? — ela perguntou assim que me viu encarando o celular com a respiração ofegante como de quem estava correndo uma maratona.

— O Leandro... — falei sem pensar e sem saber como explicar. Naquele momento eu já sabia que ia levar um sermão e com razão.

— O que ele fez agora? — ela perguntou meio irritada.

— Ele mandou uma mensagem de parabéns pra mim no Facebook — eu disse emburrada.

— Tá. É o mínimo. Mas o que tem? — ela disse com uma cara de quem não estava entendendo o problema.

— Olha aqui a mensagem que ele me mandou. — Dei o celular para ela. — Parece mensagem de médico, fria, seca. Desejo tudo de bom pra você e pra sua família? É meu aniversário, o que minha família tem a ver com isso? — falei tudo numa respiração só, praticamente vomitei os pensamentos que estavam martelando na minha cabeça.

— Fabiana, você não vai deixar isso atrapalhar seu aniversário, né? Para, ignora. Não deveria nem ter respondido.

Eu duvido que, se fosse com ela, ela não teria respondido. Mas em uma coisa ela tinha razão, eu não podia deixar aquilo estragar meu dia. E ela concluiu:

— Vamos nos trocar pra sair.

E foi isso que fizemos. Finalmente consegui escolher minha roupa, me troquei, retoquei a make e passei um batom pink. Tá, até aí nada demais, certo? Mas e se eu te contar que eu tive nojo de batom a minha vida toda? Um nojo incontrolável, tipo uma fobia, mesmo?! Sabe, igual quem tem medo de aranha e fica paralisado quando vê uma? Eu era assim, só que com batom. Não usava de jeito NENHUM! Quando era obrigada a usar, ou quando algum maquiador passava em mim, eu ficava com a boca imóvel, com cara de nojo, como se fosse uma gosma contagiosa, falava estranho e na primeira oportunidade limpava. Era assim com qualquer cor, tipo de batom, gloss, hidratante. E o meu problema não era só de passar, eu detestava – *ainda detesta, né, Fabiana, conta em off essa parte* – quando alguém me beijava no rosto com batom ou bebia no meu copo e deixava marca de batom. Me arrepia a espinha só de imaginar a cena. Eu limpava na hora, na frente da pessoa, trocava de copo, parava de beber. Isso melhorou um pouco hoje, mas só um pouco. E por que raios eu decidi usar batom pink no meu aniversário?

Acho que toda essa liberdade que a minha vida havia ganhado fazia poucos dias tinha mexido muito comigo em vários sentidos, eu agora queria viver tudo que havia deixado de viver, não necessariamente porque o Leandro me impedia, e sim porque eu não me sentia merecedora ou até mesmo suficiente para fazer várias coisas. Fazia muito tempo que eu não me achava linda. Claro que havia momentos em que eu me olhava no espelho e gostava do que via, mas na maior parte do tempo o que eu via era uma menina querendo ser algo que ela não era para agradar os outros. Tá certo, isso? Claro que não, nós temos que fazer as pazes com o espelho, por mais que algumas coisas nos incomodem, mas nem por isso podemos deixar de nos amar, nos acharmos lindas, lindas com nossas dobrinhas a mais ou a menos, cabelos lisos ou crespos, cicatrizes, marcas que a vida nos deu, genética que veio de brinde e coisas assim. Eu fui percebendo isso, fui me redescobrindo, e aos poucos passando a gostar mais e mais da Fabi ou das Fabis (porque a cada dia podemos ser de um jeito) que via no espelho.

E parte dessa redescoberta foi me arriscar a usar batom, coisa que eu não fazia porque tinha nojo e me achava feia usando. Então, mesmo com nojo, eu decidi encarar, passei um batom pink que havia comprado naquele mesmo dia, e escolhi um batom mate, pois sentiria menos a sensação de que havia um produto na minha boca. E funcionou, ele era bem sequinho e consegui não ficar pensando nele o tempo todo nem ficar com a boca paralisada, como se tivesse aplicado botox. E adivinha? Me achei linda! Me senti linda! Eu estava linda! E foi uma sensação incrível, como se um poder escondido crescesse dentro de mim pelo simples fato de eu ter usado um batom pink.

Para comemorar meu aniversário, fomos jantar em um restaurante italiano na Times Square. Não bastando a quantidade de comida que comemos, saímos de lá em busca de uma sobremesa. Antes de fazer essa viagem, eu já sabia aonde queria ir para comer um bolo de aniversário: no Cake Boss! Na época, eu era superfã da série e sabia que eles tinham aberto uma unidade em NY, pertinho de onde estávamos. A Nina, que era fã como eu, endossou a ideia, e fomos até lá. Confesso que nos divertimos muito com a experiência, mas o gosto dos doces deixou a desejar, o doce americano é bem diferente do brasileiro. Mas tudo bem, sem crise, eu tinha realizado a vontade de conhecer o lugar.

O dia seguinte foi muito divertido: primeiro fomos a uma feirinha de comida, depois passeamos pelo bairro onde a Nina morou e até fomos à porta do prédio dela, depois fomos ao Bryant Park, que é um parque superpequeno comparado ao Central Park, quase uma grande praça arborizada no meio dos arranha-céus. Lindo, lotado de pessoas sentadas na grama, algumas na sombra e outras no sol, havia também algumas cadeiras, e assim que chegamos já fomos juntando o maior número de cadeiras vazias possíveis. Por quê? Porque nós havíamos anunciado para as nossas fãs que faríamos um encontrinho naquele domingo, no Bryant Park em NY, para as brasileiras que morassem lá ou que só estivessem passeando, assim como nós.

Sinceramente, eu não esperava que fossem mais do que cinco pessoas, mas foi chegando uma menina, depois outra, depois um grupinho que estudava junto, algumas estavam acompanhadas pela mãe ou pelo namorado, e o número de pessoas na nossa rodinha foi aumentando cada vez mais. Eu acho que éramos vinte e poucas pessoas reunidas, muito mais do que eu esperava, o que me deixou muito feliz, porque reunir essa quantidade de pessoas que nos acompanhava fora do país era uma coisa que nunca havia passado pela minha cabeça. Antes de as pessoas começarem a aparecer, eu me perguntava: "Será que vem alguém?", "E se não vier ninguém?". Eu estava com medo, um medo real que tenho até hoje. Toda vez que faço eventos desse tipo, sempre me pergunto por que alguém iria me ver. *Opa, Fabiana, encontramos aí um ponto a ser trabalhado, hein?*

Com todas as meninas sentadas em círculo, pudemos conversar, responder a perguntas e curiosidades, conhecer mais de cada uma que estava ali, e foi muito legal! Um momento entre amigas, sabe? Tinha um grupinho de meninas que estava fazendo faculdade lá, tinha uma menina que era modelo e estava trabalhando em NY (hoje é uma superatriz global, fico superorgulhosa quando a vejo conquistando seu espaço), havia algumas que estavam passeando com a família ou os amigos e tiraram algumas horinhas do dia para estar ali com a gente. Foi muito especial, a conversa foi sem barreiras, como se já nos conhecêssemos há anos. Claro que a minha recém-chegada à vida de solteira foi um dos tópicos da conversa; não entrei em detalhes sobre o término, ainda era muito recente pra mim, mas não perdi a oportunidade.

— Meninas, vocês que moram aqui, tem alguma balada legal pra indicar pra gente? — perguntei animada.

— Olha, tem algumas, mas quando você quer ir? — respondeu uma delas.

— Acho que hoje não dá, mas amanhã rola — falei com esperança na voz.

— É, amanhã é segunda, temos que ver o que vai estar aberto, mas sempre tem alguma coisa legal rolando — respondeu outra menina, pensativa.

— Ué, essa é ou não é a cidade que nunca dorme? — perguntei, rindo da minha própria piada.

— Sim, mas não são todas que abrem na segunda-feira. E você, Nina, vai também?

— Ah não, não tenho 21 ainda, né? — ela respondeu sem parecer chateada com o fato de que não poderia ir para a balada.

Conversamos mais um pouco, trocamos nossos números de telefone para que pudéssemos combinar de nos encontrar no dia seguinte e ir para a balada. Algumas meninas não iriam também, ou por não terem idade ou por terem outros compromissos e coisas assim. Mas eu encontrei um grupo de cinco meninas que estavam animadas como eu para viver esse momento, e, como elas moravam lá há alguns meses, deixei que elas resolvessem tudo.

Depois de muito papo e conversa no parque, algumas meninas já haviam ido embora, nós continuávamos lá e a fome começou a surgir. Então decidimos ir jantar com a galera, foi superdivertido e um fim de noite muito gostoso. Depois disso, fomos para o hotel, e eu só conseguia pensar na balada do dia seguinte. Eu ia beijar alguém? *Calma, Fabiana, você acabou de ficar solteira, não precisa ir com tanta sede ao pote.*

Eu sei, mas eu não sabia o que era isso havia mais de três anos, será que eu estava pronta para paquerar e cair na pista? Só ia descobrir testando.

E a segunda-feira começou, era uma manhã geladinha em NY, fomos tomar café em uma cupcakeria, depois passeamos pelo Central Park, que é outro lugar da cidade que te faz se sentir dentro de um filme, vimos pessoas passeando com seus cachorrinhos, o que me fez sentir muita saudade da Amora, que estava sendo muito bem-cuidada na casa da minha mãe, com nossos outros cachorros, mas eu a queria dormindo comigo na cama. Fizemos algumas compras, almoçamos pizza e fomos a algumas lojas de decoração, porque eu ainda estava terminando de decorar meu apê. Voltamos para o hotel carregadas de sacolas e eu comecei a me arrumar para a balada. Sim, a ideia continuava de pé.

Coloquei uma saia preta com pérolas, uma camiseta preta e sapatilha, fiz uma make com glitter dourado, afinal eu estava a fim de ser notada. Eu ainda estava me arrumando no hotel, mas meu estômago já estava revirado. Quanta expectativa, quantos pensamentos passavam pela minha cabeça... mas de modo geral eu estava animada e disposta a entrar de cabeça para o mundo das solteiras.

Ainda era cedo, então a Nina e eu fomos jantar com uma amiga, comemos um hambúrguer e uma megasobremesa, nem parecia que meu estômago estava revirado, porque consegui comer com tranquilidade. Depois, a Nina foi comigo de metrô até a porta da balada, afinal ela era melhor com a localização de Nova York do que eu, e eu não queria chegar sozinha. As meninas já estavam me esperando, sentadas em um banquinho, todas arrumadas e de preto também, parecia até que havíamos combinado. A Nina se despediu, e aí o meu medo aumentou, porque eu queria ela ali comigo, do meu lado, mas ela entrou no metrô e foi embora. *Respira fundo, Fabiana, você consegue.* Era o que eu tentava dizer para mim mesma.

Fomos para a balada que elas haviam escolhido, eu nem sabia direito onde eu estava, mas infelizmente a balada estava fechada. Parecia que algo estava conspirando para aquela noite não acontecer, mas calma, sem pensamentos negativos. Fomos para o endereço de outra balada e *tchan*... Estava aberta. Era um prédio comercial bem alto e a balada ficava no topo do prédio, no *roof top*, como eles dizem, então pagamos pra entrar e pegamos o elevador. O meu coração estava disparado. Me olhei no espelho umas dez vezes para checar o visual e também para olhar nos meus olhos e dizer para mim mesma (mentalmente, é claro): *Você vai arrasar!*

As portas se abriram e a balada ainda estava bem vazia, porque era cedo. Estava bem escuro, a música eletrônica já estava tocando, pude reparar que havia vários *lounges* com sofazinhos, mas todos tinham uma plaquinha de reservado. O bar era bem comprido e fomos direto até ele. Pedimos um *shot* de tequila já para esquentar. *Fabiana, vai com calma, é pra se jogar de cabeça, mas nem tanto.* Depois atravessamos umas portas de vidro que havia ao redor de toda a balada e fomos para a "varanda", onde dava para ver a cidade toda do alto. Que vista linda! Várias luzinhas acesas, diversos prédios altos, algumas árvores, muitos carros passando... para muitos pode ser uma imagem poluída, já eu gosto dessa muvuca da cidade grande, onde tudo está sempre em movimento.

Até então estava tudo bem, eu havia me estressado à toa. Nós, meninas, ficamos em uma rodinha conversando, colocando o papo em dia enquanto a balada começava a encher e a ganhar vida. Nesse meio tempo, tomamos mais algumas bebidas. Tudo começou a ficar mais devagar, em câmera lenta, era o efeito da bebida, mas eu estava bem, estava dançando e, claro, de olho nos homens que passavam. Tem uma coisa muito diferente sobre flertar fora do Brasil, nos Estados Unidos os homens não chegam diretamente nas mulheres, o que pode ser bom, porque as mulheres conseguem curtir a balada em paz, mas, vendo por outro lado, complica muito quando você não tem coragem de tomar iniciativa. Confesso que meu intercâmbio na Austrália já havia me preparado para aquele momento, não era novidade, porém eu estava fora de forma.

Lembro que um cara moreno passou por mim e me chamou atenção, não sei dizer, mas algo me atraiu, então comecei a "segui-lo" na balada. *Que medo de você, Fabiana, sua* stalker. Eu precisava descobrir se ele não estava acompanhado, ver se era realmente interessante. Então decidi dar sinais de que estava interessada, só que parecia que o cara não estava prestando atenção em nada, não apenas em mim, mas em mais nada que estava acontecendo. Até que, finalmente – digo finalmente porque pra mim parece que demorou muito, mas não tenho certeza de quanto tempo se passou – nos beijamos.

Eu estava beijando um estranho, um gringo, com um nome esquisito, porém gato, isso é um fato. Mas não era isso o que me vinha na cabeça, eu só consegui pensar que eu era, sim, capaz de beijar outras bocas sem ser a do meu ex e gostar disso. Mas como? Eu passei tantos anos achando que ele era o único capaz de me fazer feliz. Acontece que a felicidade não está ligada a uma pessoa, e sim a nós mesmos. Nós somos os únicos responsáveis pela nossa felicidade. Às vezes só demora para que percebamos isso. Posso estar parecendo exagerada para você, caro leitor, e sei até que às vezes eu sou mesmo, mas eu vivi tanto tempo dentro de uma bolha que eu mesma criei, que tudo parecia ter mais intensidade agora que ela havia estourado.

Quando eu abri os olhos, tudo girava, eu olhava para o teto do quarto, a Nina ainda dormia do meu lado, minha cabeça latejava, meu corpo suava frio, isso só podia querer dizer uma coisa: bebi demais na noite passada.

A ressaca me acordou com um soco no estômago, fazia muito tempo que eu não bebia desse jeito, as cenas da noite anterior passavam como flashes na minha cabeça. Lembrava da vista, das risadas com as meninas, lembrava da cena em que a gente virava um *shot* de bebida, depois outro, ui, arrepiei de novo e o estômago revirou umas três vezes, então lembrei que vi um cara passando por mim, vi que eu estava beijando ele, sorri! Minha primeira noite de volta à pista e eu já estava novamente no "jogo". No fim das contas, eu não estava tão enferrujada assim, acho que é como andar de bicicleta, a gente não desaprende.

Tomei um banho e muita água pra tentar de alguma forma me desculpar com o meu corpo pelo inconveniente da ressaca, mas eu ainda estava muito acabada e voltei a dormir. Perdemos a manhã de passeio e, assim que acordei novamente, a Nina também já estava acordada e se arrumando.

— E aí, como foi ontem? — ela perguntou ao ver que eu havia me sentado na cama.

— NINA!! — falei quase dando um pulo da cama, com um sorriso de orelha a orelha. — Eu beijei um carinha ontem! AHHH... — Dei um gritinho e me joguei na cama, minha cabeça começou a girar novamente, achei por um segundo que a ressaca tinha me deixado em paz, mas não era o caso.

— E ele era bonito? Como foi? — ela perguntou curiosa.

— SIM! Era gato, gringo, mas não foi fácil. — Eu ri. — Fiquei a noite toda seguindo o cara, dando sinais, e ele não se tocava. — Depois que eu disse isso em voz alta, percebi que soava muito pior do que dentro da minha cabeça. — Na Austrália era parecido, as meninas é que chegavam nos meninos. Enfim…

Rimos, contei mais detalhes, falei que as meninas me levaram até o hotel, porque eu estava com medo de me perder no metrô, afinal, eu não tinha internet no celular para ir seguindo o GPS, contei como era a balada, falei da vista e dos drinks. Eu achei, por muito tempo, que nunca viveria essa fase novamente, fazia mais de três anos que eu não sabia o que era ser solteira e, na verdade, era a primeira vez que eu era solteira e maior de idade, então era diferente de antes. *Calma, Fabiana, só teve uma noite que você foi pra balada, vida de solteira não se resume a isso.*

Enfim, saímos do hotel para passear, almoçamos, fizemos mais compras, meu Deus como a gente comprou nessa viagem! Comemos cupcakes, encontramos novamente com as meninas do encontrinho para jantar, inclusive as que foram na balada comigo, e tivemos uma noite supergostosa e divertida. Chegamos ao hotel e a saga para fazer tudo caber na mala começou, eram muitas compras, mas na verdade era mais sacola e embalagem do que coisa mesmo, e depois de um bom tempo de arrumação conseguimos guardar tudo e fomos dormir.

O último dia da nossa viagem chegou! Não tínhamos muito tempo, mas ainda conseguimos dar uma passadinha na farmácia, fizemos *checkout* no hotel e ficamos no lobby usando a internet e esperando dar o horário de ir para o aeroporto. Eu ainda não sentia que era o fim, foi uma viagem tão gostosa, com tantos momentos bons, acontecimentos inusitados, que só quando entrei no avião me dei conta de que eu estava voltando pra casa, e isso queria dizer também para a rotina. Por alguns dias, vivi em "outra realidade" ou fora dela, pois quando você está viajando os problemas do cotidiano parecem sumir. A saudade de algo que me foi tirado parecia não existir mais, mas na verdade ela estava ali, incubadinha, enquanto eu vivia os momentos de diversão na viagem. Que bonzinhos essa saudade e esses sentimentos, né? Mas será que seria assim quando eu estivesse sozinha na cama do meu apartamento em um sábado à noite? E durante a TPM?

    O avião pousou, mais uma vez aquele sentimento de tensão me invadiu, mas agora era uma tensão de medo, medo do que viria pela frente, medo do novo, medo do desconhecido, medo de ficar sozinha, mas, mais uma vez, eu ia encarar com medo mesmo. Pegamos nossas malas e fui pra casa pronta para a próxima aventura, se é que podemos chamar assim.

CAPÍTULO 2

APROVEITE O *momento*, SOLTEIRA OU NAMORANDO, TRISTE OU *feliz*, PORQUE ELE VAI *passar*

Eu estava solteira já fazia alguns dias, mas parecia que só depois que fui para a minha primeira "noitada" – *que expressão de velha, Fabiana* – e depois que dei o meu primeiro beijo em uma boca nova – quando digo nova quero dizer diferente da que eu estava beijando nos últimos cinco anos ou mais – é que a minha ficha da solteirice caiu. O que era ser solteira? Eu não sabia mais, já havia sido solteira antes, mas era uma época diferente. Antes da faculdade, eu não dirigia, não tinha idade pra beber nem pra ir para a balada. Como seria explorar esse mundo novo, sendo que eu não sabia nem por onde começar? *Para, Fabiana, que você já tinha começado, e começado muito bem por sinal, beijando um gringo em NY.* Acho que coisa boa a gente aprende rápido, né?

Eu voltei de viagem e decidi que iria comemorar meu aniversário com meus amigos naquele ano, sim! Fazia isso todos os anos e não ia deixar que o fim de um relacionamento me impedisse de comemorar, então criei um evento no Facebook convidando os meus amigos para o meu aniversário e da Nina, que seria em um bar karaokê. Afinal de contas, quem canta seus males espanta, não é? *Ditado popular, Fabiana? Jura?* Minha expectativa era me divertir, cantar, rir, e apenas isso. Claro que eu não convidei meu ex, mas chamei os nossos amigos em comum. E eles foram.

Foi uma noite bem divertida, bebi, cantei, dei risada, mas no fundo algo me incomodava: era um vazio, uma sensação de que algo estava faltando. Sem falar em alguns desavisados que, quando me cumprimentavam, perguntavam: "Cadê o Leandro?", e eu tinha que responder: "Ele não vem, a gente terminou!". Eu sabia o que era essa sensação, mas não queria pensar nisso, não queria acreditar que, no meio de toda a diversão, *ele* conseguia aparecer para estragar tudo.

Calma, quando eu digo aparecer não quero dizer que ele apareceu na festa de surpresa, quero dizer em meus pensamentos.

Fui até o banheiro, porque senti que precisava me afastar de todos para poder respirar um pouco, tudo girava e uma sensação de tristeza que há dias me parecia distante naquele momento estava bem ali, me fazendo enxergar tudo em câmera lenta. *Na verdade, acho que a culpa era do álcool.*

Sentei na privada e respirei fundo. *Fica calma*, eu dizia para mim mesma. Mas não era uma tarefa fácil, o sentimento de solidão veio forte, mesmo eu sabendo que tinha vários amigos do lado de fora do banheiro me esperando para curtir a noite e cantar "Se a lenda dessa paixão, faz sorrir ou faz chorar...". *SIM, sou fã de Sandy & Junior, ainda mais no karaokê.* Mas por que eu me sentia sozinha, mesmo rodeada de amigos? Acredito que no fundo eu sabia o porquê, e aquilo me magoava ainda mais. *Respira, respira, engole o choro, não deixa a lágrima escapar.* Alguém bateu na porta:

— Fabi? Você está aí? — perguntou com desconfiança a Lele, minha amiga doidinha.

— Oi... já tô saindo — respondi depressa, porque não queria que ninguém percebesse aquele momento de fragilidade, nem eu queria acreditar que todos aqueles sentimentos estavam tomando conta de mim.

— Tá tudo bem? Você tá passando mal? — ela perguntou, e foi aí que me dei conta de que já fazia uns bons minutos que eu estava ali. Parecia que tinha passado tão rápido, mas a bebida também tem dessas de bagunçar a noção de tempo.

— Tá sim, miga, tô saindo. — Respirei fundo de olhos fechados uma última vez e pensei comigo mesma: *Você é linda, tem amigos que te adoram, vai e arrasa.* Abri a porta.

Por mais bobo que possa parecer, o fato de a Lele ter percebido o meu "sumiço" e ter ido me procurar no banheiro me salvou de entrar na *bad*, que a esse ponto eu não sei se seria *bad* da bebida, porque isso acontece – em vez de a pessoa ficar alegrinha com o álcool, fica triste –, ou se eram os sentimentos, que eu achava que já tinha superado, voltando à tona. Afinal, comemorar meu aniversário era uma âncora de recordações, me lembrei das comemorações passadas em que Leandro e eu estávamos juntos, como já havíamos passado noites juntos diversas vezes e tudo mais. A gente normalmente saía para comer em algum restaurante legal, afinal de contas, como uma taurina que se preze, a comida sempre foi parte importante de qualquer comemoração. Depois, a gente passava a noite toda juntos, e o clima era de como se fôssemos ficar juntos pra sempre, igual quando você assiste a um filme, em que tudo parece bem e um casal brinca, se beija, se abraça e ri com uma música romântica tocando ao fundo. Sabe? Consegue se lembrar de uma cena dessas? Ou talvez você já tenha vivido um momento assim, no qual tudo está perfeito, você quase consegue imaginar a trilha sonora e as pessoas sentadas nas poltronas do cinema te assistindo. Mas aí, como toda história tem sua reviravolta, seu ponto de virada, aquele casal que parecia inseparável já não está mais junto. *Dramática, hein?*

A saudade existia, não tinha como fingir que não, mas eu precisava aprender a lidar com isso, era normal sentir tudo aquilo, não sou de ferro. Amei com a mais profunda intensidade de que fui capaz e, de repente, por mais que ainda existisse amor dentro de mim, havia também um buraco, um buraco que eu não queria preencher com nada nem ninguém, só queria que desaparecesse.

Apesar de todo esse turbilhão de pensamentos, sensações e emoções que estavam dentro de mim, depois que eu saí do banheiro e voltei pra festa, fui capaz de me divertir. Subi no palco, cantei as mais diversas músicas, cantei as que eu escolhia e as que meus amigos escolhiam também, por um bom tempo não larguei o microfone. Olha, recomendo uma noite de karaokê entre amigas para quem estiver meio pra baixo, porque tem poderes terapêuticos, pelo menos enquanto você está cantando, rindo e se divertindo, a energia muda da água pro vinho.

Quando finalmente larguei o microfone e desci do palco pra conversar com as minhas amigas, reparei que um par de olhos me seguia, então fiquei atenta, afinal poderia ser um candidato em potencial. *Tá vendo, Fabiana, eu falo que essas coisas a gente aprende rápido.* Pois é, menos de uma hora antes eu estava na *bad* no banheiro, pensando em um amor que não me queria mais e, de repente, estava de olho no movimento que estava me olhando. Minha cabeça já começou a fazer mil perguntas: *Quem é ele? Será que está solteiro? Tá me olhando porque tô cagada ou tá interessado? De quem será que ele é amigo? Os amigos do Le estão aqui, será que rola ou fica chato?* E minha brisa foi interrompida quando a minha amiga Paulinha veio puxar assunto:

— Como foi em NY? Me conta! — ela perguntou interessada. Dei aquela chacoalhada na cabeça para apagar os pensamentos e me virei para focar nela.

— Ah... foi muito legal!!! A gente foi no Cake Boss, passeamos muito, eu fui pra balada. — Dei uma risadinha maliciosa e ela também.

— Balada? E aí? Conta mais! – ela perguntou, curiosa.

— Peguei um gringo gato! E a balada também era muito top, com uma vista incrível. Eu tenho um vídeo, deixa eu te mostrar. — Peguei o celular, procurei o vídeo que eu havia feito só para ter de recordação e mostrei pra ela.

— Nossa, que top! Então já tá toda-toda nas baladas? — ela perguntou fazendo aquele gesto de balançar os ombrinhos, como quem está zoando.

— Ah... eu nem sabia o que era isso, né? Mas a gente aprende rápido. — Nós rimos. — Mas, por falar nisso, tenho uma pergunta para te fazer! — falei com malícia, e só pelo olhar percebi que ela sabia o que eu queria saber.

— O quê? — ela perguntou desconfiada.

— E o mineirinho, como tá? — *Lembram do meu mineirinho?* Ela riu e eu continuei: — Tá namorando? Solteiro?

— Olha... — ela começou e riu. Depois parou, tomou fôlego e continuou: — Ele tá solteiro, mas sempre tá com alguns rolinhos, né? Mas, pelo que eu saiba, não tá namorando, não.

— Hum... — respondi pensativa. — Depois me passa o contato dele.

— Passo, sim! — Ela riu.

É, Fabiana, você aprende rápido mesmo. Perde tempo quem é bobo, né? Afinal, a vida é curta e temos que aproveitar as oportunidades enquanto estamos vivos. Eu já sabia pra onde ia mirar meu barco naquela semana, mas naquele momento não era hora disso, tinha que aproveitar o pouco tempo de festa que ainda me restava. O garçom entrou com o bolo na sala de karaokê, com as velinhas acessas, e todo mundo começou a cantar parabéns. Quando o parabéns acabou, eu pedi um bis para a minha irmã, afinal o aniversário era das duas. Novamente, reparei que os olhos daquele estranho me seguiam, olhei para ele e ele sorriu.

Cortei o bolo e, claro, dei o primeiro pedaço pra mim mesma, porque sou taurina. Enquanto todos comiam, eu continuava a reparar no cara que parecia estar interessado em mim. Então saí da sala de karaokê para conversar com umas amigas que estavam do lado de fora.

— E aí, meninas, estão gostando? — perguntei para as três.

— Sim, o bolo está ótimo! E já estou até pensando em colocar "Eduardo e Mônica" pra cantar — respondeu uma delas.

— Um clássico, né? — Eu ri.

— SIM!!! Canta com a gente — falou a outra.

— Opa, canto! — respondi. Afinal, tava só esperando uma desculpa para subir no palco de novo.

— Semana que vem vai ter festa da minha faculdade, Fabi, cervejada, bora? — perguntou minha amiga Amanda.

— Opa, bora. Tem algum amigo gatinho da sua faculdade pra me apresentar? — Já fui direto no assunto, papo reto. *Fabiana, eu tô chocada com a sua cara de pau.*

— Olha…. tem alguns. Ah… tem o Pedro — ela disse elevando a voz e dando aquela arregalada no olhos de quem teve uma ideia.

— Opa… me apresenta o Pedro, então. — *Fabiana, sério, chega de bebida, você já perdeu a noção.*

— Claro, vou mandar uma mensagem pra ele agora dizendo que você vai à cervejada e que eu quero apresentar você pra ele. — Ela pegou o celular e começou a digitar.

— Me deixa mandar um áudio pra ele. — *MEU DEUS! Agora é sério, alguém tira o copo da mão dessa garota! Fabiana, cadê os modos?*

— Tá… — ela disse, rindo, e me entregou o celular.

Eu peguei, apertei o botão de áudio do WhatsApp e disse: "Oi, Pedro. Tudo bom? Aqui é a Fabi, amiga da Amanda. Ela disse que você também vai estar na cervejada semana que vem, né? Espero que a gente se encontre por lá. Beijos". E soltei o botão.

— Boa! — disse a Amanda, rindo.

Eu tinha perdido a noção, estava literalmente atirando para todos os lados. Mas o que é que tem de errado nisso? Eu era adulta e solteira, só estava a fim de aproveitar a vida e suas possibilidades. *Fabiana, acorda, tem alguém se aproximando.* Sim, o tal carinha que eu ainda não sabia quem era estava vindo na minha direção! A vergonha me invadiu, mandar áudio para um desconhecido no telefone era tarefa fácil, mas ficar cara a cara com alguém e jogar charme não era tão simples, ainda mais sabendo que meus amigos estavam olhando.

— Oi. Parabéns pelo aniversário — ele disse.

— Ah, obrigada. Já tá indo? — Não sabia o que falar.

— Não, ainda não. É que eu ainda não tinha falado com você, quando cheguei você estava cantando. Eu sou o Viri, amigo da Monique.

— Ah... — Dei uma risadinha, porque estava muito sem graça. Ele não era um gato, mas algo nele despertou meu interesse.

Ele começou a puxar assunto, falar de faculdade, viagem, contou sobre uma viagem que fez para a Europa, falou disso, daquilo, me perguntou várias coisas e até que o papo fluiu, fluiu e fluiu em um beijo. Nos beijamos ali, do lado de fora da salinha do karaokê, e tenho certeza de que algumas pessoas viram, talvez até alguns amigos do meu ex, mas eu não estava me importando, afinal era solteira e tinha o direito de fazer o que eu quisesse. E fiz... nos beijamos por um tempo, meu coração não acelerou, as borboletas na minha barriga não levantaram voo, não rolou nada disso, mas foi divertido, até que...

— Desculpa, Fabi, mas é que... a Lu, amiga da Nina, tá passando mal — a Ana interrompeu a gente toda sem graça. Mas na mesma hora parece que o álcool foi embora e o senso de responsabilidade caiu sobre mim.

— Onde ela tá? — perguntei, já dando as costas pro Viri sem nem me despedir.

— Tá no banheiro.

A noite acabou aí. Ela estava passando supermal no banheiro. Era hora de encerrar a festa e levá-la pra casa. Muita gente já tinha ido ou estava indo embora nessa hora, então avisei a Nina que eu estava indo embora e que levaria a Lu pra minha casa. Ela e o namorado decidiram ir também. Dei tchau para as pessoas que ainda estavam lá, peguei minhas coisas e chamei um táxi. E o Viri? Nem me lembrei dele, mas acho que ele já tinha ido embora.

Fui pra casa e passei a noite cuidando da Lu, que passou supermal. Fiquei pensando em tudo que aconteceu, foi uma noite legal, com diversos acontecimentos inusitados, e eu estava surpresa comigo mesma, pois eu não tinha expectativa de ficar com ninguém naquela noite, não tive a intenção, diferente de NY. Simplesmente aconteceu, e eu me deixei levar pelo momento. Acho que percebi que eu realmente estava pronta para explorar essa nova fase da minha vida de cabeça e sem medo de ser feliz.

Durante a semana, não perdi tempo, conversei com as minhas amigas solteiras da faculdade e falei sobre a tal cervejada que ia rolar no fim de semana. Decidimos ir todas juntas e já fiquei com frio na barriga de ansiedade. Eu já tinha um *crush* "marcado" para aquela festa, além disso, eu estava realmente empenhada em me aventurar por esse mundo novo. Peguei o contato do mineirinho e na cara dura mandei uma mensagem bem clichê: "Oi, sumido". *SÉRIO, FABIANA? Você tá passando de todos os limites. Sabe o tchan? Segura ele.* Fui abusada? Talvez com todo o nosso histórico passado, sim. Mas, sinceramente, o que eu tinha a perder?

Hoje eu acho que a gente tem que viver cada momento da vida como se fosse único, porque é! Curtir cada um deles, bons e ruins. Tá na fossa? Então curte a fossa, chora tudo que você tem pra chorar, pra quando você sair dela o sofrimento ficar no passado. Tá na fase de solteira e de ir pra balada? Aproveita e faz tudo que você tem vontade, porque nada é permanente, por mais que às vezes pareça que algo não vai ter fim, o fim chega pra todos os momentos, fases, circunstâncias, problemas e pessoas. Resumindo: aproveite o momento que você está vivendo da sua vida, seja ele bom ou ruim, estando solteira ou namorando, triste ou feliz, porque vai passar.

Voltando à história da minha mensagem "abusada", meu celular vibrou. Eu estava fazendo comida em casa, era uma quarta-feira, não estava rolando nada de excitante até então. Olhei pra tela do meu celular e abri um sorriso de orelha a orelha. Meu coração disparou, minha tática ruim parecia ter surtido efeito, pois o mineirinho tinha me respondido.

> **Mineirinho:**
> Oi, sumida. Quem sumiu foi você!

> **Fabi:**
> Ah... eu sumi porque estava namorando, mas não estou mais.

Fui bem direto ao ponto, né? Tava deixando as minhas intenções mais do que óbvias, não queria perder tempo. Tá... a conversa parou por aí, acho que fui direta demais e ele ficou sem resposta, pelo menos por uns dias.

O fim de semana chegou e a festa da faculdade da minha amiga Amanda também. No fim da tarde, fui para a casa da minha amiga Bruna, pois decidimos nos arrumar juntas e fazer um esquenta para ir para a festa. Já aviso desde já que é uma péssima ideia fazer esquenta para uma festa *open bar*, não recomendo. Mas a empolgação era tanta que a gente nem pensou nisso, quando nos demos conta, já havíamos virado vários *shots* na cozinha dela enquanto esperávamos o horário para sair de casa.

Fomos as primeiras a chegar à festa, pontuais, mas ninguém chega na hora exata em que a festa começa. Ok. Entramos e decidimos ir até o bar, outra péssima ideia. Viramos um *shot* de uma bebida que eu nunca tinha ouvido falar, chamada Santa Dose. Que de santa não tem nada, nada mesmo. Algumas pessoas começaram a chegar, o lugar começou a encher e nós viramos mais uma Santa Dose, mais uma hora se passou e nada da Amanda chegar com o tal do Pedro. Nesse meio-tempo, a gente deve ter virado mais algumas doses, mas eu não saberia dizer quantas, porque aparentemente só me lembro de flashes.

Pá, flash em que eu estava tomando mais um *shot* na balada. *Pá*, flash em que eu estava dançando sertanejo com a minha amiga. *Pá*, flash beijando um cara que não faço ideia de quem era. *Pá*, flash perdida, procurando a minha amiga na balada. *Pá*, flash em que eu estava tomando mais um *shot*. *Pá*, eu dançando com a Amanda e umas amigas dela, rindo, e um menino, gato por sinal, chegou e abraçou ela, que retribuiu o abraço toda feliz. Então ela virou pra mim, ainda com um braço segurando a cintura dele e disse:

— Pedro, essa é a Fabi. Fabi, esse é o Pedro. — Naquela altura do campeonato, eu nem lembrava mais que um tal de Pedro ia chegar e que eu tinha mandado áudio pra ele dias antes. Mas ele era um gato, o que eu tinha a perder? E acreditem... *ai, Fabiana, eu não acredito que você vai contar isso...* eu disse "oi" ao mesmo tempo que ele e parti pro beijo. Assim, na lata! E ele não achou nem um pouco ruim.

Pá, outro flash, eu estava tava dançando sertanejo com o Pedro. *Pá*, eu estava beijando o Pedro de novo. *Pá*, eu estava mandando áudio pelo celular dele, para uma prima dele que era minha fã. *Pá*, eu estava procurando meu celular na bolsa, no bolso e em todo o lugar. *Pá*, eu tava andando pela balada procurando meu celular. *Pá*, eu estava no banheiro procurando meu celular. *Pá*, eu estava chorando. *Pá*, eu estava andando sozinha pela balada, chorando e procurando a Bruna para avisar que eu ia embora. *Pá*, eu estava esperando um táxi na porta da balada. Foi quando eu recobrei a total consciência. Acho que o estresse evaporou o resto do álcool.

Eu estava no táxi, a caminho da casa da minha avó, sem celular, que até hoje eu não sei se perdi ou se me furtaram, e nunca vou saber, e estava chorando. Eu não podia ir para a minha casa, porque a chave tinha ficado no meu carro, que estava na casa da minha amiga, que aparentemente não estava a fim de ir embora da balada apenas porque eu havia perdido o celular. Então a minha única saída era ir pra casa da minha avó e tocar a campainha dela às três horas da manhã, sem avisar, com a cara toda borrada de tanto chorar e beijar. Tadinha, ela levou um susto, mas a vovó Wilma sempre acobertou os netos. Entrei, contei sobre o celular, a chave de casa e fui dormir.

No dia seguinte, acordei com os olhos inchados. Sempre que eu choro antes de dormir tenho esse efeito colateral. Os flashes começaram a vir à tona, não todos de uma vez, alguns só foram vir bem depois ou com a ajudinha das minhas amigas. Saí para comprar um celular, afinal, quem consegue ficar sem? Esse aparelho virou uma extensão do nosso corpo e da nossa vida, um completo vício. Mas, enfim... minha vovozinha foi comigo até a loja, passei no shopping para pegar um novo chip e depois ela me levou até a casa da minha amiga, onde pude finalmente pegar meu carro e a chave de casa. Então mais alguns flashes vieram à tona.

Fui pra casa, tomei um bom banho e comecei a ligar o celular, fazer *backup* e todas aquelas coisas de sincronização, login etc. Quando o telefone ganhou vida, disparou de receber mensagens, que eu não recebia desde a madrugada anterior. Bati o olho nas mensagens e mais alguns flashes vieram à tona. Abri a primeira:

> **Amanda:**
> Chegou bem? O que aconteceu?

Acho que ela me viu indo embora chorando e não havia entendido nada. Depois liguei pra ela e expliquei tudo. Abri mais algumas, nada demais, até que cheguei em uma de um número que eu não conhecia:

> **Número desconhecido:**
> Oi, aqui é o Pedro. Adorei ontem à noite, pena que você perdeu o celular e teve que ir embora. Minha prima pirou com o áudio que você mandou. Vamos nos encontrar de novo qualquer dia? Beijos

Flashes, flashes, flashes.

A vergonha alheia bateu forte, como assim eu tinha agido daquele jeito? Por que eu bebi tanto? Quem foi o outro cara que eu beijei? Ou será que era ele mesmo e a sequência de flashes só estava embaralhada na minha cabeça? O que aconteceu entre esse e aquele momento? Eu não estava entendendo mais nada, tinha ido longe demais com a bebida e o espírito *carpe diem*. *O que é isso, Fabiana? Carpe diem* quer dizer aproveitar o dia, viver o momento presente sem se preocupar com o dia seguinte, e foi exatamente o que eu fiz.

> **Fabi:**
> Bru, eu beijei mais alguém ontem, além do Pedro?
> **Bruna:**
> Ixi, Fabi, não sei. Teve uma hora que você sumiu, eu não te achava.

Caraca, como assim? Eu estava começando a ficar preocupada, alguém deve ter visto onde eu estava, se eu beijei ou não outro cara, não é possível.

> **Fabi:**
> Amanda, ontem, por acaso, você viu se eu beijei alguém além do Pedro? Antes ou depois? Não me lembro de muita coisa. #vergonha
>
> **Amanda:**
> Beijou, sim, amiga, meia hora antes de o Pedro chegar, eu vi você pegando um cara de camisa xadrez, gatinho. Achei que você conhecia. Hahaha
>
> **Amanda:**
> Depois do Pedro, não. Depois que você agarrou nele e ele em você, não se soltaram mais, ficaram um grude, até você perder o celular.
>
> **Fabi:**
> QUE VERGONHA! Eu nunca mais vou beber. Não lembro nem da metade! Aquela Santa Dose era do capeta, sem falar o que eu já tinha bebido antes. PAREI.
>
> **Fabi:**
> Ah...adorei o Pedro. Até me mandou mensagem hoje! ☺

Queria cavar um buraco e enfiar a cabeça dentro. Não por ter beijado dois caras na mesma noite. Não me envergonho disso, acho que uma mulher solteira tem os mesmos direitos que os homens solteiros, mas não conseguir me lembrar direito do que aconteceu e ter exagerado na bebida era vergonhoso e perigoso! Eu perdi o celular de tão desnorteada que estava. Prometi pra mim mesma que depois dessa eu não exageraria mais na bebida, principalmente em situações como aquela.

Passei o resto do fim de semana em casa, afinal, já tinha curtido demais. Eu nunca fui fã de balada, desse tipo de zoeira, mas percebi que seria o meu tipo de rolê por um tempo, pois era o que as minhas amigas solteiras gostavam de fazer e era onde eu encontraria caras para curtir. Porque definitivamente eu não queria me envolver a sério com ninguém no momento, não queria namorar, não queria sentimento, ainda não estava pronta pra isso. Eu queria relações mais superficiais, sem apego. E, sinceramente, tá tudo bem com isso, sem drama! Tem gente que acha que só homem procura alguém por diversão, mas mulher também faz isso, e não vejo nada de errado, desde que você seja transparente com o outro em relação a isso. Sem sentimentos, mas também sem mentiras ou ilusões. Claro que só porque eu falei de relacionamentos sem sentimentos, quem me manda mensagem?

> Mineirinho:
>   Ah... tá solteira? Hahaha
> Fabi:
>   Oi... tô. Por quê?
> Mineirinho:
>   Nada...
> Fabi:
>   E aí, tá fazendo faculdade?
> Mineirinho:
>   Tô... E você?

E a conversa fluiu... por dias. *Fabiana, você acabou de falar que queria relacionamentos sem sentimentos, o que você está fazendo?* Pois é, ele era meu ex, tivemos uma história juntos, tivemos sentimentos, mas eu acho que os dois já estavam calejados daquele nosso relacionamento, eu sabia que era sem futuro, sabia que era mais química do que de sentimento. E outra, ele era um gato, valia o investimento de tempo em algumas conversas.

A conversa foi ficando mais intensa, mais íntima, mais profunda. O frio na barriga já crescia de imaginar como seria nosso possível encontro. Ele era de Minas, mas estava morando em uma cidade do interior de São Paulo, então por enquanto parecia uma possibilidade remota, o que tornava as conversas mais interessantes e picantes. Falávamos sobre a vida, sobre o passado, lembrávamos os nossos encontros, e isso me fazia suspirar, porque foi uma época boa. Falávamos besteiras e tentávamos planejar um encontro. Isso durou dias... Quando ele mandava mensagem puxando assunto, eu logo me alegrava, parava tudo para ficar ali trocando mensagens com ele. Eu deixava bem claro que era tudo uma grande aventura sem futuro, nunca escondi nem alimentei falsas esperanças.

Fabi:
> Tô ansiosa pra esse nosso encontro. Quando vai rolar, hein?

Mineirinho:
> Eu também. Se eu morasse em São Paulo, a gente ia poder se ver sempre.

Fabi:
> Mas você sabe que não ia dar certo, né? A gente já namorou e sabe como as coisas funcionam, a química existe, mas... hahahah

Mineirinho:
> Eu sei, eu sei! Mas a gente podia ter uma amizade colorida.

Fabi:
> Meio que a gente já tem... hahaha

Mineirinho:
> Sim, mas a gente nunca se encontra.

Fabi:
> Vamos resolver isso? Que fim de semana você tá livre?

E assim, sendo direta, finalmente marcamos uma data. Acho que fui clara em relação ao futuro e ao possível relacionamento, as nossas conversas eram sempre assim, eu cheguei a ser bem sincera uma vez, dizendo: "Nós não temos futuro juntos. Você é muito mulherengo e o que a gente tem não passa de química". Algumas vezes, ele concordava; outras, desconversava. Mas eu sempre deixei claro meu envolvimento. Eu nutri uma expectativa quanto ao nosso encontro, como seria bom, mas nunca alimentei a esperança de algo a mais.

Chegou o dia, tomei banho, me depilei, troquei de roupa umas vinte vezes, me maquiei, passei perfume, olhei no espelho e decidi passar mais perfume. Coloquei minhas coisas no carro, liguei o GPS, respirei fundo e me peguei pensando em desistir. Era loucura demais eu ir até o interior do estado para me encontrar com um *boy*? Eu estava sendo muito atirada? E se estivesse, qual era o problema? Mas só de imaginar os beijos, a pegação, minha cabeça ia longe, virei a chave na ignição, liguei o carro, e pé na estrada.

Marcamos de nos encontrar na casa dele, então estacionei o carro em frente e mais uma vez aquele sentimento de "será que eu estou fazendo a coisa certa?" me atingiu. Mas já era tarde para arrependimentos. Eu já tinha dirigido até ali, o que eu tinha a perder? Saí do carro, coração batendo mais e mais forte, respiração ofegante. Toquei a campainha. A porta abriu e meu sorriso também. *GATO!*, foi o que pensei.

— Oi — ele disse meio envergonhado e com cara de safado, sorrindo.

— Oi — eu respondi. Ficamos alguns minutos em silêncio e foi meio constrangedor, mas nenhum dos dois sabia muito bem como agir.

— Pode deixar a chave do carro aqui em casa, o barzinho é logo aqui do lado, vamos a pé — ele disse, já tirando a chave da minha mão e pendurando num gancho perto da porta.

Fomos andando até o bar, em uma caminhada meio constrangedora, a gente já se conhecia havia tantos anos, já tinha namorado, beijado, mas parecia que havíamos voltado à estaca zero e éramos completos estranhos. Me senti uma adolescente prestes a dar seu primeiro beijo, minhas mãos suavam e o frio na barriga me consumia. Finalmente chegamos ao bar, que era superperto, mas o silêncio do trajeto fez parecer uma eternidade para chegar lá. Sentamos em uma mesa de canto e pedimos uma cerveja. Era uma noite quente e gostosa, tinha uma dupla sertaneja tocando música ao vivo.

Alguns copos aqui e ali, e já estávamos mais soltos. O que a bebida não faz, né? Começamos a conversar sobre faculdade, coisas bobas, amigos que tínhamos em comum, nosso passado, até que a conversa foi esquentando. Começou a rolar uma troca de olhares, umas indiretas mais diretas, e a conversa foi tomando um novo rumo. Pedimos uma dose de tequila, depois outra. Começamos a nos provocar com palavras, com olhares. Minha respiração estava curta e acelerada, o coração parecia querer sair pela boca. Era nítido o que os dois queriam. Mas até então nada além de olhares e a imaginação.

Ele colocou a mão na minha coxa, chegou bem pertinho do meu ouvido e disse: "Acho melhor a gente ir pra outro lugar". Eu só concordei com a cabeça, porque minha boca ficou seca demais para falar e o coração estava disparado. Pagamos a conta e saímos do bar.

Começamos a caminhar de volta para a casa dele, achei que o clima ia esfriar de novo e que o silêncio constrangedor ia tomar conta, mas não foi o que aconteceu. Foi só a gente virar a esquina que ele me puxou pela cintura, me encostou na parede, com o corpo bem perto do meu e ficou em silêncio me olhando nos olhos com o rosto bem próximo de mim. Não foi um silêncio constrangedor, na verdade foi bem familiar, quase como um *déjà vu*. *Que déjà vu o quê, Fabiana. Isso aí é lembrança de um certo carnaval, quando a mesma cena aconteceu, com a mesma química no ar. Quem leu o primeiro livro vai se lembrar disso.* E, assim como naquele carnaval de 2009, não resisti e caí nas graças do "meu" mineirinho. Nos beijamos, nos entregamos àquele momento como se tivéssemos esperado a vida toda por isso.

— Fabi, eu já estava ficando doido naquele bar, não via a hora de te beijar.

— Nem eu — confessei.

Começou a chover do nada. Estávamos ensopados e continuávamos nos beijando. Voltamos a caminhar em direção à casa dele, depois passamos a correr, porque a chuva começou a engrossar rapidamente. Ele abriu a porta e nós entramos depressa, rindo da chuva e de tudo que estava acontecendo. Então mais uma vez ele me pegou pela cintura e me encostou contra a parede, mas dessa vez foi mais intenso, ele me pegou no colo e subiu as escadas enquanto ainda nos beijávamos. Ele abriu a porta do banheiro e me colocou sentada em cima da pia.

— É melhor a gente tirar essa roupa molhada e tomar um banho quente, né? — ele disse isso me olhando com uma cara que eu nem hesitei. Ele começou a arrancar a minha blusa e eu tirei a blusa dele, mais um beijo aqui, outro ali. *Nossa, que pegada, a cena toda estava parecendo coisa de filme, meio* Cinquenta tons de cinza. *Tudo rolando bem demais pra ser verdade.*

Algum tempo depois, já de banho tomado, nós estávamos deitados na cama, prontos para dormir. *Opa, Fabiana, mas por que pulou a história?* Bom, vocês podem imaginar o que aconteceu, né? Mas voltando à cena, estávamos deitados na cama, eu estava olhando pro teto e me perguntando por quê? Por quê? E aí, caro leitor, você deve estar se perguntando agora, por que o quê? Eu te digo, por que eu não deixei tudo aquilo apenas na minha cabeça? Apenas na imaginação?! Por que eu fui até lá, depois de anos imaginando como seria esse momento com o meu mineirinho? Por que chegar ao finalmente? Por que não parar na metade e ir embora com vontade de quero mais? Por que não foi incrível, perfeito e de arrepiar como eu imaginava que seria? Sempre tivemos tanta química, o beijo era tão bom, a pegada, então, nem se fala. Às vezes parecia que essas coisas só aconteciam comigo.

Fabiana, mas o que aconteceu? Para de suspense. Bom, o que posso dizer apenas é que: era melhor na minha imaginação, sabe? Não alcançou as minhas expectativas, se é que você me entende. Alguma vez você já imaginou que um chocolate que você viu na estante do supermercado parecia ser a coisa mais deliciosa da vida? Passou um tempão pensando se comprava ou não, se experimentava ou não. E quando finalmente foi até o supermercado, pegou aquele chocolate da prateleira, pagou por ele, sentou sozinha no carro, rasgou a embalagem com água na boca, deu a tão esperada mordida e percebeu que o chocolate era bem sem graça? Pois é, foi isso que aconteceu. O chocolate era muito melhor na imaginação, não era? Enquanto ele ainda estava lá na prateleira. *Ai, Fabiana, sempre pensando em comida.*

Tá, mas e agora? Eu estava lá, deitada na cama com o chocolate, ops, com o mineirinho. Depois de alguns segundos, ou horas, nem sei mais, olhando para o teto, finalmente virei o rosto para encarar a verdade, olhei para ele. Diferente de mim, que deveria estar com uma cara de interrogação, ele estava me olhando com um sorriso de orelha a orelha, um sorriso meio bobo até. Mas não era aquele sorriso que ainda vinha assombrar meus sonhos à noite. *Ah, Fabiana, como você pode estar na cama com outro cara e pensar no seu ex?* Agora, além de sorrir, ele me olhava como se esperasse que eu dissesse algo. Que constrangedor! Voltei a olhar para o teto.

— Fabi, eu sei que você disse que nós nunca daríamos certo... que só temos química. — Eu só conseguia pensar: química? Onde? Medo de para onde essa conversa estava indo. — Mas você não pode ter falado sério, né? Lembra como foi boa a época em que namoramos?

— Lembro, mas a gente era criança e se via uma vez no mês. A gente já sabia que não ia pra frente. — Tentei ser honesta, mas sem deixar transparecer todo o reboliço que estava se passando na minha cabeça.

— Mas isso é porque a gente era muito novo, não tinha como dar certo naquela época. Mas sempre imaginei que quando ficássemos mais velhos a gente se encontraria.

— Eu também imaginava isso, às vezes.

Eu estava sendo honesta, não posso mentir para você, caro leitor, que muitas vezes já havia passado pela minha cabeça que um dia a gente se encontraria e reviveria o "amor" de infância. Mas, convenhamos, agora isso era a última coisa que passava pela minha cabeça. Não sei por que nem como pude pensar por um segundo que aquela paixonite de infância poderia ser algo maior, algo como foi com aquele que ainda me fazia doer o peito na madrugada fria.

— Então, se você também já pensou nisso, por que a gente não dá uma chance? — ele falou enquanto eu bebia um copo de água para tentar disfarçar o clima esquisito que estava rolando ali. Mas quando ouvi o que ele disse eu quase engasguei.

— Quê? Eu não tô entendendo. — De verdade eu não estava entendendo mais nada naquele momento.

— Por que a gente não tenta ficar junto? É óbvio que eu gosto de você e que você gosta de mim — ele falou com um sorriso no olhar, como se eu estivesse fazendo um bom trabalho como atriz de não deixar transparecer a minha cara de pasma.

— Você tá me pedindo em namoro, é? — falei zoando para tentar quebrar o gelo e de alguma forma expressar o absurdo que eu estava achando de daquilo tudo.

— É... — Ele falou meio sem jeito. — Por que você está me olhando com essa cara? Você não acha que daria certo?

— Claro que não. Primeiro porque a gente mora em cidades diferentes.

— Mas isso não quer dizer nada, a gente dá um jeito — ele falou depressa antes que eu pudesse continuar.

— Segundo — eu continuei como se tivesse ignorado o comentário dele —, eu te conheço e você é mulherengo. — Eu tinha que inventar alguma coisa, não dava pra falar a verdade, tipo: "não dá porque eu não curti".

— Ah, para com isso, Fabi. Você não me conhece mais, eu não sou mais assim. Vamos dar uma chance? — Ele começou a levantar da cama e eu sentei, tentando entender o que ele pretendia fazer. Ele deu a volta no quarto e parou na minha frente, ajoelhou e disse: — Você quer namorar comigo?

— Para com isso! — eu falei, empurrando ele e me levantando. Tentando de alguma forma levar na brincadeira, mas... o cara ajoelhou?! Por que isso só acontece quando a gente não quer que aconteça?

— Acho que a gente bebeu demais, vamos dormir que amanhã eu tenho que pegar estrada — falei sério, sem mais aquela cara de quem estava achando graça, e voltei a deitar na cama.

— Fabi, pensa bem. — Ele tentou insistir, mas eu só respirei fundo e virei para o lado.

Você deve estar se perguntando: como você fez isso, Fabiana? Deixou o mineirinho no vácuo, aquele moreno alto, gato e sensual? Aquela sua paixonite de infância, com toda aquela química e aquele tanquinho trincado? Deixei, o que eu ia falar para o menino? A verdade? Qual das verdades? Que eu não queria namorar ele porque aquela noite tinha sido abaixo das minhas expectativas ou que o meu coração ainda pertencia a outro? Eu não sei qual das duas era pior, porque a primeira ia magoá-lo e a segunda me magoava, eu não queria acreditar que ainda era verdade. Mas de uma coisa eu sabia, band-aid não remenda coração partido. Eu ia ter que aprender a me reerguer sozinha, costurar meu coração pedaço por pedaço, antes de me apaixonar de novo.

Acordei com a boca seca, uma dor de cabeça que só de abrir os olhos latejava. Onde eu estava? *Opa, essa cama não é a minha. Cadê meu celular? Que horas são?* Já eram onze horas da manhã, meu celular estava cheio de mensagens, mas eu não queria acordar, porque sabia que teria que finalmente dizer alguma coisa para o pobre coitado que estava dormindo ao meu lado. *Vai, Fabiana, coragem. Levanta dessa cama e corre. Brincadeira, não corre, mas vai embora logo.* Levantei devagar, comecei a me trocar e a recolher minhas coisas, ainda criando na minha cabeça a história que eu ia contar para ele.

— Bom dia — ele disse, ainda deitado, me observando.

— Bom dia. Eu preciso ir embora.

— Tudo bem, vou te acompanhar até a porta, só um minuto. — Ele se levantou e foi ao banheiro. Quando voltou, disse:

— Você não quer nem tomar café? A gente precisa terminar aquela conversa de ontem.

— Não, não posso ficar mais. Tenho compromisso hoje em São Paulo. E sobre ontem, é o que eu já disse, nós não daríamos certo, não namorando. Eu terminei um namoro não faz muito tempo... — antes que eu pudesse terminar ele me interrompeu, irritado.

— Eu sabia que tinha alguma coisa a ver com aquele panaca.

— Não tem nada a ver, mas eu terminei um relacionamento agora e não pretendo me envolver em outro tão cedo. Quero curtir a vida um pouco, ser solteira.

— Então quer só ficar comigo uma noite e nada mais? — ele perguntou meio indignado.

— Basicamente, sim. Mas não se faça de desentendido, eu deixei minhas intenções bem claras antes de vir pra cá. Claro que não é uma noite e nada mais, a gente se conhece, se fala e pode continuar se falando. Mas desde o começo das nossas conversas eu disse que a gente não daria certo como casal. — Eu abri o jogo e não estava entendendo a cara dele, porque quando um homem é direto no que ele quer é normal, mas quando é uma mulher que faz isso soa estranho?

— Tudo bem. Eu não achei que você estava falando tão sério. Mas eu entendo. E também eu vou começar a minha faculdade agora, vou mudar de cidade, provavelmente não daria certo mesmo — ele falou meio gaguejando, meio olhando pros lados procurando alguma coisa em que se sustentar.

— Então, realmente seria muito complicado. Mas foi muito legal a gente ter se reencontrado, obrigada por ontem. — Eu já não queria mais enrolar, queria ir embora, queria minha casa, queria dar o pé dali.

Ele me acompanhou até a porta, peguei as chaves do meu carro, nos beijamos mais uma vez, foi um beijo bom, mas daquela vez sem o frio na barriga de sempre. Ali eu soube que seria definitivamente a última vez que nos beijaríamos. Depois de tantos anos de idas e vindas, encontros e desencontros, tinha chegado a hora desse amor de verão descer a serra para nunca mais subir. Eu saí, entrei no carro e ele ficou ali, com a porta aberta, me vendo partir. Ele acenou e eu, de coração aliviado, acenei de volta.

No caminho pra casa, deixei o som do carro no mudo, porque, como havia muito tempo eu não fazia, queria ouvir meus próprios pensamentos. Vai falar que você nunca fez isso? Aquele momento em que você está sozinha no carro ou no quarto, e então se imagina conversando com si mesmo? Dando bronca, risada e se perguntando por quêêêêê??? Bom, foi isso que eu fiz. Primeiro, eu ri de mim mesma, da "loucura" que eu tinha acabado de fazer, de ter pegado a estrada para ficar com um ex de infância. Aí, eu me questionei por que não tinha ficado em casa assistindo a uma série, afinal, a noite não tinha sido das melhores. Depois, eu ri mais uma vez, pensando que ainda por cima eu tinha sido "pedida" em namoro. E por último, eu suspirei por lembrar que meu coração ainda estava apertado e doendo, mas apesar disso eu estava bem.

Nem sempre as coisas são como a gente gostaria que fossem. Até porque, se você é sonhadora como eu, sabe que as minhas expectativas são altas. Eu vou longe, imagino coisas que nem a autora de *Harry Potter* seria capaz de imaginar, e olha que a mulher tem a imaginação fértil, hein? Até hoje me pergunto da onde ela tirou tanto nome esquisito pra bicho e feitiço. Mas é assim mesmo: quando a expectativa é alta, o tombo é grande. Quando a gente cai, a gente volta a sentir o chão, a pisar firme, e se levanta mais uma vez.

Cheguei em casa com uma boa história para contar e muita coisa para pensar. Duas coisas eu sabia: sem grandes expectativas e nada de relacionamentos. Afinal, a vida de solteira estava só começando, e eu ainda tinha muito para explorar. E o que era bem claro pra mim era que as coisas estavam mudando e eu precisava aprender a mudar também.

CAPÍTULO 3

ÀS VEZES A *mudança* VEM DE DENTRO PRA *fora* E, ÀS VEZES, DE FORA PRA *dentro*

Mudanças! Às vezes, mudamos por circunstâncias, às vezes pelo tempo, outras vezes porque queremos ou até mesmo porque precisamos. Querendo ou não, mudanças fazem parte da vida. Estamos em constante mudança, o tempo todo. Às vezes mudamos conscientemente, mas muitas vezes simplesmente mudamos, sem que nos esforcemos para isso. Mudamos a forma de pensar, os gostos, o paladar, a forma de ver o mundo, o modo como encaramos os problemas e até mesmo o que consideramos problemas, as amizades, o visual, as roupas, as atitudes, os pensamentos e as crenças. Mudamos por fora, outras vezes por dentro e às vezes por fora e por dentro, tudo ao mesmo tempo. Mudar é bom, mesmo que cause medo, porque se tudo fosse igual e constante, qual seria a graça?

Eu não era a mesma Fabi de meses antes, porque tinha passado por tantas experiências! Eu havia sofrido, chorado, levantado, sorrido, arriscado, beijado, falado, tentado, sentido, lembrado, viajado. Eu enxergava as coisas de uma forma diferente, tinha novos sonhos e planos, atitudes fortes, sorriso leve, autoconfiança, força para seguir em frente, coragem de tentar coisas novas e amor-próprio. Tantos sentimentos e sensações que até pouco tempo eu não sentia, não imaginava sentir, pelo menos não com a facilidade que estava sentindo. Eu já tinha mudado tanto, mas ainda sentia que precisava de mais.

Quando me olhava no espelho, ainda via a mesma Fabi que passava os fins de semana alimentando esperanças vazias, nutrindo um amor que não valia mais o esforço, sofrendo por alguém que já não se importava mais. Eu queria ver a Fabi forte e determinada, alegre e espontânea, sedutora e confiante que eu sentia que agora eu era. Alguma coisa precisava mudar, e dizem que quando uma mulher decide se reinventar, ela muda o cabelo, então lá fui eu para o salão com essa sede de novidade.

Meu cabelo é naturalmente liso, castanho claro/médio. Naquela época, eu estava com o cabelo supercomprido, passava da altura da cintura, com muitas luzes, praticamente a loira do Tchan, e com uma franjinha mal cortada – sim, eu que havia cortado em casa e tinha ficado uma merda – que me deixava com cara de criança. Eu não sabia o que eu queria realmente fazer com o meu cabelo, mas eu definitivamente não estava feliz com aquele visual, ele não transmitia quem eu era e o que eu queria dizer para o mundo.

Sempre tive um apego muito grande com o cabelo, não fazia grandes mudanças, só cortava as pontinhas e morria de medo de fazer algo e me arrepender, mesmo sabendo que cabelo cresce e tudo mais. Já fazia uns meses que eu havia criado coragem de ficar loira, mas não foi do nada, eu fiz mechas em um tom levemente mais claro que meu cabelo, depois fiz californianas, depois algumas luzes e assim, pouco a pouco, cheguei ao loiro. Mas tudo isso porque eu havia desenvolvido uma confiança no meu cabeleireiro Alex, sabia que ele se importava com a aparência e também com a saúde do meu cabelo. Eu o deixava cortar as pontinhas sem medo de sair de lá com o cabelo Chanel.

Fui ao salão naquela tarde com a Nina, decidida a me arriscar, a tentar algo diferente. Por dentro tudo já estava bem diferente, mas eu ainda queria mais, então sentia que precisava dar uma repaginada no visual para que conseguisse ir além. Às vezes a mudança vem de dentro pra fora e, às vezes, de fora pra dentro. Eu estava vivendo isso e estava me fazendo um bem danado. Cumprimentei o Alex assim que chegamos à sua bancada de espelhos iluminada no canto direito do salão. O clima do lugar era inspirador, diversas clientes com tinta no cabelo, profissionais com escovas e tesouras na mão, todo mundo ali buscava mais ou menos o que eu também estava buscando: espelhar no exterior a beleza que sente por dentro. *Caraca, Fabiana, que inspirada, essa vai pro Instagram.*

Sentei na cadeira de frente para o espelho, meu corpo tremia, não sei se de medo ou excitação, respirei fundo e tentei me acalmar enquanto o Alex não vinha me atender, olhei no espelho decidida, sabendo que queria ver outra imagem refletida ali, e meu coração se acalmou. Bebi um gole de água e esperei chegar a hora.

— Oi, meninas. E o que vamos fazer hoje? — perguntou o Alex, aproximando-se de mim e da Nina.

— Eu quero fazer mais algumas luzes e hidratar, Alex — disse a Nina.

— Certo, legal. Acho que podemos cortar as pontinhas também, né? Para ficar mais saudável — ele disse.

— Sim! — ela concordou, sorrindo.

— E você? O que vamos fazer hoje? — ele me perguntou.

— Então... — falei fazendo um certo suspense. — Eu quero mudar.

— Hum... Legal! Mas o quê? Deixar mais loiro? Escurecer?

— Não sei. Quero uma mudança radical. Cortar um pouco, porque as pontas estão bem secas, e escurecer, eu acho. — Percebi a cara de surpresa dele, talvez até de espanto, acho que não esperava que eu, que não deixava cortar mais do que dois centímetros de cabelo, quisesse fazer uma mudança grande.

— Uau! Legal... Quer escurecer para o castanho? — ele perguntou animado.

— Ai, Fabi, acho que você podia ficar ruiva. Tipo um ruivo cobre, Marina Ruy Barbosa, sabe? — sugeriu a Nina. Fiquei surpresa, porque nunca tinha me imaginado ruiva.

— Hum... eu gosto — disse o Alex, olhando meu cabelo.

— Você acha que vai ficar legal? Eu estou a fim de mudar, vida nova, cara nova. Sabe? Mas não sei se ruiva combina comigo — eu disse. — Até separei algumas fotos de referência de uns cabelos que eu gosto, tem esses avermelhados. — Mostrei as fotos de algumas famosas que eu tinha no meu celular.

— Eu acho bem bonito. A gente pode escurecer pra um castanho com um fundo cobre ou vermelho, pra dar uma vida. Já que você quer algo diferente, acho que vale tentar, mas eu não iria direto para o ruivo, pois você pode se assustar. E depois que eu jogar pigmento vermelho no seu cabelo pra te deixar ruiva, vai ser difícil sair do ruivo sem "agredir" o cabelo, se você não gostar. Então sugiro que a gente faça um castanho avermelhado, que já vai ser uma mudança bem radical, e mais pra frente a gente vai deixando mais ruivo mesmo. O que acha? — ele explicou. Fica difícil não confiar em um profissional que abre o jogo e é sincero assim, né?

— Tá! Vamos para o castanho avermelhado, então. Ai, meu Deus! — eu respondi nervosa e ansiosa.

A transformação começou, primeiro pelo corte, e ele cortou bons centímetros do meu cabelo, foi dolorido pra mim ver meu longo cabelo encurtando, mas era necessário, eu precisava me desapegar, assim como estava aprendendo a me desapegar do passado e de pessoas. Além disso, as pontas estavam quebradiças, e sem elas o cabelo ganharia um ar de mais leve e mais saudável. A franja também foi mudada, ainda bem. Ele fez um corte melhor, de forma que eu poderia começar a usá-la de lado até ela crescer. Porque, definitivamente, franjinha na testa não combina comigo.

Depois de algumas horas (sim... essas coisas levam algumas horas no salão), a assistente tirou a toalha do meu cabelo e começou a secar, quando o cabelo foi ficando seco conseguimos ver a cor e... Eu ainda continuava loira nas pontas. Como assim?

— Hum... seu cabelo não tá querendo absorver a tinta. Vamos ter que ir de novo pro lavatório e deixar agir por mais um tempo — disse o Alex, que parecia tão ansioso quanto eu.

Lá fomos nós novamente, cabelo no lavatório, cheio de produto, e esperei mais um tempinho. Eu já sou ansiosa, nunca tinha feito uma mudança tão drástica na vida, e ainda tinha que esperar mais? Meu coração parecia querer sair pela boca, eu olhava para o celular e o tempo parecia passar devagar. Quando finalmente chegou a hora de enxaguar o produto e começar a secar o cabelo, eu já suava frio. Conforme o cabelo foi secando, balançado pelo vento quente do secador, eu o via refletido no espelho à minha frente. Entrei em pânico. EU ESTAVA COM CABELO VERMELHO SANGUE. Acho que não consegui disfarçar minha cara de desespero, fiquei branca, perdi a voz. O Alex veio na mesma hora, olhando do meu cabelo para o meu rosto, com uma expressão de surpresa.

— Agora o cabelo absorveu demais a cor. Mas calma, não vai ficar assim! — ele disse com uma voz tranquila e segura, tentando me acalmar. — A gente vai lavar ele mais uma vez, assim vai sair um pouco mais a tinta e, vai dar uma apagada na cor, tá?

Eu não consegui nem responder. Só balancei a cabeça, ainda em choque, e levantei em direção ao lavatório mais uma vez, nada tranquila, mas eu tinha esperança de que daria certo. Mais algum tempo com a cabeça jogada para trás e o cabelo dentro da "pia" de mármore do salão, era hora de novamente secar as minhas madeixas e ver se tinha dado certo ou se eu só ficaria ainda mais pálida do que já estava. Eu não sabia se queria ver, o cabelo molhado parecia escuro, bem escuro. Senti meu corpo todo arrepiar, minha boca salivava de nervoso, meu estômago estava revirado, eu sentia calor e frio, tudo junto.

Mais uma vez, conforme a água foi evaporando dos fios, comecei a ver pelo espelho um cabelo esvoaçante, mas dessa vez não me assustei logo de cara, continuei observando atentamente cada mexa que voava com o jato de ar quente, fui reparando que estava diferente, nem muito loiro, nem muito vermelho. Mas eu ainda podia ver um fundo avermelhado, um castanho mais escuro na raiz, que ia clareando para um castanho mais avermelhado conforme descia pelo comprimento. Respirei fundo, aliviada, mais tranquila – ainda não tinha visto o resultado por completo, mas já gostava do que via.

Assim que finalizaram a escova, deram umas arrumadinhas aqui e ali e pronto. Fiquei encarando no espelho cada detalhe: o tamanho, a cor, o degradê, mas, mais do que isso, aquele cabelo dizia muito sobre quem eu sentia que era por dentro. De alguma forma eu via por fora a "mulher" que eu havia me tornado por dentro. Por mais que ainda fosse uma menina de vinte e um anos, com o rosto redondinho e com muita coisa a aprender, eu estava começando a me sentir segura, confiante. *Ui, falou a madura!* Ainda não era pra tanto, estava começando a amadurecer, é um processo que leva tempo e vivemos constantemente nele, evoluindo a cada ano que passa.

Eu gostei do que vi no espelho, tinha gostado do resultado final do meu cabelo, apesar de ter ficado bastante assustada durante a transformação. Estamos acostumados a ficar na nossa zona de conforto, e quando algo nos faz sair dela, nos apavoramos, mas tá tudo bem, é saudável sentir medo. Só não podemos deixar que o medo da mudança nos limite, nos trave. Temos que ser capazes de ir além, porque só assim vamos descobrir coisas novas, que podem ser ainda melhores do que as anteriores, com as quais já estávamos acostumados. Era isto que eu estava aprendendo desde que o meu namoro tinha acabado: que às vezes, por mais difícil que seja nos desapegar do que já conhecemos, acabamos descobrindo que aquilo que parecia confortável e certo, na verdade, nos fazia mal.

Fui pra casa e passei horas me olhando no espelho, com e sem maquiagem, de cabelo preso, solto, com trança. Eu estava me redescobrindo, queria ver quem era essa nova Fabi refletida ali e do que ela era capaz. Afinal, dizem que as ruivas são as mais sedutoras, né? Era assim que eu estava me sentido, ainda mais segura do que antes!

Como eu disse no começo do capítulo, muitas coisas haviam mudado. Eu estava mais próxima da minha família e até de amigas, amigas da faculdade, amigas de infância, novas amigas. Eu estava mais aberta a conhecer as pessoas, claro que acabei me afastando de muitos dos nossos amigos em comum; não perdi a amizade, mas, como eu não queria manter nenhum tipo de contato com o meu recente passado, preferi me ausentar dos encontros.

Eu estava saindo mais, quase sempre que alguém me convidava para sair, passear ou até fazer algo diferente, eu vencia a preguiça, saía da minha zona de conforto e ia. Fui até a um aniversário de uma amiga sozinha, cheguei sozinha na festa e não conhecia mais ninguém lá além dela. Foi bem estranho no primeiro momento, mas logo fiz amizades e a noite acabou sendo superdivertida. Comecei a ir ao parque sozinha com a Amora, ir ao cinema sem companhia ou até ficar em casa lendo um livro, mas sem me sentir só. Acho que quando você perde essa necessidade de ter alguém ao seu lado para tudo, você começa a dar valor à própria companhia. Descobri que eu e eu mesma gostamos das mesmas coisas, temos as mesmas opiniões e somos pessoas agradáveis. *Fabiana, você tá parecendo uma louca falando de você como se fossem duas pessoas.* Mas é assim que eu via, como se houvesse uma Fabi que não conhecesse a Fabi que existia dentro dela.

Muitas vezes, as pessoas pulam de um relacionamento para outro com medo da solidão, mal sabem a delícia que é ficar sozinha e se descobrir. Não estou falando que sou contra relacionamentos, não é isso. Só acho que as pessoas precisam aprender a valorizar a própria companhia, para, quando tiverem alguém legal para dividir o tempo, não perderem a sua essência e esquecerem de si mesmas.

Eu claramente estava aprendendo mais sobre autoconhecimento. Estava mais confiante e minha autoestima estava melhor do que posso me lembrar. Não estou dizendo aqui que, em dias de TPM ou *bad*, a tristeza e a saudade não batiam, afinal no fundinho eu ainda guardava tudo de bom que havia vivido com o Leandro. Mas, apesar desses momentos, eu me levantava, me olhava no espelho, colocava um *look* bonito, ousava na maquiagem e me achava linda, me divertia sozinha ou com as amigas, porque a vida não para. E o Leandro até poderia ser o culpado pela minha tristeza, mas eu que era responsável pela minha vida, pelas minhas escolhas e pela forma como ia encarar minha realidade. Então, decidi encarar assim, mudando, me aventurando, me descobrindo e me conhecendo, vivendo um dia de cada vez.

E se posso dizer uma coisa sobre isso é: recomendo que todo mundo aprenda a viver na própria companhia. É maravilhoso.

CAPÍTULO 4

LET IT *go*, LET IT *go*

Nessa brincadeira de me redescobrir, comecei a sair mais. Saía para balada, cinema ou só pra papear com os amigos. Eu estava mais aberta a possibilidades, afinal só se vive uma vez, né? E eu sentia que tinha deixado de viver muito nos últimos anos, não só por estar namorando, mas por não sair para fazer o que eu gostava de fazer.

O Luh, meu amigo e colega de trabalho, decidiu fazer uma viagem para Orlando. Ele tinha uma amiga que morava lá, então resolveu ir passear. Na época, estávamos muito próximos, saindo bastante, e ele me ligou para contar sobre a viagem.

— Fabi, eu vou para Orlando na semana que vem. Tô precisando viajar — ele me contou pelo telefone, animado, e deu mais detalhes da viagem.

— Que legal, Luh! Eu amo Orlando. Aproveita por mim.

— Vamos comigo! A gente passeia juntos por lá, vai ser legal — ele me convidou, não sei se por educação, mas eu não pensei duas vezes.

— Hum... Acho que eu vou, hein? Tô de férias da facul. Viajar agora seria bom. Me passa os dados da sua passagem que eu vou pesquisar aqui, se achar o mesmo voo com um valor legal, eu vou. — Eu estava falando sério, sempre amei viajar e naquele momento não tinha nada que me prendia.

— Eba! Sério? Beleza, já, já eu te passo tudo.

No mesmo dia ele me passou todas as informações, onde ficaria hospedado e tudo mais. Comprei as passagens. Não perdi tempo, decidi que queria fazer uma viagem assim, de última hora com um amigo, e fui. O melhor de tudo? A viagem seria no dia dos namorados! O que seria ótimo, porque ficar em casa sozinha nessa data só iria me trazer mais lembranças e sentimentos. Além disso, a Copa do Mundo no Brasil estava prestes a começar, o que eu também queria evitar.

No dia da viagem, o Luh veio até em casa e eu levei a Amora pra casa da minha avó, para ela cuidar dela por mim enquanto eu viajava. Fizemos uma *live* nas nossas redes sociais e contamos da nossa viagem na internet para os nossos seguidores.

Fomos para o aeroporto superanimados, ficamos horas conversando, fazendo planos, fiz uma listinha de coisas que eu queria comprar nessa viagem e outra de coisas que eu queria fazer por lá. Embarcamos e em algumas horas estaríamos pisando em solo americano. A animação era tanta que o sono não vinha, então decidimos escolher algum filme para assistirmos juntos no avião, e a escolha foi: *Frozen*. Bem adultos, né? O que eu posso fazer? Sou fã de carteirinha da Disney, e *Frozen* é um dos meus desenhos favoritos.

Algumas horas se passaram e finalmente havíamos chegado a Orlando. A viagem não seria só nossa, tinha também a amiga do Luh que morava em Orlando e mais uma menina brasileira que conhecemos chegando lá. No primeiro dia só chovia, então decidimos sair para comer no shopping, e, como era o dia da abertura da Copa, fomos todos com a camisa do Brasil.

A gente tinha planejado ir aos parques da Disney e da Universal, mas a previsão para os próximos dias não era boa, foi aí que o Luh deu uma ideia do que poderíamos fazer para fugir da chuva e aproveitar a viagem.

— E se a gente alugasse um carro e fosse pra Miami para passar o fim de semana? Lá não está chovendo. E eu tenho um amigo que está lá e convidou a gente pra ir à balada. Topa?

Primeiro eu pensei: *que preguiça, quatro horas de estrada pra ir pra balada*. Mas então eu pensei melhor: *opa... balada em Miami. Nunca fui, como deve ser? Por que não?*

— Bora — respondi, animada.

Fomos conversar com as meninas e contar a nossa ideia, e elas também toparam. Então corremos para fazer a reserva de uma noite em um hotel, arrumamos rapidamente as malas e pegamos estrada rumo a Miami Beach. Apesar de quatro horas de estrada parecerem muito, a gente foi cantando, rindo e se divertindo tanto que nem percebemos o tempo passar. Até já tínhamos a trilha sonora perfeita para aquele fim de semana: "I am in Miami Beach". O tempo passou rápido e, num piscar de olhos, já estávamos andando pelas ruas de Miami e procurando uma farmácia para parar e comprar uns drinks para fazer o esquenta da noite. Sim, lá vende bebida na farmácia, louco, né?

Fizemos o *check-in*, alugamos um quarto com quatro camas. Começamos a nos arrumar para a balada ao mesmo tempo que íamos tomando espumante. Decidi que queria causar aquela noite, afinal de contas, estava solteira e em Miami, eu não sei quando teria outra chance de viver aquilo, então estava disposta a aproveitar.

Um dia eu vi um comediante dizendo: "Quando você bebe vodca, parece que vem o editor da vida e simplesmente deleta as cenas da sua cabeça e, de repente, você acorda em casa". Bom, foi mais ou menos isso que aconteceu comigo. *De novo, Fabiana? Sabe como é, a gente sempre fala que nunca mais vai beber, mas é mentira.* Eu lembro de flashes daquela noite, lembro da gente entrando na balada, depois lembro de ter virado uns *shots* e de ter beijado um cara gato. De repente, lembro que entramos num táxi e fomos para outra balada, aparentemente porque a primeira não estava tão legal. A segunda balada era bem diferente, tinha *gogoboys* dançando e eu lembro que fiquei paquerando um deles até que o segurança quase nos botou pra fora dizendo que ele estava em hora de trabalho, que não podia ficar com ninguém ali. Aí, o cara tentou me convencer a sair e encontrar com ele lá fora, mas parece que a minha consciência voltou e eu fui procurar o pessoal. Fomos embora, já estava nascendo o dia, então decidimos parar pra tomar café.

Chegamos ao quarto e capotamos. Acordamos na hora de fazer o *check-out*. Quando eu abri as cortinas para ver como estava o dia, me dei conta de que o nosso hotel era de frente pro mar. Arrumamos as malas, colocamos biquíni, fizemos *check-out*, deixamos as malas no carro e fomos andar na areia enquanto tentávamos lembrar os acontecimentos da noite anterior. Foi só risada.

Antes de pegar a estrada de volta para Orlando, decidimos explorar um pouco a cidade, e na época existia um programa famoso, um *reality* de tatuagem chamado *Miami Ink* (e de outras cidades também, como *LA Ink* e *NY Ink*). Fomos até o Miami Ink, com a intenção de entrar para conhecer, filmar e ver se era como no programa. Chegando lá, o Luh perguntou o preço da tatuagem, só pra saber. Embora o preço fosse ok, ninguém tinha ido ali com a intenção de fazer uma tatuagem. Mas sabe aquela coisa do: já estamos aqui, por que não? Pois é... O Luh tatuou a palavra "Blessed" e eu tatuei a frase "Let it go" de *Frozen*. *É sério isso, Fabiana?* Sim, é sério. Mas deixa eu explicar o significado! Não era só por conta do desenho e por eu ser fã de Disney, e sim pela tradução da música "Let it go", que pra mim tinha tudo a ver com o momento que eu estava passando, de não aguentar mais fingir ser uma coisa que eu não era e que eu não me importava com o que os outros iriam pensar de mim. E principalmente esse trecho parecia traduzir o que eu estava sentindo:

É hora de experimentar
Os meu limites vou testar
A liberdade veio enfim
Pra mim
Livre estou, livre estou

Enfim, fiz a minha tatuagem "Let it go" na costela. Sim! Fiz uma tatuagem no Miami Ink e, apesar de ser um estúdio de tatuagem mega-famoso, que tinha um programa de TV, as coisas foram bem diferentes do que a gente esperava. O tatuador que nos atendeu foi megagrosso, ficava tirando sarro da nossa cara, conversando com os outros tatuadores como se a gente não estivesse entendendo o que eles estavam falando. E, pra piorar, o tatuador, no meio da minha tatuagem, chamou outro tatuador para terminar, porque ele estava muito nervoso e com medo de errar. Aff, que tenso! Ainda bem que deu tudo certo, a tatuagem ficou bonita e certinha. Ufa!

Então, depois desse apuro, voltamos para o carro e pegamos a estrada de volta pra Orlando. Voltei com uma tatuagem nova e muitas histórias pra contar. Não posso reclamar, porque esse pequeno bate--volta para Miami foi quase uma adaptação do filme *Se beber, não case*, só que em vez de Vegas era Miami Beach, e os acontecimentos foram mais leves do que no filme, mas não menos engraçados.

De volta a Orlando, a chuva havia parado. Então voltamos ao nosso roteiro inicial de compras e parques. Fomos a vários lugares, mas quando chegou o dia de ir ao Magic Kingdom, o parque do castelo da Disney, sem dúvida estávamos muito animados. Foi um dia mágico, tiramos muitas fotos, fomos nos brinquedos e ao anoitecer fomos até o castelo para achar um bom lugar para assistir aos fogos que aconteceriam em alguns minutos. Já fui para a Disney diversas vezes, mas não me canso de ver o show dos fogos, é realmente mágico.

Durante o show, rola uma historinha, em que a voz de um narrador vai falando conforme as músicas tocam, as projeções de luzes acontecem no castelo e os fogos estouram no céu. E, naquela época, a história era sobre sonhos, resumidamente dizia que se você sonhasse do fundo do seu coração e acreditasse no seu sonho, aquilo ia se tornar realidade. Eu fui ficando emocionada ao longo do show, mas na hora que tocou a música "Let it go", não consegui me conter, eu caí no choro e o Luh também.

Acredito que não chorávamos pelos mesmos motivos, mas os dois estavam emocionados e felizes de estarem ali, vivendo tudo aquilo. Eu lembro que, durante a narrativa da história, eu só conseguia pensar no Leandro, em como ele tinha sido o meu sonho durante tanto tempo. Que eu sonhava que ficaríamos juntos, que ficaríamos bem e até que um dia íamos nos casar. Mas nada disso tinha se tornado realidade, nós tínhamos terminado havia dois meses e parecia que tudo não tinha passado de uma grande ilusão dentro da minha cabeça. A gente não se falava mais, não se via mais. E, apesar de triste, eu estava bem e feliz. Contraditório, né? Sim, e bem confuso, mas era como eu me sentia. E quando começou a tocar a música de *Frozen*, a música que eu havia tatuado na minha costela e que descrevia o que eu sentia, que deveria testar meus limites e que nada mais poderia me segurar, que eu estava livre, não teve como segurar as lágrimas. Parecia que a música tinha começado a tocar como uma resposta a tudo que eu estava pensando. Então concluí: *você está livre, Fabiana, aconteceu como deveria acontecer, bola pra frente.*

Fomos embora do parque e eu passei a noite pensativa, revivendo dentro da minha cabeça diversos momentos tristes e felizes com o meu ex. Lembrei-me do nosso término e de como aquilo ainda me machucava por dentro. Fiquei revivendo muitas coisas, até que adormeci. No dia seguinte, acordei determinada a deixar toda essa história pra trás, onde era seu lugar, afinal eu ainda tinha muito pra viver. Peguei meu celular para checar as mensagens e me deparei com a mensagem da Cinthia, minha amiga e prima do Leandro.

> **Cinthia:**
> Vou comemorar meu aniversário no dia 27 e quero muito que você vá. Estou com saudades!

Primeiro, pensei: *bom, ela deve ter me convidado por engano*, mas depois pensei melhor... nós éramos amigas, mesmo eu não namorando mais o primo dela, não deixamos de nos falar nem de nos vermos. Mas não fazia o menor sentido eu ir ao aniversário dela, onde o Leandro e a família dele estariam. Então respondi:

> **Fabi:**
> Oi, Ci! Vou chegar de viagem bem no dia do seu aniversário, não sei se vou conseguir ir. E, além disso, o Leandro não ficaria contente de me ver lá, né? kkkk
>
> **Cinthia:**
> Ah, que pena! Mas tenta ir se não estiver muito cansada. Quero muito te ver. E nada a ver o negócio do Lele, você é minha amiga independente disso e quero que vá. Pensa e depois me fala. Beijos.

Pra mim, não tinha nem o que pensar, eu não iria e ponto. Não tinha encontrado com o Leandro desde que havíamos terminado e tido a nossa última conversa, e eu queria manter daquele jeito. Era muito mais fácil seguir minha vida sem ele no meu caminho. Então larguei meu celular e fui tomar banho, para que a gente pudesse aproveitar o resto da viagem.

Fomos a mais parques de diversão, fizemos muitas compras e, claro, nos divertimos muito. Ainda me lembro de momentos em que eu e o Luh ficamos acordados até tarde da noite conversando, enquanto um dos dois terminava de editar o vídeo do dia. Às vezes, eu dormia com a cara no computador e tinha que editar de manhã cedo, correndo, antes de a gente sair.

A viagem logo chegou ao fim. Parece que o tempo passa muito mais rápido quando estamos viajando e nos divertindo, né? Na hora de fazer as malas foi um sufoco, porque nós dois compramos mais do que deveríamos. Foi uma obra de arte fazer tudo caber nas malas, um empurra daqui, enfia ali e ufa. Fechou!

Malas despachadas, nos despedimos das meninas e logo já estávamos embarcando no avião para voltar para casa. Voltar para a rotina. Voltar para a realidade. Não sei você, caro leitor, mas eu tenho essa sensação toda vez que viajo, como se eu estivesse em um universo paralelo onde as coisas acontecem de uma forma diferente, onde tudo é mais legal, mais saboroso e divertido. Não que eu não ame a minha casa, a minha vida e tudo mais. Não é isso, eu amo! Amo dormir na minha cama, com a minha Amora, mais do que qualquer coisa. Mas parece que, quando você está viajando, tudo tem um espírito de aventura que a gente deixa de lado no dia a dia. E esse pó de pirlimpimpim estava perdendo o efeito conforme o avião ia se aproximando do Brasil.

CAPÍTULO 5

AS *loucuras* QUE FAZEMOS POR *amor* E AQUELAS QUE DEIXAMOS DE FAZER POR *amor-próprio*

Eu sou muito sonhadora, vivo criando cenas imaginárias na minha cabeça, aventuras impossíveis, diálogos que nunca vão acontecer. Às vezes é bom, porque me preparo para milhões de possibilidades em uma situação que preciso encarar. Mas por mais criativa que eu possa ser, a vida não segue roteiros, e muitas vezes eu não chego perto de imaginar ou roteirizar na minha cabeça o que posteriormente vem acontecer na vida real, diante dos meus olhos.

Abri a porta de casa e esperava que ela estivesse toda arrumadinha e limpinha, com um bolinho de cenoura com brigadeiro em cima da mesa me esperando. *Nossa, Fabiana, agora me deu fome.* Mas, sempre existe o "mas", né? Essa não era a situação que eu via diante de mim. A casa estava de pernas pro ar, exatamente do jeito que eu tinha deixado antes de viajar e a geladeira vazia. Nada de bolo. Só tinha água.

Entrei, deixei as malas na sala, pensei se era hora de desfazê-las, mas a preguiça era grande. Fui direto para o chuveiro, tomei um belo banho, coloquei um pijama e, antes que mais pensamentos criativos surgissem na minha cabeça, deitei e fui dormir. Era manhã de sábado, mas eu estava podre, não tinha dormido praticamente nada no voo. Quando acordei, bem descansada e descabelada, já havia passado da hora do almoço fazia tempo. Fui conferir meu celular e não tinha mensagem nenhuma. Não sei o que eu esperava, talvez alguma amiga me convidando para sair ou alguém querendo me encontrar, mas não tinha nenhuma notificação.

Venci a preguiça, levantei da cama, pedi comida pelo aplicativo e, enquanto não chegava, comecei a desfazer as malas, separei a pilha de roupas pra lavar, pilha de coisas para guardar e as comprinhas da viagem. Comecei a dar uma geral na casa, porque eu não gosto de viver no meio do caos. A minha cabeça até poderia estar um caos, por mais que eu tentasse fingir que não, mas pelo menos a casa precisava ficar em ordem. Às vezes, organizando a vida por fora a gente percebe que precisa arranjar um tempo para se organizar por dentro também.

Eu já estava me sentindo melhor, a máquina de lavar já estava batendo a primeira leva de roupas, as coisas já estavam guardadas e a cama arrumada. Ufa... Sentei no meu escritório, na frente do computador, terminei de editar o último vídeo da viagem. Já tinha escurecido lá fora, com um lindo pôr do sol que eu vi pela minha janela enquanto finalizava o vídeo. Peguei, então, mais uma vez meu celular para dar aquela checada nas redes. Estava olhando minha timeline do Instagram e vi uma postagem da Cinthia se preparando para o aniversário dela. Foi aí que lembrei que em poucas horas ia rolar a comemoração do aniversário em um barzinho, e que ela havia me convidado. *Fabiana, nem pense nisso.* Ué? Por que não? *Você e o Leandro não se encontraram até agora. É melhor continuar assim.* Mas qual o problema? Ele vai ficar no canto dele e eu no meu. Quero sair, me divertir, ver gente, só porque ele vai estar lá vou deixar de fazer o que eu estou a fim? *Fabiana, ele não vai gostar nada disso, a prima é dele.* E a amiga é minha. Se ele se incomodar, o problema é dele. EU VOU!

Claro que eu queria sair e me divertir, mas eu queria mesmo era C-A-U-S-A-R. Eu queria ver a cara dele quando me visse chegar. *Ai, Fabiana, só você mesmo. Quanta maturidade.* É verdade, vai falar que você nunca ficou curiosa para ver como um ex seu reagiria se te visse bem, linda e feliz? Eu queria esfregar na cara dele tudo que ele havia perdido. *Ui, última bolacha do pacote. Mas é isso aí, tem que se sentir linda e maravilhosa mesmo, porque quem perdeu foi ele.* Eu queria mostrar que eu estava tão bem sem ele a ponto de estar no mesmo lugar que ele e ainda conseguir curtir a noite. Mas será que eu estava tão bem assim, como queria mostrar para ele que estava? Hum, acho que só ia saber depois que a gente se encontrasse.

Já que eu estava indo pra causar, queria causar mesmo. Coloquei uma *playlist* bem animada, sentei na minha penteadeira, determinada, enrolei meus cabelos, escolhi um *look* estiloso, caprichei na make e passei um batom roxo. Sim, roxo! Ele nunca tinha me visto com batom nenhum na vida, nem hidrante labial, nada, e eu ia chegar logo de batom roxo.

É difícil descrever o mix de sentimentos que corriam dentro de mim, fazendo as minhas borboletas voarem na barriga. Eu estava animada, estava feliz. Mas tinha medo. Eu estava começando a me recuperar de todo o sofrimento que havia vivido, então tinha medo de que o fato de vê-lo pessoalmente pudesse bagunçar tudo mais uma vez. Ao mesmo tempo, estava curiosa, porque e se aquilo não mexesse mais comigo? Seria incrível! E ao mesmo tempo triste, porque, no fim de tudo, não tinha sido amor, não é? Ou foi amor, mas agora já não era mais? É possível a gente amar tão profundamente alguém e, de repente, esse amor evaporar, como água da chuva? Era possível um sentimento, que sempre achei ser tão forte, na verdade ser volátil?

Tentei não pensar nisso enquanto me arrumava, apesar de estar com borboletas na barriga e o estômago embrulhado ao mesmo tempo. Eu conseguia sentir meu coração batendo na garganta, como se fosse sair pela boca. Mas eu não ia mudar de ideia agora, ia até o fim com a minha decisão, mesmo que fosse loucura. *Respira, Fabiana, respira.*

Você já sentiu algo assim antes? Um medo do desconhecido, não saber se está fazendo o certo ou o errado, e, mesmo assim, não hesitar em fazer, porque precisa desesperadamente ver onde isso vai dar? Eu poderia quebrar a cara? Poderia, e provavelmente ia quebrar. Mas eu já tinha aprendido a me levantar, caso caísse, e não gosto de viver de incertezas. Sentia que seria bom para, quem sabe, colocar um ponto-final nessa história de amor, que no momento era mais uma tragédia shakespeariana do que um conto de fadas.

Eu não hesitei nem por um minuto enquanto me arrumava, mesmo com essa bagunça interna e minha cabeça desenhando milhões de possíveis cenas do que estava prestes a acontecer. Coloquei minha sandália e, com a respiração ofegante, chamei um táxi pelo aplicativo. Antes de sair de casa, me olhei no espelho e disse:

— Você consegue, você está muito mais feliz sem ele — eu disse em voz alta para mim mesma, como se precisasse desse incentivo. Eu estava confiante, me sentindo linda e com medo de ser um desastre. Confusa e possivelmente trágica, mas determinada. *Isso tá mais pra teimosia, hein, Fabiana. Mas vai lá, se você quebrar a cara, estarei aqui para te estender a mão.*

Entrei no táxi e aí o arrependimento começou a tomar conta de mim. Se o coração já estava batendo mais rápido do que bateria em um show de rock, agora, então, estava prestes a explodir. Por que eu fui inventar de fazer essa loucura? Eu estava muito nervosa, conseguia sentir as mãos suando. *Calma, Fabiana, você não falou que queria causar? Então vá para causar!* É isso mesmo, eu poderia estar nervosa, mas ele ia ficar mais ainda, porque nem imaginava que me encontraria lá. Respirei fundo mais uma vez e consegui me acalmar um pouco, parei de pensar em todos os possíveis desastres e comecei a me imaginar curtindo a noite.

Desci do táxi, parei na porta do bar e hesitei por alguns segundos. *Fabiana, ainda dá tempo de fugir. Mas, se eu fosse você, no caso eu sou, entraria aí para ver onde essa história vai dar. Não deixe os leitores curiosos. Ok, ok. Vou entrar.* E entrei.

A entrada era uma portinha escura, caminhei por um corredor comprido, até chegar a área dos fundos, onde havia várias mesinhas espalhadas por um quintal comprido, que já estavam lotadas. Reconheci alguns rostos, outros nunca tinha visto na vida. Logo a Cinthia veio ao meu encontro, superanimada, e me deu um abraço.

— Que bom que você veio — ela disse feliz.

— Parabéns, Ci! Como eu sei que você ama fotos, eu trouxe a minha câmera Instax para você tirar várias fotos hoje. — Entreguei a câmera e os pacotinhos de filme na mão dela.

— Ai... Não acredito, que demais. Vou pedir pra você fotografar pra mim. Mas pera, antes vem dar "oi" para o pessoal. — Ela me puxou pela mão.

Chegando mais perto pude ver que mais ao fundo estavam quatro homens em pé, conversando. Reparei em um deles em especial, de calça jeans, camisa branca, cabelos espetados e um sorriso de acelerar o coração. *Fabiana, não se esqueça do porquê você está aí.* Engoli em seco, estávamos indo na direção dele, tentei disfarçar, mas não conseguia parar de olhar, meus pensamentos pareciam estar apostando corrida dentro da minha cabeça. E então ele me notou, nossos olhares se encontraram, e o sorriso sumiu de seu rosto, sendo rapidamente substituído por uma cara de espanto. Algo dentro de mim se solidificou e me deu uma força que eu não esperava, abri um sorriso e caminhei confiante até a rodinha. Chegando lá, a Cinthia me apresentou às pessoas, inclusive a ele, como se eu não o conhecesse, e me apresentou como sua amiga. Cumprimentei todos com um abraço e um beijo, inclusive o Leandro, que ainda estava com a boca aberta de choque.

Confesso que quando fui abraçá-lo meu coração estava batendo como as asas de um beija-flor. Tentei, apesar de que acredito não ter obtido sucesso, não transparecer isso por fora. Quando nossas bochechas se encostaram, bem de pertinho, pude sentir seu perfume e muitas lembranças vieram à tona, e senti que sua respiração também estava ofegante. Quando nos afastamos lentamente, na verdade não foi tão devagar assim, mas na hora parecia que tudo estava acontecendo em câmera lenta, eu o encarei nos olhos, por segundos, e sorri.

Não sorri só porque via a cara dele de "desespero", apesar de esse ter sido um dos motivos, sim. *Que malvada, Fabiana! Quero morrer sua amiga, hein?* Naquele momento, eu percebi que, sim, eu ainda o amava, ou sei lá o que era aquele sentimento que eu achei que tinha enterrado bem no fundo do meu coração, só que parece que não tinha sido fundo o suficiente. Mas o mais importante: eu senti com todo o meu coração que, pela primeira vez na minha vida, eu me amava mais e ainda estava aprendendo a me amar. Hoje, depois de tudo que já passei, acredito que não devemos amar o outro se antes não aprendermos a amar a nós mesmos. E naquele momento isso ficou muito claro pra mim. O amor não havia acabado, como talvez eu gostaria que tivesse acontecido, mas o amor-próprio que eu estava aprendendo a cultivar em mim agora era maior. Eu já não era capaz de passar por cima de mim, do meu bem-estar e da minha felicidade para ficar com alguém, mesmo que eu amasse essa pessoa. Louco isso, né? As loucuras que fazemos por amor e aquelas que deixamos de fazer por amor-próprio.

Fui cumprimentar as outras pessoas da festa, com o coração muito mais leve. Sentei em uma mesa, perto de umas meninas que eu conhecia. Estava decidida a curtir a noite, e agora que eu sentia que poderia, sim, ser feliz sem ele, queria deixar isso transparecer. *Infantil, eu sei, mas tem momentos que fazemos esse tipo de coisa, e temos que lembrar que ninguém é perfeito e tá tudo bem.*

Um drink aqui, outra bebida ali, a minha timidez já tinha me abandonado. Conversava com todos à minha volta, ria, tirava fotos da Cinthia com a minha máquina, fiz amizade com duas meninas que eu já conhecia, mas nunca tinha conversado muito. Mais um drink e eu estava ficando bem alegrinha. O Leandro? Nem sei. Desde que o cumprimentei, não reparei nele nem por um segundo. O tempo passou super-rápido, algumas pessoas já estavam indo embora. Levantei para ir ao banheiro, porque planejava ir embora logo também.

Quando saí, dei de cara com o Leandro, que estava indo para o banheiro. De cara mesmo, quase trombei com ele. Ele ficou todo sem jeito.

— Desculpa. Eu achei que você já tinha ido embora.

— Ah não, tudo bem. Eu já vou. Você já tá indo? — perguntei.

— Sim, só vou dar tchau pro pessoal e vou — ele falou desviando de mim, para conseguir entrar no banheiro masculino, mas antes que ele entrasse eu disse:

— Ah, você podia me dar uma carona, né? Eu vim de táxi, e você vai passar na frente da minha casa de qualquer jeito, já que é caminho.

— Até hoje eu não sei por que eu falei aquilo. Foi totalmente sem pensar, só saiu. Ele claramente ficou em choque com a minha ousadia e cara de pau, demorou um tempinho para entrar em sintonia de novo e responder.

— Ah, você veio de táxi? Tá, eu te levo — ele falou pausadamente, meio perplexo. Nem um dos dois acreditava que eu tinha pedido carona. — Só vou ao banheiro e a gente já vai.

— Ok. Vou te esperar lá fora, na porta — eu disse sorridente e confiante.

Dei tchau para quem ainda estava no bar, paguei minha conta e fui para a porta. Agora eu me questionava: por que eu tinha feito aquilo? Era só para causar? Causar mais? Aonde eu queria chegar com aquilo? Já não estava bom o suficiente tudo que eu havia descoberto naquela noite? Precisava de mais? Pelo visto, alguma coisa dentro de mim, que havia assumido o controle, decidiu que precisava, sim, de mais.

O Leandro chegou à porta e ficou meio desapontado ao me ver lá. Como se tivesse a esperança de que eu já tivesse partido ou coisa assim. Mas não, eu estava lá, em pé, tentando me equilibrar de salto alto na calçada esburacada e com meu batom roxo intacto.

— Vamos? O carro está no fim da rua — ele disse com uma certa formalidade e apontou a direção.

— Vamos — eu disse e fui seguindo ele em direção ao carro.

— Eu não sabia que você viria hoje, achei que estava viajando — ele comentou com um tom meio bravo, bem cínico. Hum, isso quer dizer que ele estava de olho no que eu andava fazendo.

— Também não achei que eu viria. Quando a Cinthia me chamou, eu disse que não viria, mas cheguei de viagem hoje cedo, dormi o dia todo, acordei e decidi vir — falei rindo como se tivesse contando algo superengraçado. Efeito da bebida.

Entramos no carro, mais uma vez fui pega por várias memórias, momentos, histórias que já vivemos. Ele sentado no banco do motorista e eu no passageiro do seu Gol preto. Ele ligou o carro e rapidamente já ligou a rádio e procurou uma estação que estivesse tocando música, acho que para disfarçar aquele silêncio constrangedor.

— E aí, o que você anda fazendo? — ele me perguntou para quebrar o gelo.

Era tão estranho estar sentada ao lado de uma pessoa que eu conhecia tanto, que eu amava, mas ter a sensação de que era um completo estranho, que não sabia mais nada de mim, do que eu andava fazendo e de quem eu havia me tornado. Porque ele não era um desconhecido, mas eu já não era a mesma pessoa que ele conheceu e namorou, pelo menos já não me sentia mais a mesma e provavelmente ele também não. As pessoas mudam, crescem, evoluem, é natural, é necessário. Mesmo em tão pouco tempo depois de termos rompido, eu já me sentia tão diferente.

Comecei a contar das minhas últimas viagens, superfeliz e animada, como quem conversa com uma amiga que não vê faz tempo, porém só ele perguntava. Ele perguntou como estavam minha família e a faculdade, qual era minha próxima viagem, como andava o trabalho. De tudo um pouco, e eu fui falando, falando e falando sem parar. Mas em nenhum momento eu perguntei dele, o que ele andava fazendo, como estavam as coisas, o trabalho, nada. Porque, de verdade, eu não queria saber. Não queria manter essa ligação entre a gente.

Chegamos à rua do meu prédio, mas eu ainda não havia terminado de contar como tinha sido a minha última viagem. Então ele encostou o carro perto do portão e escutou atentamente eu terminar de falar.

É engraçado, mas por alguns minutos parecia que estava tudo bem entre a gente, que éramos amigos novamente, como na época em que eu fiz intercâmbio, quando nos falávamos todos os dias, mesmo sem estar namorando nem nada. Mas havia momentos em que a situação ficava desconfortável. E agora era hora de dar tchau e ir embora.

— Tchau, Le. Obrigada pela carona — falei, já abrindo a porta. Sem beijos e abraços, não queria dar a entender que a carona ou a conversa fossem um "pedido" da minha parte para voltar. Não, eu só queria mostrar para ele que eu estava bem. E eu tinha ido para causar, lembra? Coisa que eu tinha certeza que havia conseguido com sucesso, porque ele não parecia nada feliz com a situação. Apesar de estar mais de boa no fim de toda a conversa.

— De nada. Depois a gente podia marcar de sair para conversar, né? Colocar uns pingos nos is — ele falou numa boa, sem tom de grosseria ou nada do tipo.

— Pode ser — respondi, tentando imaginar como seria essa conversa.

— Tchau.

Saí do carro feliz comigo mesma. Falar que eu saí totalmente ilesa desse encontro seria hipocrisia. Claro que tudo isso mexeu comigo de diversas formas, mas talvez, no fim das contas, eu precisasse desse chacoalhão para refletir e perceber que podia seguir minha vida sem ele se eu quisesse. Mas eu queria?

CAPÍTULO 6

EU NÃO QUERIA *romance*, QUERIA *safadeza*

Namoro virtual, vocês já tentaram? Confesso que nunca fui uma pessoa muito do bate-papo digital, sempre preferi conversas olho no olho. Diga-se de passagem, não podemos esquecer que me apaixonei à primeira vista, né? Mas eu estava solteira pela primeira vez em anos e as coisas haviam mudado, e muito. Eu precisava tentar.

Não me cadastrei em nenhum site ou app de namoro. Nada contra, mas ainda estava dando um passo de cada vez. Uma amiga minha me passou o contato de um *boy*, amigo dela, que ela disse ter perguntado de mim. Nos seguimos nas redes e ele começou a me mandar mensagem.

> **Felipe:**
> Oi, Fabi. Achei muito linda a foto que você postou ontem.
>
> **Fabi:**
> Obrigada. ☺ Eu vi que você tem um violão. Você toca?
>
> **Felipe:**
> Toco, adoro sertanejo. Você gosta?
>
> **Fabi:**
> Gosto, gosto sim. Qualquer dia você podia tocar para eu ver, né?
>
> **Felipe:**
> Claro. Não vejo a hora.

E assim foi, dias e mais dias trocando mensagens. Sem nunca termos nos encontrado pessoalmente. Mas as mensagens estavam ficando cada vez mais profundas e com mais frequência. Ele estava sendo fofo, mas um pouco "pegajoso" demais. E eu não estava a fim de um relacionamento, não queria nada sério, só um ficante, sem sentimentos. *Calma, Fabiana, dá uma chance pro garoto.*

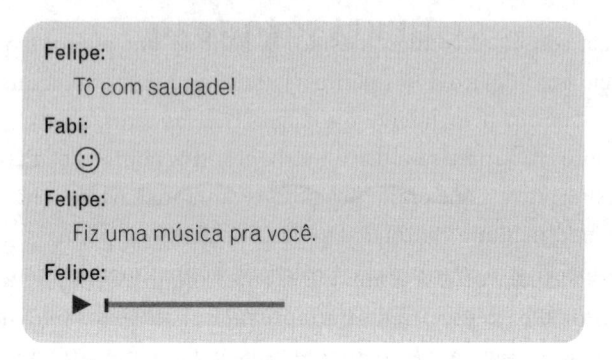

> **Felipe:**
> Tô com saudade!
>
> **Fabi:**
> ☺
>
> **Felipe:**
> Fiz uma música pra você.
>
> **Felipe:**
> ▶ ▬▬▬▬▬▬▬

Own, que fofo, você deve estar pensando. É, achei fofo. Um pouco exagerado? Talvez, mas talvez também eu estivesse acostumada a ser tratada de outra forma, e aquele tanto de atenção e forma de demonstrar carinho fosse algo novo pra mim. A voz não era boa, e a música... bom, o que vale é a intenção, certo? *Ai, Fabiana, tadinho do menino.*

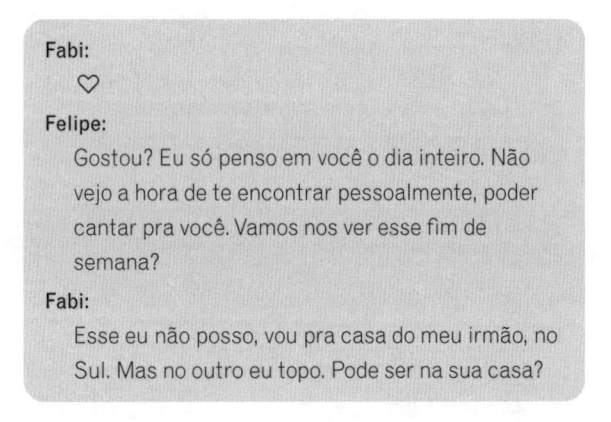

> **Fabi:**
> ♡
>
> **Felipe:**
> Gostou? Eu só penso em você o dia inteiro. Não vejo a hora de te encontrar pessoalmente, poder cantar pra você. Vamos nos ver esse fim de semana?
>
> **Fabi:**
> Esse eu não posso, vou pra casa do meu irmão, no Sul. Mas no outro eu topo. Pode ser na sua casa?

Que ousada, Fabiana. Já partindo logo pro ataque. Ué, eu não tava a fim de ficar nessa de só trocar mensagens pra sempre, queria olho no olho, queria beijo na boca.

> **Felipe:**
> Pode, sim. Não vejo a hora. Já vou comprar umas coisas para fazer pão de queijo pra você. Fazer mesmo, não aqueles congelados.

Opa, comida é comigo mesmo. Já ganhou um ponto. E um detalhe, ele era mineiro. Dois pontos. Já falei que tenho uma queda por mineiros, né? Principalmente o sotaque. E pelas fotos, ele era gatinho. Três pontos. Ok, precisava dar uma chance: três pontos positivos, contra dois negativos, que eram: pegajoso e canta mal. Mas eu não estava procurando nenhum cantor, então desconsidera esse ponto.

Comecei a digitar uma resposta pro Felipe quando meu celular vibrou e apareceu uma notificação: *Leandro te mandou uma mensagem.* Oi? Por quê? O que ele queria comigo? Do nada. Não podia ser sobre a festa da Cinthia, já fazia semanas. *Calma, Fabiana. Respira. Não deve ser nada demais.* Fazia mais de dois meses que já não estávamos juntos e de alguma forma ele ainda fazia meu coração disparar, mas não pelos mesmos motivos.

Abri a mensagem, era grande, passei os olhos rapidamente pelo texto e fiquei chocada.

> **Leandro:**
> Oi, Fabi. Sei que o Fábio te convidou para o aniversário dele neste fim de semana. Mas ele é meu amigo e não seu, então você não deveria ir. Assim como não deveria ter ido ao aniversário da Cinthia, que é minha prima. Pare pra pensar que às vezes as pessoas te convidam por educação. E cabe a você ter a noção de recusar o convite. Como você não teve e foi ao aniversário da Cinthia, vim aqui te avisar para não ir ao aniversário do Fábio.

Minha respiração estava até pesada. A raiva tomou conta de mim, podia sentir meu corpo ficando quente. Como ele teve a cara de pau de mandar essa mensagem? Que aniversário era esse para o qual nem tinha sido convidada e ele já veio despejar esse monte de merda pra cima de mim? Que ódio. Era isso que eu sentia. E sem nem parar para refletir ou me acalmar, eu comecei a digitar, com força, rápido e com raiva, a minha resposta.

> **Fabi:**
> Oi, Leandro. Primeiro: queria dizer que se você se sente tão incomodado ou ameaçado com a minha presença, você realmente não deveria ir. Porque se eu for convidada e quiser ir, eu vou pra qualquer lugar. Com você lá ou não. Então os incomodados que se mudem. Segundo: eu nem sei sobre esse aniversário do Fábio que você está falando, nem fui convidada. Antes de vir aqui me mandar esse monte de merda, você deveria ter ido perguntar ao seu AMIGO se ele vai me convidar ou não. Pois assim não teria perdido seu tempo ao me escrever isso e nem teria passado essa vergonha. Terceiro: se você tivesse parado para pensar, se lembraria que naquele dia, na carona que você me deu, eu te disse que viajaria para casa do meu irmão em Porto Alegre justamente neste fim de semana. Ou seja, mesmo que eu tivesse sido convidada pelo Fábio, eu não estaria aqui para ir. Me poupe.

Enviada. Suspirei. Parece que eu tinha digitado tudo em uma respiração só, de tanta raiva. Agora estava aliviada. *Parabéns, Fabiana, antigamente você não teria dito o que você disse. Teria se sentido culpada, mesmo não tendo culpa.* Esperei um pouco para ver o que ele ia mandar, mas ele nem respondeu. Fui perguntar para a minha amiga, que era namorada do Fábio, sobre esse tal aniversário, e ela disse que ele estava decidindo onde ia fazer e que não tinha convidado ninguém ainda. Contei para ela o que tinha acontecido e ela não acreditou que o Leandro tinha me mandado aquilo. Ou seja, só de saber que havia a possibilidade de eu ser convidada, ele já se desesperou. Então eu realmente tinha causado no aniversário da Cinthia.

Meu celular vibrou. Eu abri rápido para ver se ele havia me respondido, mas não era ele.

> **Felipe:**
> Ta aí?

Ops, acho que no meio dessa confusão toda, eu me esqueci de responder o garoto.

> **Fabi:**
> Oi... desculpa. Amo pão de queijo. Vou amar. Depois a gente combina tudo direitinho.

No fim de semana, eu fui para a casa do meu irmão Bruno e da minha cunhada Beta, no Sul. A gente aproveitou para passear, fomos de carro ao parque do Beto Carreiro, que dá umas cinco horas de Porto Alegre. Na volta, decidimos fazer uma visita a meus amigos Fred e Lu, em Floripa, que era bem pertinho do parque. Lembra deles, do primeiro livro? Essa amizade continuou.

Fomos pra casa dos pais do Fred assistir a um jogo do Brasil na Copa. O fim de tarde foi maravilhoso, mas o jogo nem tanto. Começou bem, animado, gol do Brasil. Até que o Neymar levou uma joelhada na coluna e foi para o chão. Uns xingaram e os outros ficaram sem ar. Neymar foi tirado do campo na maca, aparentemente com muita dor. Brasil e Colômbia, Copa de 2014 no Brasil, lembra disso, caro leitor? O jogo tinha que continuar, mas a esperança dos brasileiros foi levada na maca com o jogador machucado. Era só o começo de um fim trágico para aquela Copa. Apesar de tudo parecer ir mal, o Brasil foi classificado para a semifinal.

O resto da viagem foi incrível, voltamos para Porto Alegre, saímos para comer fondue de chocolate e eles me levaram para conhecer alguns pontos turísticos da cidade. Durante o fim de semana, o Felipe não parava de me mandar mensagem, o que já estava me deixando irritada, mas eu estava aguentando, porque agora faltava pouco para nos encontrarmos pessoalmente e eu estava torcendo por uma noite daquelas. Na segunda de manhã, voltei pra São Paulo, depois de um fim de semana muito gostoso.

Terça-feira era dia de semifinal da Copa, Brasil e Alemanha. Preciso contar o que aconteceu nesse jogo? Acho que todo brasileiro lembra da goleada de 7 x 1 que levamos dos alemães, né? Se você era novo demais e não se lembra, com certeza já viu os memes. Eu estava assistindo ao jogo em um barzinho na Vila Madalena com uns amigos, me lembro de cada detalhe desse dia. O ar parecia pesar, eu via queixos caídos, olhares perdidos e escutava o repetido *GOOOOLLLL* que o narrador gritava, mas que ninguém comemorava. Antes mesmo de o jogo acabar, as pessoas começaram a ir embora, como se não fizesse mais sentido continuar ali bebendo com os amigos. Eu estava caminhando sozinha na rua, indo em direção ao ponto onde eu havia estacionado meu carro, quando meu celular vibrou.

> **Leandro:**
> Desculpa, não era para eu ter te enviado aquela mensagem. Eu tinha digitado e enviei sem querer. Mas eu fiquei muito puto por você ter ido ao aniversário da Cinthia, porque eu não esperava te encontrar lá. Achei que você tivesse ido só para me irritar. Mas você está certa, se for convidada e quiser ir, não é da minha conta.

Oi? Do nada, literalmente do nada? O que estava acontecendo? Por que aquela mensagem agora? Será que a derrota (ou melhor, o nocaute) do Brasil tinha mexido tanto assim com ele? Continuei caminhando até chegar ao meu carro, pensando qual seria o motivo daquela mensagem. Será que ele estava realmente querendo se desculpar? Ou só se sentiu mal por eu não ter falado nada depois do show que eu dei com a minha resposta no outro dia? Sentei no carro, li a mensagem mais uma vez, desconfiada. Entrei nas redes sociais dele, ele tinha postado uma foto poucas horas antes. Na foto, ele estava no quintal da casa da mãe dele, com a camisa do Brasil, aqueles chapéus malucos verde e amarelo, o seu "famoso" sorriso no rosto, junto de uma galera, todos de amarelo, segurando vuvuzelas e cornetas. Hum, está rolando churrasco com os amigos, ou seja, ele não está sozinho. Então por que iria me mandar mensagem agora? *Fabiana, para de enrolar e responde alguma coisa.*

> **Fabi:**
> Se você se incomodou tanto assim, acho que a gente deveria mesmo ter aquela conversa para colocar os pingos nos is. Não acha?
>
> **Leandro:**
> Sim. Vamos marcar, sim, essa conversa.

Fabiana, não vá se iludir. Eu não estava me iludindo, não estava criando esperanças nem fantasiando um final feliz, talvez pela primeira vez em muito tempo. Finalmente meus pés estavam de volta ao chão e eu não tinha a intenção de voar. Na mesma hora, fechei a conversa com ele e abri outra.

> **Fabi:**
> Oi... tudo certo pra sexta?
>
> **Felipe:**
> Claro, contando os dias. ☺

Não me engana, Fabiana. Não tô me enganando, eu não estava caidinha pelo Felipe, óbvio que não, mas ele estava caidinho por mim e era um lindo. Eu só queria curtir o momento. Eu não estava em busca de relacionamento, pelo contrário, queria *dates* casuais, só isso. Não posso ser uma mulher segura, madura, independente, que tem *dates* casuais e volta pra casa sozinha e feliz? O que tem de errado nisso?

Sexta-feira, por que é sempre um dia tão esperado? Talvez por que é o começo do fim de semana? Ou por que traz sensação de aventura? Não sei, mas aquela sexta-feira especificamente parecia não passar, o tempo parecia estar em câmera lenta. Logo depois do almoço eu já comecei a me arrumar, sabia que era muito cedo, mas eu não conseguia me concentrar em mais nada, queria ir logo para esse "encontro". *Fabiana, vai com calma, cuidado para não se decepcionar, vá sem expectativas.* Impossível, quem não cria expectativas para um encontro desses? Dias trocando mensagens e finalmente íamos nos encontrar. Eu já tinha a cena toda na minha cabeça, quando a porta abrisse os dois não iriam resistir, daríamos um beijão daqueles de tirar o fôlego, na porta mesmo, ele ia me jogar contra a parede, começar a tirar a minha blusa, eu ia pular no colo dele, cruzar as pernas na sua cintura e ele ia me segurar. Então eu ia tirar a blusa dele e, ainda me beijando, ele ia fechar a porta e me levar no colo pra dentro e... Tá, chega com esse roteiro de filme e vamos ao que realmente aconteceu.

Quando finalmente chegou a hora, me olhei no espelho umas vinte vezes, só para garantir que estava tudo ok. Peguei bolsa e chave do carro, tranquei a porta de casa, respirei fundo mais uma vez, repassando o que eu imaginava que estava prestes a acontecer, e fui. Cheguei à portaria e escutei o porteiro dizer no interfone: "Felipe, sua amiga está aqui". Ele abriu o portão, me explicou o caminho e eu agradeci.

No elevador, minha respiração começou a ficar ofegante, as cenas que eu havia imaginado não paravam de reprisar na minha cabeça, igual ao *Chaves* no SBT. Péssimo exemplo, eu sei. Mas péssimo mesmo é o que estava para acontecer. Toquei a campainha e, menos de um segundo depois, ele abriu. Hum... gatinho como eu tinha visto nas fotos. Até agora tudo ok. Os dois ficaram aparentemente tímidos, então eu disse "oi" e fui dar um beijo na bochecha dele e abraçá-lo. *Cadê o beijo na boca?* Ah, eu não senti uma vontade da parte dele, então não quis assustar o menino logo na porta. *Ok, vamos com calma, então.*

— Finalmente! É pra você — ele disse, me entregando uma rosa. Fofo, mas lembra que eu não queria fofura? Eu queria beijo na boca.

— Ah, que linda. Obrigada. Sim, finalmente.

— Entra, fica à vontade. O pão de queijo já está no forno. Enquanto isso a gente pode escolher o filme que vai assistir. — Mais uma vez fofo, eu estava ficando preocupada. Mas calma, assistir a um filme pode ser uma boa desculpa para ele chegar pertinho.

— Onde a gente vai assistir? Nessa TV aqui? — perguntei, apontando para a TV da sala.

— Não, na TV do meu quarto, essa não tem internet. — Ótima resposta, vamos assistir ao filme no quarto. Tá vendo, nem tudo estava perdido.

Fomos para o quarto dele, era pequeno, apertadinho, com apenas uma cama de solteiro. A TV já estava ligada, ele pegou o controle em cima de uma montoeira de papel na escrivaninha embaixo da televisão, e se sentou na cama. Eu nem esperei ele me convidar, sentei ao lado dele. Depois de longos minutos debatendo sobre os filmes que cada um já havia assistido, chegamos a um acordo sobre qual assistir. Para ser bem sincera, eu não estava muito interessada no filme em si, então deixei ele escolher o que ele queria e fingi estar interessada. Ele foi pra cozinha e voltou com os pães de queijo e Coca-Cola.

— Olha só, Fabi, depois que você experimentar esse pão de queijo, que é receita de família, você vai se apaixonar, tá? Já estou te avisando.

— Ah, então você faz pão de queijo para todas as meninas que vêm aqui, né? — perguntei, rindo, e já pegando um para experimentar, porque a taurina aqui não está nem aí para quantas garotas ele já fez isso, eu tava era com fome.

— Claro que não, você é a única que já veio em casa — ele disse com um olhar de apaixonado, e depois olhou para baixo, meio sem graça.

— Acho bom. — Dei risada, mas era de nervoso. Isso não era bom, pelo visto ele queria exatamente o oposto do que eu, ele queria romance.

Realmente o pão de queijo estava ótimo. Ele deu play no filme, apagou a luz do quarto e veio se sentar ao meu lado, na cama dele, colocou uma coberta nas nossas pernas e me olhou com um sorriso bobo. Pensei: é agora. Só que não. Ele virou para a TV e assistiu ao filme vidrado, como se fosse o melhor filme que ele já tinha visto. Nem piscava! E eu? Aff. Eu estava ficando entediada, contando as horas para esse filme acabar. Mais uma vez as cenas que eu havia imaginado para aquela noite passaram pela minha cabeça e eu ri de mim mesma.

Finalmente o filme acabou.

— Nossa, que filme! Bom demais — ele disse enquanto desligava a TV e levantava da cama para acender novamente as luzes.

— Ah, é... Você gosta mesmo de violão, né? — Tentei ser rápida e mudar de assunto, porque eu tinha detestado o filme.

— Sim, posso tocar uma música para você? — ele perguntou enquanto pegava o violão pendurado na parede.

— Ah... claro. — Droga, péssima ideia.

Então, ele tocou e cantou a música que, segundo ele, havia feito para mim. A letra era bonitinha, ele tocava bem, mas a voz, que pena, era péssima. Ele parecia não saber que cantava mal, ou não se importava. Porque começou a emendar uma música na outra, sem parar. Os minutos pareciam horas e eu já não estava mais conseguindo disfarçar. *Fabiana, se tem uma coisa que você é péssima, é em disfarçar quando não está gostando de alguma coisa.* Sempre fui sincera, mas às vezes sinceridade dói, e ele parecia tão meigo, eu não queria ferir os sentimentos dele.

— Fe, desculpa atrapalhar — falei, antes que ele começasse outra música. — Já está ficando tarde e eu preciso ir. — Era mentira, mas eu já não queria mais ficar ali.

— Amanhã é sábado, fica mais um pouco. A gente esperou tanto por esse momento — ele disse isso e colocou o violão de lado, se aproximou de mim e pegando nas minhas mãos. Eu já tinha perdido as esperanças de salvar aquela noite, mas quem sabe outro dia? Então o puxei pra perto e dei um beijão nele, que eu estava me coçando a noite toda para dar. Mas, não encaixou! Não tô falando que eu queria um beijo perfeito, como aqueles de filme, em que o casal se beija e os sinos tocam e a neve cai. Já tinha baixado minhas expectativas quanto a isso. Mas parecia que eu estava beijando um amigo, não tinha química nenhuma.

— Fe, obrigada pelo pão de queijo e pelo filme. Mas eu realmente preciso ir. — Me levantei.

— Poxa, tudo bem. Mas vamos nos ver de novo? Logo? — Ele pegou na minha mão, esperando por uma resposta.

— Vamos, vamos sim — respondi com um sorrisinho simpático.

Peguei minha bolsa, a rosa que estava em cima da mesa da sala, conferi meu bolso para ver se não estava esquecendo o celular e fui em direção à porta. Ele abriu a porta e me olhou triste, eu nem quis tentar beijá-lo mais uma vez para ver se alguma faísca acendia, porque definitivamente nós dois queríamos coisas muito diferentes e não valia a pena.

Cheguei em casa, me larguei no sofá e meu celular vibrou. Obviamente devia ser ele perguntando se eu tinha chegado em casa bem ou coisa assim. Mas eu não queria responder, estava triste. Triste porque parece que, quando você quer romance, só encontra cara querendo uma noite e nada mais, e quando você quer uma noite e nada mais, o que é que a gente encontra? Cara querendo coisa séria. Poxa, vida, pra que facilitar, né? *Calma, Fabiana, nem sempre vai dar certo e tá tudo bem. Tente de novo.*

CAPÍTULO 7

PRECISAMOS *conversar*...

Domingo. Um dia da semana com tantos significados. Domingo é dia de reunir a família, de descansar, de dormir sem hora pra acordar. Mas também é dia de se organizar pra semana que vai começar, colocar os planos no papel, se despedir da preguiça e se preparar para arregaçar as mangas. Tem domingos que eu amo; outros, nem tanto. Tem domingo que eu acordo feliz, cheia de planos e compromissos, encontro pessoas que eu amo e durmo em paz. E tem domingo que eu tenho preguiça de acordar, não tenho vontade de fazer nada, tem um ar melancólico e bate uma tristeza de saber que o fim de semana vai acabar.

Era domingo, abri os olhos e meu quarto ainda estava bem escuro, a não ser pelas frestas de luz que entravam pela janela. Com muita preguiça, me levantei e abri a janela. O dia estava quente e ensolarado, mas me joguei de volta na cama. Se eu não tinha planos para aquele dia, pra que levantar? Peguei o celular pra ver se alguém tinha me mandado alguma mensagem e vi que já eram onze horas. A mensagem do Felipe perguntando se eu tinha chegado bem continuava sem resposta, seguida de várias outras. Tadinho, eu ia responder, um dia, eu só não estava a fim.

Joguei o celular pro lado e olhei pro teto. Por que às vezes é tão difícil arranjar um tempo nas nossas vidas para parar e escutar nossos pensamentos? Eu não diria que é falta de tempo, apesar de a gente sempre usar a correria do dia a dia como desculpa. Na minha opinião, é fuga. Temos medo de escutar e analisar o que estamos pensando ou sentindo, porque não queremos ter que lidar com isso. É tudo muito confuso, eu sei. Mas é necessário! Eu estava sentindo um mix muito louco de emoções e evitava pensar nisso, porque queria fingir que aqueles sentimentos não estavam ali, mas eles estavam. Respirei fundo e decidi entender o que estava se passando dentro de mim.

Eu não tinha vontade de responder ao Felipe, porque eu queria encontrar alguém com quem eu tivesse uma química incrível e nada mais. Não queria envolver sentimentos, porque desde o término eu tinha colocado meu coração na geladeira e pretendia permanecer assim por um bom tempo. Eu ainda tinha sentimentos muito fortes por aquele--que-não-deve-ser-nomeado (fãs de Harry Potter vão me entender) e não estava disposta a me envolver emocionalmente com alguém e ter a chance de quebrar a cara de novo. O fim ainda doía e eu sabia que ainda havia muitas coisas mal resolvidas. Eu sou uma pessoa que gosta de fazer as coisas por inteiro. Odeio ver um filme pela metade, ou abandonar um livro porque não estou gostando, eu vou até o fim. Uma panela de brigadeiro? Eu como sozinha, e não sossego até ver que acabou. Preciso de pontos-finais e não vírgulas ou reticências.

Quando digo que ainda tinha coisas que precisava resolver com o Leandro, não quero dizer que queria voltar a namorá-lo. Mas, a meu ver, nosso término, além de muito doloroso, ficou com muitas frases inacabadas. Eu tinha tanta coisa pra dizer, tantas verdades que nunca contei, tanta mágoa que engoli, tanto sentimento que sufoquei até não aguentar mais. Eu poderia simplesmente tentar esquecer tudo aquilo e seguir em frente? SIM. Mas no fundo eu sabia que um dia precisaria colocar tudo para fora e terminar de uma vez por todas o que comecei.

Eu estava olhando para o teto, mas minha cabeça estava em outro lugar. Era como se só o meu corpo estivesse ali, deitado na cama, mas a mente voava longe. Senti uma lambidinha na minha mão e, com um piscar de olhos, voltei para o presente e vi a minha neném me olhando, pedindo carinho. Abracei a Amora e senti mais uma lambida no meu rosto. Me sentei e comecei a brincar com ela na cama, é quase o nosso ritual matutino, ela sempre acorda animada, e isso me anima. E com essa animação que de repente eu comecei a sentir, peguei meu celular e mandei:

> **Fabi:**
> Vamos conversar?

Você deve estar se perguntando: "Pra quem você mandou isso?". Pra ele mesmo, para aquele-que-não-deve-ser-nomeado, aquele que pegou meu coração e partiu em pedaços, aquele com quem eu tinha assuntos inacabados.

> **Fabi:**
> Ficamos de marcar um dia pra colocar os pingos nos is e não marcamos. Hoje eu tô livre.

Ele visualizou, mas logo ficou off. Ok, talvez ele precisasse de um tempo para digerir, né? Levantei da cama, finalmente, e fui para o chuveiro tomar um banho e acabar com aquela preguiça. Eu não estava com medo de receber um não do Leandro, sabia que ele também queria aquela conversa. Claro que ele poderia estar com expectativas diferentes, mas eu sentia no meu coração que precisava daquilo. Saí do banho e tinha uma mensagem no meu celular:

> **Leandro:**
> Pode ser. Fim da tarde?

Eu respondi e marcamos um horário pra gente se encontrar em um barzinho que frequentávamos. Agora era real, essa conversa ia acontecer. E eu não estava nervosa. Dá pra acreditar? Eu me sentia pronta para ter uma conversa sincera e madura. A poeira já tinha baixado, já fazia quase três meses desde que tínhamos terminado, e eu conseguia ver as coisas com mais clareza.

Passei o dia recapitulando na minha cabeça as coisas que eu gostaria de dizer. Pensei nos pontos que errei, nos que me magoei, nos que me senti ignorada, e por aí vai. Eu não sabia qual seria o rumo que a conversa tomaria, mas a minha intenção era ser sincera, sem brigar, sem chorar, apenas esclarecer as coisas, admitir os erros e explicar os pontos de que não havia gostado e onde achava que ele tinha errado. Terminei de me arrumar, confesso que não me preocupei muito com o *look*, não estava indo pra causar como da outra vez. *Fabiana, não se faça de doida. Você sempre se preocupa com o look em ocasiões importantes.* Ok, eu não fui de qualquer jeito, estava arrumadinha, mas nada demais.

Chegou a hora, pedi um taxi e fui. Parecia que eu estava indo encontrar um amigo em um bar, para colocar o papo em dia. Amigo? Será que é possível ser amiga do ex? Eu não acredito muito nisso, não. E nem era isso que eu estava procurando, queria uma conversa amigável, mas amizade não. Não julgo quem consegue ser amiga do ex, na verdade, acho até que essa pessoa é mais evoluída ou algo assim. Ou o relacionamento era mais uma amizade do que amor, aí o namoro acabou e a amizade continuou. Sei lá, tô ficando confusa. *Foco, Fabiana, volta pra história.*

O bar estava bem vazio, apenas algumas mesas ocupadas. Entrei confiante olhando pro ambiente e, sentado em uma mesa bem no meio, estava ele com o cardápio na mão. Fui em sua direção sem cambalear, sem tremer, nada. *Nem um frio na barriga, Fabiana?* Tá, um friozinho na barriga, talvez. Mas estava confiante. Ele levantou para me cumprimentar e aí rolou aquele leve constrangimento, porque quando você namora muito tempo uma pessoa é automático dar um selinho quando se encontra. MAS CALMA. A gente não se beijou! Foram só aqueles segundinhos de pânico, em que um vai pra um lado, o outro vai pro outro, tipo dançando capoeira, opa... aí nos abraçamos como amigos, dando aquele beijinho que só encosta a bochecha. Ufa.

Quando alguém te chama pra conversar, ou você mesmo chama alguém pra conversar, rola um clima de tensão, né? Não sei se só eu que sinto isso, mas tô falando como se fosse uma coisa normal, porque sempre vejo a frase "Precisamos conversar" sendo usada em filmes, livros e séries para causar tensão entre duas pessoas. Mas, caro leitor, fique pasmo com o que vou te revelar: nenhum dos dois parecia tenso. O ar não estava pesado e eu não sentia nenhum cheiro de treta.

— Vamos pedir uma cerveja? — perguntei para ele, antes do garçom chegar. Precisava quebrar o gelo, e a cerveja ia deixar o clima da conversa mais descontraído.

— Ah sim, melhor, né? — Ele deu uma leve risadinha, meio constrangido, mas acho que ele entendeu minha intenção. Levantou a mão pro garçom e fez o pedido. Aproveitei que o garçom estava ali e pedi uma porção de coxinhas pra mim. *Taurina, né? Sempre pensando em comida.*

— Então, senhorita, o que você quer conversar? — Ele foi bem direto.

— Eu? Você que deu a ideia de colocarmos os pingos nos is.

— Verdade — ele falou e deu um gole na cerveja, quase como se precisasse disso para tomar coragem, e eu fiz o mesmo. *Ué, Fabiana, você não falou que não estavam tensos?* Sim, mas não sabíamos nem por onde começar.

— Por onde começar? — perguntei, fiz uma pausa, olhei pra cima como se estivesse buscando algo na memória e continuei: — Acho que tenho muitas coisas entaladas, achei que nunca falaria, mas já que você deu a ideia dessa conversa, pensei, por que não, né? Tem coisas que você fez que me magoaram muito e talvez você nem saiba, ou sabe, mas quero falar mesmo assim. — Dei mais um gole na cerveja gelada, respirei fundo e continuei: — Primeiro, eu queria entender o que foi a sua mensagem sobre o aniversário do Fábio. A gente terminou. Ok. Mas qual a necessidade da grosseria?

— Puts… então. Na verdade, você não vai acreditar. Não era pra eu ter te enviado aquela mensagem. Quando o Fábio me falou do aniversário, eu pensei que você poderia ir e decidi escrever pra você não ir. Fiz aquele texto no calor do momento, mas não ia mandar, primeiro ia tentar descobrir se você iria ou se seria convidada, mas sem querer apertei "enviar" — ele disse com uma cara de "vou fazer o quê?". Naquela época, ainda não existia a função *deletar uma mensagem já enviada no whats*, se tivesse, talvez essa treta não tivesse existido.

— Você tá brincando? — perguntei incrédula.

— Tô falando. Desculpa se fui grosso, mas eu não tive a intenção de te mandar aquela mensagem. Aí, depois que eu já tinha mandado, não tinha o que fazer, não ia falar que mandei sem querer, você não ia acreditar.

— É, não ia mesmo, nem sei se acredito agora. — Dei risada.

— É sério. Apertei "enviar" sem querer, mas escrevi aquilo porque eu estava puto. Fiquei muito puto por você ter ido ao aniversário da minha prima.

— É, acho que deu pra perceber isso pela sua cara no dia. — Dei risada e bebi mais um gole. Minhas coxinhas chegaram.

— De verdade, aquilo me incomodou muito. Eu não gostei que você foi. Pareceu que você foi só para causar, sabe? Para me ver. E sei lá, eu não estava esperando te encontrar lá.

— Então. Preciso confessar uma coisa. Eu fui pra causar mesmo! Desculpa. — Dei uma risadinha nervosa e ele me olhou indignado, porém não com cara de bravo. — É que você me fez tão mal no fim do relacionamento, e eu tava finalmente me sentindo tão bem depois de tanto tempo, que eu queria, sim, de alguma forma te deixar incomodado. Mas acho que mais do que isso, eu queria provar para mim mesma que te encontrar, te ver pessoalmente, não iria me abalar. E preciso te falar, não me abalou — falei a última frase com um tom cínico. Dei um sorriso, com cara de "fazer o quê?" — Mas pelo visto abalou você. Me desculpa.

— Embora na época eu realmente quisesse causar, naquele momento, admitindo isso e percebendo que eu realmente o havia incomodado, me pareceu tão imaturo que eu precisava me desculpar. Por mais que alguém já tenha te machucado, não justifica machucar a pessoa de volta.

— Não, tudo bem. Mas eu sabia que você tinha ido de propósito, pra me irritar — ele falou, rindo e balançando a cabeça.

— Você que se deixou irritar. Eu curti minha noite normalmente.

— É, né? Beleza. — ele falou, dando aquela risadinha e balançando a cabeça, como quem diz "filha da mãe".

— Sabe outra coisa que me deixou muito P da vida?

— O quê?

— Que você teve a pachorra de vir na minha casa, cinco dias depois do término, pra falar: "Eu sei que você pediu para não mudar nada nas redes sociais, blá-blá-blá. Mas até quando vamos prolongar essa mentira?" — falei a frase dele com uma vozinha irritada. — Leandro. LEANDRO. Você não tem noção de como aquilo me tirou do sério. Aí te falei pra deletar tudo, já que era o que você queria, porque aparentemente cinco dias tinha sido tempo demais guardando o fato de que você estava solteiro e na pista pra negócio, né? — falei com irritação na voz, mas sem intenção de brigar, só mostrando minha indignação mesmo. — No minuto em que você saiu pela porta, eu deletei tudo. Fotos, vídeos, tudo. E você? — Ele abriu a boca como se fosse responder e eu continuei: — Você demorou quase um mês para deletar as suas.

— Ah, é que eu sou meio desligado com esse negócio de redes sociais — ele respondeu e já me olhou com cara de quem sabe que vai ouvir mais.

— Desligado? Primeiro você vem me pedir pra tirar, sem a menor noção, e depois você mesmo não tira. Eu queria te esganar.

— Desculpa. Foi mal.

— Foi muito mal. — Balancei a cabeça e tomei mais um gole, revirando os olhos. Ele pegou a garrafa de cerveja no meio da mesa e completou os dois copos em silêncio.

— Já que estamos sendo sinceros... Sabe uma coisa que me incomodava muito no nosso relacionamento? — Ele fez uma pausa e me olhou, eu não disse nada e ele continuou: — Você era muito dependente de mim. Queria fazer tudo junto, o tempo todo. E eu precisava ter meu espaço, sabe?

Escutei aquilo e tentei absorver sem me irritar. É difícil ouvir uma crítica e não rebater e tentar se defender. Mas é preciso ouvir, entender, analisar e ver se aquilo faz sentido antes de dar qualquer resposta. E, sim, fazia sentido.

— Eu realmente acabei me tornando muito dependente de você. Eu não era assim no começo. Acho que me perdi.

— E você também era muito ciumenta. DEMAIS — ele falou, dando risada.

— Sim, ciumenta eu sempre fui. Mas, convenhamos, Leandro, você me dava motivos. Nunca me dava satisfação de onde ia, virava e mexia eu descobria que você tinha saído com os amigos e não me contava. Já peguei você mentindo várias vezes, por coisas desnecessárias e por coisas graves. — Fui falando isso e contando os dedos, para mostrar que ele me dava vários motivos. — Sem falar no episódio da "calça branca". — Arrrrr... Me dá gastura só de lembrar. E quem leu o primeiro livro deve estar com ranço também. — Depois daquilo, a minha confiança em você se espatifou. Antes disso, eu não era tão ciumenta, eu fui ficando. E você não fez nada para reconquistar minha confiança, pelo contrário, só fez merda. — Eu ri. Parece que foi um alívio colocar aquilo pra fora.

— Faz sentido. Acho que como eu nunca tinha namorado antes, eu não sabia como deveria me portar. Não sabia que tinha que mandar mensagem pra avisar, sei lá.

— Porra, mas foram quatro anos de namoro! — Eu gargalhei. Parecia piada. — Fica de lição, então, pro seu próximo namoro.

— É... mas você entendeu. É que às vezes eu mentia ou não te contava para onde eu ia, porque sabia que você ia ficar brava ou com ciúmes.

— Técnica errada, né? Porque, primeiro, se precisava mentir era porque coisa boa não era e, segundo, quando eu descobria ficava mais brava ainda por você ter mentido. Ai, Leandro, dá vontade de pegar essa sua cabeça grande e bater na parede pra ver se você aprende — falei isso sem mexer a boca, só mostrando os dentes, como quem está com raiva, mas era de brincadeirinha. Demos risada. E eu continuei: — Sabe uma coisa que uma amiga me falou sobre o nosso relacionamento que me abriu os olhos? Ela falou que eu namorava um FANTASMA.

— Fantasma? — Ele me olhou sem entender.

— É, fantasma, porque você nunca ia nos rolês comigo. Eu sempre saía com os meus amigos sozinha, ia para festas, eventos, e você nunca ia comigo, ou porque não podia ou, muitas vezes, porque não queria. E é muito verdade isso, você era um fantasma pros outros, porque eu falava de você, as pessoas sabiam que eu tinha namorado, mas você nunca participava de nada. Inclusive nos encontros da minha família, você sempre arrumava uma desculpa para não ir. Isso me deixava muito chateada. Porque eu participava de tudo que você me convidava, saía sempre com seus amigos e tudo mais, mas, quando eram os meus compromissos, você nunca tinha tempo.

Ele ficou em silêncio. Bebemos mais um pouco. Acho que, assim como eu, ele estava digerindo tudo aquilo.

— Desculpa. Eu não percebia que fazia isso. Acho que, como sentia que você era muito dependente de mim, eu tentava me afastar de você nessas situações e eventos pra ter meu espaço. Mas eu estava errado. No começo eu também não era assim.

— Não. No começo estava tudo bem. Mas fomos mudando, nos incomodando com as coisas e nos desgastamos. — Levantei os ombros e soltei com um suspiro. — Outra coisa que me chateava muito, mais nos últimos meses, é que você não me chamava mais pros eventos da sua família. Você simplesmente ia, sem nem me convidar. Como se fizesse questão de que eu não fosse, sabe? Eu sentia que você não me queria por perto.

— Eu acho que... nem sei. — Ele ficou pensativo e bebeu mais um gole.

— Pra mim, Leandro, a gota d'água de tudo foi o dia que a gente terminou. Já te falei isso, mas aquele dia foi a gota que faltava. Porque você foi viajar e voltou. E eu tinha pedido pra você avisar quando chegasse, mas, como sempre, você não avisou. Aí, eu te liguei e você falou que já tinha chegado e estava muito cansado para sair comigo, falou que ia dormir. Ok, eu compreendi, estava cansado, vai dormir. Mas não! De repente, abro meu celular e descubro pelo Facebook da sua prima que você não estava dormindo nem em casa. Você estava em um churrasco com a sua família, bebendo. E era o próprio churrasqueiro. Ou seja, não estava tão cansado assim, né? Eu te liguei milhões de vezes e nada. E depois, quando te confrontei sobre isso, você falou bem na minha cara que não me chamou porque não me queria lá. Ali, naquele momento, você deixou claro pra mim quanto você se importava comigo. Ou no caso, não se importava.

Ele ficou em silêncio e eu também. Por alguns instantes, os dois pareciam estar perdidos nos próprios pensamentos. Vi que ele não ia falar nada, então continuei.

— Mas, amor... — SOCORRO! *AMOR? Alguém, por favor, corta a bebida dessa garota.* — Opa, escapou. Força do hábito. — Fiquei vermelha e ele deu risada. — Mas, Leandro, você não faz ideia do que eu passei. Você me fez sofrer tanto. E eu aguentei, aguentei, até que não dava mais. Sem falar o que eu passei com a sua mãe, né?

— Como assim?

— Como assim? Não é possível que você não percebia. Eu já te falei inúmeras vezes que ela não gostava de mim, que ela ficava causando. Que ela tinha ciúmes de você. E você não fazia nada. As coisas que ela falava de mim pra você. Você não tem noção de como isso foi difícil pra mim, cada sapo que já engoli, cada lágrima que já segurei — comecei a falar, engasgando. — Pra você ter uma noção, diversas vezes em que você me chamava para ir até a sua casa, eu pegava meu carro e ia, mas, quando chegava na frente do portão, eu respirava e ia embora. Porque de alguma forma sentia que o clima estava pesado demais e que eu não estava a fim de passar por aquilo naquele dia. — Eu não consegui segurar, as lágrimas começaram a sair. Parece que os sapos que engoli estavam entalados na minha garganta. — Eu não tenho vergonha de chorar enquanto falo isso, porque você não faz ideia do que eu passei, do que eu senti. Pega as câmeras da sua casa e vê quantas vezes eu parei o carro em frente e fui embora, sem você nem saber. Depois mandava mensagem dizendo que estava com preguiça.

— Eu... eu... — Ele parecia estar buscando as palavras, e eu limpava as lágrimas. Continuei falando, coisas que hoje eu já nem lembro mais. Dei mais exemplos de coisas que aconteceram comigo e a minha ex-sogra, coisas que ela falou pra mim, mensagens que eu sei que ela mandou para ele e por aí vai.

— Eu não sabia. Claro que você já tinha me falado algumas coisas, algumas vezes, mas não fazia ideia de tudo isso e de como te machucava. Eu peço desculpas, por mim e por ela. E eu não sabia o que fazer, porque não queria ficar no meio da briga, sabe? Ter que "escolher um lado". — Ele fez aspas com as mãos ao falar.

— Na minha opinião, o grande problema foi você não ter interferido logo no começo. Ou em qualquer momento. Você sabia que essas coisas estavam acontecendo, você sabia que ela estava com birra comigo, mas não sentou pra conversar com ela cara a cara. De mãe pra filho, uma conversa sincera, como essa que nós estamos tendo agora. Pra entender o que realmente estava acontecendo, por que ela estava me tratando daquele jeito e, assim, pedir para ela parar, porque estava magoando a sua namorada. Eu não queria que você brigasse com ela, ficasse contra ela, escolhesse um lado, entende? Só que tentasse resolver a situação.

— Entendi. Desculpa, eu realmente devia ter feito alguma coisa.

— É, mas agora já foi, né? — E eu dei aquele golinho na cerveja pra molhar o bico.

— No fim, nós dois erramos. Eu diria que o erro ficou uns 70% pra mim.

— Olha, eu diria que ficou uns 90% pra você, porque sua mãe tá inclusa aí na sua porcentagem, né? — Nós rimos. — Mas, sim, nós dois erramos em diversas coisas. Acho que o nosso maior erro foi não ter conversado mais.

— Sim, você nunca me disse essas coisas, sobre como isso te magoava e tudo mais.

— Nem você. A gente não conseguia ter uma conversa como essa, adulta. Vivíamos brigando e acabávamos guardando tudo. Até que explodiu, né?

— É, explodiu. Gostei dessa nossa conversa de hoje.

— Eu também!

— Foi bom colocar os pingos nos is. Entender onde erramos, onde acertamos, porque agora vai ser bom pra gente pensar, aprender, amadurecer e cada um seguir seu caminho — ele disse.

— Sim, foi ótimo esclarecer tudo para poder seguir em frente.

— Mas nem tudo foi ruim, né? — ele perguntou.

— Não, claro que não. Tivemos muitos momentos bons. — Sorri. E os momentos bons começaram a surgir em minha cabeça.

— Lembra aquela vez no sítio… — ele começou a puxar o assunto, agora para uma conversa mais casual. E conversamos por horas e horas. Falamos sobre a época que ele morou no Canadá, demos risada, relembramos momentos legais que já vivemos juntos, falamos sobre trabalho, sobre como andava a vida de cada um.

O papo fluiu. Parece que depois de tudo que colocamos pra fora, já não era mais estranho estar tendo um papo tão leve assim com ele. Parecíamos dois amigos jogando conversa fora no bar. Era uma pena que não tivemos a chance de ter essa conversa antes de tudo acabar. Mas talvez não fosse possível. Talvez tivesse que ser assim.

Por um segundo, parei para olhar para os lados e, meu Deus, só tinha a gente no bar. As outras mesas estavam vazias e com as cadeiras de ponta-cabeça em cima das mesas, o garçom estava encostado na parede, olhando impaciente para nós. Peguei o celular para me situar no tempo e já passava de meia-noite.

— Acho que precisamos ir. Só tem a gente aqui — falei baixinho, quase que sussurrando.

Ele olhou para os lados e riu. Acho que, assim como eu, ele estava tão conectado na conversa que também não tinha percebido o tempo passar. Já estávamos conversando havia umas sete horas e ainda tinha assunto, como isso era possível?

— Vamos. Vou pedir a conta. Você quer carona? Assim a gente termina de conversar no caminho.

— Quero.

— Fechou. — Ele levantou a mão e o garçom veio animado até nós, percebendo que estávamos indo embora.

Depois de tanta conversa, não foi esquisito entrar no carro com ele, como tinha sido naquele dia, depois da festa da Cinthia. Pareceu normal, até sem importância. No caminho, ele me contou como estavam as coisas com a família dele, me contou que tinha mudado de emprego e por aí vai. Chegamos em frente ao meu prédio e continuamos a conversa, o papo estava tão gostoso que não queríamos mais parar. Emendávamos um assunto no outro, quase que recuperando o tempo perdido. Até que eu escutei na rádio: "Uma hora e vinte. Repita: Uma hora e vinte".

— Meu Deus! Tá ficando tarde. Eu preciso ir embora porque amanhã tenho uma reunião bem cedo para decidir a cor do meu batom — falei isso, tirei o cinto e me despedi dele, com um abraço. — Tchau. — Estava descendo do carro quando ele disse:

— BATOM? Mas você não gosta de batom. — Ele me olhou do banco do motorista, perplexo. E eu, já do lado de fora do carro, me abaixei um pouco para conseguir olhar ele nos olhos e respondi:

— Pois é, Leandro! As pessoas mudam, basta querer! — Bati a porta do carro e fui embora em direção ao meu prédio quase que desfilando, me sentindo a própria Beyoncé em um de seus clipes, maravilhosa.

Tá, vamos contextualizar um pouco. No dia em que terminamos (quem leu o primeiro livro vai lembrar bem desse momento), eu falei várias coisas pro Leandro que ele fazia e que eu não gostava, e falei que ele precisava mudar. E ele me respondeu com a frase que ficou martelando na minha cabeça: "EU SOU ASSIM E NUNCA VOU MUDAR!". Martelou tanto que eu encontrei o momento perfeito para "regurgitá--la" de volta para ele, mas dizendo: "As pessoas mudam, basta querer!". Uuuuuhh... visualiza eu largando o microfone depois dessa fala. *Drop the mic*. Foi assim que eu me senti. *Ai, Fabiana, só você.*

Cheguei em casa e me larguei na cama, feliz. Mais leve. Foi a conversa mais legal, honesta, sincera e madura que nós já tivemos. Por que nosso relacionamento não poderia ter sido todo como foi essa conversa? Poderia ter dado certo. Ou talvez não. Não tem como saber, já que nós só fomos capazes de ter uma conversa sincera como a que tivemos porque amadurecemos. E só amadurecemos porque passamos pelo que passamos, nos separamos, pensamos, erramos e aprendemos. Ainda bem que o ser humano evolui, senão seríamos um monte de bichinhos correndo atrás do rabo, sem rumo e sem propósito. Às vezes ficamos remoendo o passado, pensando que podíamos ter feito algo diferente, mas temos que aceitar que fizemos o melhor que podíamos, demos o melhor que tínhamos a oferecer, de acordo com o que sabíamos na época. O aprendizado vem sempre depois, nunca antes.

Coloquei a cabeça no travesseiro, sem arrependimentos, e dormi profundamente.

Agora o passado já não doía mais, só ensinava.

CAPÍTULO 8

QUEM MANDA *flor* COM UM CARTÃO EM *branco*?

Cada um seguiu seu caminho. Depois de tudo que falamos, as verdades que doíam, mas precisavam ser ditas, já não tinha mais como nutrir uma esperança de que um dia iríamos voltar a ficar juntos. Desculpa desapontá-lo, caro leitor, mas foi isso que eu senti, e tava tudo bem. A nossa história de amor foi linda, depois trágica e no fim conseguimos colocar um desfecho bonito, resolvemos o que precisava ser resolvido, falamos o que precisava ser dito e acabou. Ainda existia amor? Claro que sim, acho que quando amamos tão intensamente uma pessoa, não deixamos de amá-la tão rapidamente, ou talvez nunca a deixemos de amar. Só guardamos aquele sentimento no fundinho do coração e abrimos espaço para um novo amor chegar.

Meu trabalho estava me trazendo cada vez mais retornos positivos, comecei a trabalhar com grandes marcas que sempre admirei e estava focada na faculdade. Claro que continuei aproveitando minha vida de solteira, conhecendo novos *boys*, saindo com as amigas, mas estava indo com um pouco mais de calma, sabia que ainda teria tempo para aproveitar essa fase.

Fui convidada por uma marca grande do universo da beleza a fazer uma viagem para o Rio de Janeiro com várias outras influenciadoras, para conhecer um pouco mais sobre os produtos deles. Claro que aceitei. Seria uma viagem de três dias, com várias pessoas que eu já conhecia, íamos ficar hospedadas no Copacabana Palace, sem dúvida ia rolar muita diversão. E quando na vida se tem a chance de ficar hospedada num hotel tão famoso e luxuoso assim? Quase nunca, não é mesmo?

A viagem ia acontecer no meio da semana e nosso voo seria bem cedinho. Então, para facilitar, a minha irmã Nina, que na época morava com meus pais no interior, e a Taci, minha amiga e influenciadora que também morava no interior, iam dormir em casa para que na quarta-feira de manhã pudéssemos ir juntas para o aeroporto. Jantamos uma pizza e logo a Nina já foi para o quarto dormir. Oh, menina que dorme cedo, viu? Eu ia dormir com a Nina na minha cama de casal e a Taci ia dormir no sofá-cama, na sala. Arrumei tudo para ela poder se deitar, peguei travesseiro, lençol, cobertor. Mas nenhuma das duas estava com sono. Então ficamos papeando, colocando os assuntos em dia, já que, por conta da distância, não era sempre que a gente se encontrava.

Estávamos conversando sobre tudo: vida, trabalho, próximas viagens e planos. Quando, do nada, o interfone tocou. Me assustei, dei um pulo do sofá. Olhei rapidamente meu celular e já era mais de uma hora da manhã.

— MEU DEUS! Quem é doido de interfonar uma hora dessas? — falei indignada enquanto corria para atender o interfone na cozinha. — Alô?

— Alô, Fabiana? — perguntou uma voz grave.

— Sim.

— Oi, Fabiana. Desculpa te incomodar essa hora, é que deixaram uma flor pra você aqui na portaria — disse o porteiro.

— Oi? Quem deixou? — perguntei meio surpresa.

— Olha, eu não sei, não, a pessoa pediu pra não falar quem era.

— Tá bom. Tô indo aí. Na portaria 2, né? — No meu prédio havia duas portarias, em ruas diferentes. Eu passava pra todo mundo o endereço da portaria 2, por ser a entrada mais próxima do meu bloco, e minhas correspondências sempre chegavam por lá..

— Não, Fabiana, na portaria 1 — ele disse, e eu achei estranho, mas respondi:

— Tá bom. Tô indo. — Desliguei o interfone e fiquei alguns segundos meio aérea, tentando entender quem tinha me mandado flores na madrugada e por que o porteiro não deixou para interfonar de manhã.

— Quem era, Fabi? — a Taci perguntou, percebendo a minha reação.

— Era o porteiro, ele disse que alguém deixou flores pra mim na portaria — falei, dando de ombros.

— Quem deixou flores? — a Taci perguntou com uma cara de curiosidade.

— Não sei, o porteiro disse que a pessoa pediu pra não falar quem era. Muito estranho.

— Vamos lá então — ela disse animada, porque devia estar tão curiosa quanto eu.

— Vamos, deixa eu pegar um chinelo. — Fui até o quarto, abri a porta com cuidado para não acordar a Nina, peguei meu chinelo e voltei pra sala. A Taci já estava de pé me esperando. Descemos de pijama mesmo, porque a curiosidade era grande. Comecei a pensar: *quem será que deixou? O Felipe?* Eu ainda falava com ele, até tinha encontrado com ele numa balada umas semanas atrás. Mas sei lá.

— É na outra portaria. — Apontei a direção quando a Taci ia começar a descer as escadas. — Isso que achei mais estranho, eu nunca passo o endereço dessa portaria pra ninguém.

Cheguei na portaria e o porteiro me entregou um lindo vaso de orquídeas brancas. Entreguei o vaso na mão da Taci, assinei o livro de registro das correspondências, agradeci o porteiro e me virei para ir embora. Já caminhando de volta para o meu bloco, peguei o envelope que estava pendurado no celofane que embrulhava o vaso, tirei de dentro um cartão, com o desenho de um ursinho de pelúcia abraçando um coração na capa, abri e... ESTAVA EM BRANCO!

— Tá em branco! — falei alto, indignada. Parei no meio do caminho. A minha respiração até ficou ofegante. Como assim em branco? Sem mensagem, sem nome?

— Não tem nome? Nada? — ela perguntou, pegando o cartão da minha mão para olhar também. — Como assim, gente? Quem deixa flores sem nome?

— Não é possível. Eu tenho que adivinhar quem foi.

— O porteiro deve saber quem foi.

— Sim, vamos perguntar pra ele. Ele tem que me falar. Vai que foi um doido que deixou isso aqui, descobriu meu apartamento. Sei lá. Ele precisa me falar quem foi. — Fui falando em direção a portaria, andando tão rápido e furiosa que a Taci teve que correr pra me alcançar. *Nossa, Fabiana, que conspiração doida é essa?*

— Moço — chamei o porteiro, meio ofegante, porque praticamente corri até a portaria. — Quem deixou essas flores pra mim? Você tem que me falar, não tem nome no cartão. — O porteiro devia estar me achando louca.

— Eu não sei, a pessoa não falou, só deixou as flores e pediu para não falar quem foi — ele respondeu meio sem dar muita importância para o meu desespero. Mas eu precisava saber mais.

— Mas como era a pessoa? Eu preciso saber — perguntei nervosa.

— Era uma mulher. Ela desceu de um carro preto, deixou as flores aqui comigo e foi embora — o porteiro descreveu, tentando se lembrar.

— Como era a mulher? — perguntei, ansiosa pra saber mais, porque qualquer detalhe poderia ser importante. E a Taci continuava do meu lado, segurando o vaso, esperando para saber mais.

— Era uma menina nova, alta, magrinha e de cabelo escuro. Eu não reparei muito nela, e ela não falou o nome — ele respondeu e deu de ombros. Parecia ser tudo que ele sabia. Mesmo insatisfeita, querendo mais, percebi que aquilo era tudo que eu iria ter, então respondi.

— Tá bom, obrigada. — Me virei e fui embora. A Taci e eu voltamos pra casa, ela carregando as flores e eu com o cartão em branco nas mãos.

— Quem será que foi? Será que foi aquele menino que você disse que está apaixonado por você? — ela perguntou.

— O Felipe? Poderia até ser, mas... — Fiquei pensando, ele ainda me mandava mensagem quase todos os dias, a gente até já tinha saído mais umas duas vezes e ele ainda parecia bem apaixonado. Ele já tinha me dado carona pra casa, mas não naquela portaria. — ... ele não tinha como saber o endereço daquela portaria. Se fosse ele, teria sido na outra. Mas não faz muito sentido.

— Ué... Quem, então?

— Não sei. Tem um *boy* com quem eu saí recentemente, as coisas estão bem quentes entre a gente. Mas ele não tem meu endereço. E também não faz o perfil do cara romântico que manda flores. — Continuava pensativa, analisando todas as possibilidades e nenhuma parecia viável.

— Sei lá. Hoje não é nenhum dia importante? — a Taci perguntou, meio aleatoriamente, também tentando achar alguma resposta possível, eu dei de ombros, peguei o celular, olhei, vi que já era uma e meia da manhã do dia...

— Ah... hoje é dia treze — falei meio chocada. A Taci se assustou.

— O que tem dia treze?

— É o dia do meu aniversário de namoro com o Leandro. Só que é treze de março, não de agosto. Mas nós comemorávamos o dia treze de cada mês.

— Então foi ele — a Taci concluiu. Meu coração deu uma leve palpitada.

— Mas não faz nenhum sentido, Taci. A gente não se fala há mais de um mês. Desde que conversamos e colocamos os pingos nos is, não trocamos uma mensagem. Deixamos claro que cada um ia seguiria com a sua vida e foi isso que fizemos.

— Ah sei lá, vai que... — Ela fez uma cara de "por que não?".

— Se bem que ele é o único que sabe o endereço daquela portaria. E hoje é dia treze, então faz sentindo — eu fui falando alto, conforme fui pensando. — Mas e a menina que o porteiro descreveu?

— Não pode ter sido a irmã dele?

— De madrugada? Não...

— Ou ele mandou a floricultura entregar, sei lá...

— É... sei lá. Vou mandar uma mensagem pra ele — falei.

— Vai mandar o quê? — ela perguntou meio preocupada.

— Vou perguntar se ele deixou alguma coisa na minha portaria, mas não vou falar que é uma flor, né? Vai que não foi ele. — Rimos. Peguei o celular, entrei no WhatsApp e tive que procurar o nome dele, porque realmente fazia muito tempo desde que nos falamos pela última vez. — Ele tá on-line. Só pode ter sido ele. Porque ele ia estar on-line numa quarta-feira uma e meia da madrugada?

— Pergunta! — ela falou ansiosa. Nem sei quem estava mais ansiosa ali. A curiosidade rolava solta.

> **Fabi:**
> Oi, Leandro. Tudo bom? Viu, você deixou alguma coisa na minha portaria?

— Mandei! — falei animada. Por algum motivo, que não sei bem qual, aquela possibilidade me deixou realmente contente. — Ele visualizou e ficou off-line na mesma hora. Foi ele, com certeza.

— Só pode ter sido ele — disse a Taci convencida. — Mas por quê?

— Não faço a menor ideia — respondi. E realmente eu não fazia. Por um lado, fazia sentindo ter sido ele o remetente das flores misteriosas com cartão em branco, na portaria que só ele sabia o endereço, num dia que queria dizer algo pra nós e por que ele estava on-line de madrugada naquele exato momento. Por outro lado, não fazia o menor sentido. Nós dois deixamos claro que um havia magoado muito o outro, tomamos atitudes erradas e que cada um tinha que seguir seu rumo. Não nos vimos mais, não trocamos uma mensagem sequer, um sinal de fumaça, não nos encontramos, nem sem querer.

Depois de muito conversar e pensar em todas as possibilidades, fomos dormir, até porque já era bem tarde e tínhamos que acordar em apenas algumas horas. Confesso que dormi grudada no meu celular, esperando por uma resposta dele ou de qualquer outro que pudesse solucionar esse mistério das flores sem nome.

Quando acordamos na manhã seguinte, fomos para a sala tomar café e contei tudo que havia acontecido na noite anterior, enquanto a Bela Adormecida da Nina colocava seu sono de beleza em dia e eu e a Taci tentávamos resolver o mistério da madrugada.

— Como assim o cartão estava em branco? — ela perguntou indignada enquanto contávamos tudo. — Será que foi ele? Deixa eu ver essas flores. — Ela pegou as flores, olhou o cartão, olhou a embalagem e disse: — Vamos ligar na floricultura e descobrir onde fica — ela disse, mostrando a etiqueta da floricultura que estava grudada na embalagem.

— Nossa, Nina, você é um gênio — falei. Ela pegou o telefone e começou a digitar.

— Olá, bom dia. Eu gostaria de saber qual o endereço de vocês. Aham... sei — ela respondeu enquanto anotava alguma coisa no papel. — Certo, e vocês ficam abertos vinte e quatro horas? Sim? Ah, tá bom, então. Obrigada. — Ela desligou. — Eles ficam abertos vinte e quatro horas, o que faz sentido pelo horário em que deixaram as flores. Agora deixa eu ver onde fica esse endereço no Google. — Ela pesquisou e me mostrou o mapa no celular.

— É no bairro onde o Leandro mora — eu falei. — Foi ele, só pode ter sido. Mas e a mulher?

— Ah, talvez ele tenha vindo com alguém. Não sei. Mas foi ele — a Nina disse.

Chequei meu celular mais uma vez e ainda não tinha nenhuma mensagem. Era supercedo, o dia ainda estava clareando. Nos trocamos, pegamos nossas malas e fomos para o carro. Eu que fui dirigindo até o aeroporto, enquanto isso as duas ficaram mexendo no celular. Minha cabeça começou a inundar de perguntas: Por quê? Será que foi ele mesmo? O que ele quer dizer com isso? Por que deixar o cartão em branco? Será que não era para eu descobrir? Por que eu estava animada com isso? *Fabiana, respira, foca no caminho que vocês não podem se atrasar.*

Chegamos ao aeroporto e encontramos a galera toda lá. Éramos dez meninas e o Luh, meu amigo com quem viajei pra Orlando e que também é blogueiro. Conversamos um pouquinho com o pessoal, tava todo mundo muito animado e logo já tivemos que embarcar. Ponte aérea SP–RJ é super-rápida, coisa de quarenta e cinco minutos de voo e você já está descendo. Nunca vou me esquecer desse dia, por vários motivos, mas principalmente porque peguei umas das turbulências mais tensas da minha vida. E olha que eu já viajei muito de avião. Quando a aeronave começou a descer, chacoalhava tão forte que as pessoas começaram a gritar, aí o avião dava aquelas quedas no ar, que provocam um friozinho na barriga, como se você estivesse em queda livre. Sabe aquela sensação gostosinha quando você está caindo na montanha russa? Então, só que nesse caso não era nada gostoso, porque a gente estava "caindo" num avião! *Que exagero, Fabiana, falando assim parece cena de filme de tragédia.* Já pensou? Morrer sem saber quem realmente tinha me mandado aquelas flores e por quê? Credo. Vamos voltar à realidade, o avião não caiu, obviamente, senão eu não estaria aqui para contar essa história, mas que deu medo, deu.

Quando finalmente estávamos em terra firme, consegui ficar mais tranquila e respirar aliviada, mas por poucos segundos. Peguei meu celular, tirei do modo avião e recebi uma mensagem que, na hora em que bati os olhos, fez meu corpo todo ter a mesma sensação de queda livre de minutos atrás, mesmo sabendo que estava no solo, em segurança. Desbloqueei o celular e abri a mensagem:

> **Leandro:**
> Deixei, sim. Gostou?

Como pode uma mensagem tão curta mexer tanto com as nossas emoções? Por mais que eu já suspeitasse que ele fosse o remetente das flores misteriosas com o cartão em branco, no fundo ainda havia um pingo de desconfiança. Até porque ainda não existia uma explicação lógica para tudo aquilo. Mas, com ou sem explicação, minha cabeça já começou a imaginar todos os cenários possíveis e imagináveis, um deles acabava em uma linda declaração de amor de parar a avenida, com beijão e pedido de casamento. *Opa, opa. Fabiana, tá indo longe demais. Vamos lembrar de colocar os pés no chão, senão o tombo pode ser grande.* Ok, mas eu não podia evitar.

Eu sei, eu sei, caro leitor. Já falei aqui que cada um tinha seguido sua vida, que eu estava muito melhor, que aprendi a me amar, estava curtindo a minha vida, tinha vários contatinhos na minha agenda que bombavam meu celular de mensagens toda sexta-feira, blá-blá-blá. Mas quem manda no coração? Ninguém! Ele tem vida própria. Anote isso! Ele escolhe o que ele quer e não dá ouvidos pro que o cérebro está dizendo. O coração é como se fosse uma criança mimada e birrenta, quando quer uma coisa é isso e acabou. Bate até o pé se precisar.

Ainda com o celular aberto em minhas mãos, tentei voltar para a realidade e me desconectar das mil versões de finais perfeitos que eu havia criado em minha cabeça. As pessoas começaram a se levantar para descer do avião. Cutuquei a Nina do meu lado e mostrei o celular.

— Ele respondeu — falei animada, mostrando a conversa. — Foi ele mesmo.

— Isso a gente já sabia — ela respondeu.

— Sim, mas ele confirmou.

— Responde — ela disse, me apressando.

> **Fabi:**
> Gostei. Mas não entendi.

Levantamos, peguei minha mala de mão no bagageiro e saí do avião. Eu não conseguia disfarçar o sorriso no meu rosto. Assim que encontrei a Taci, fui correndo mostrar pra ela.

— Nossa, foi ele mesmo, então! E ele não falou mais nada?

— Ainda não. Mas ele tem que falar alguma coisa. Já basta ter deixado o cartão em branco, né? — respondi enquanto checava mais uma vez meu celular na esperança de uma nova mensagem chegar.

— Será que ele quer voltar? — a Taci perguntou e, antes que eu pudesse responder, continuou: — Porque... não faz muito sentido mandar flores se não fosse por isso, né?

— Mas você quer voltar com ele, Fabiana? — a Nina perguntou, percebendo minha animação.

— Ai... não sei. — falei com voz de chorinho. — Eu não estava esperando por isso. Não mesmo. Depois de toda aquela lavação de roupa suja, achei que tivéssemos colocado um ponto definitivo nessa história.

— Vai ver ele percebeu o que perdeu — a Taci falou revirando os olhos.

— Muito conveniente, precisou perder pra sentir falta — a Nina disse sem paciência.

Quando chegamos na frente do aeroporto, tinha uma limusine branca nos esperando. Entramos todos superanimados, tinha luzes piscando, taças de champanhe e um espumante. Imagina só a festa? Isso porque não eram nem dez horas da manhã. No caminho para o evento, no meio de brindes e muita conversa, meu celular vibrou mais uma vez.

> **Leandro:**
> Foi só para te desejar uma ótima quarta-feira. Não posso mandar?

Por que ele estava sendo tão vago? Por que não ia direto ao ponto? Por que mandar um cartão em branco, sem nome? Será que era uma pegadinha? Será que ele só estava brincando com a minha cara? Na hora, entrei na internet e pesquisei: significado de orquídeas brancas. E encontrei:

> Orquídea branca: branco é associado à eternidade e à pureza. Presentear com orquídeas brancas é ideal para expressar um amor puro, inocente

e duradouro. Por isso, as orquídeas brancas são muito comuns em casamentos.

Hum... Amor puro. *Fabiana, até parece que o Leandro ia pesquisar o significado da flor.* Óbvio que não, ele só deve ter escolhido uma que achou bonita e pronto. Eu adoro achar significado onde não tem. Eu precisava entender o que ele estava querendo com tudo aquilo, porque eu já estava começando a criar muita expectativa.

> **Fabi:**
> Pode. Mas o que você quis dizer com isso?

Eu não ficaria satisfeita até que ele desse uma resposta que fizesse sentido. O carro parou. Chegamos. Descemos da limusine e estávamos na frente de um alto prédio espelhado, entramos em uma recepção pomposa, toda de mármore. Uma moça veio nos receber, ela se apresentou e disse que ali era a sede da empresa e que ela nos levaria para a sala onde nós ficaríamos. Chegamos a uma sala grande, com várias mesas que me lembravam carteiras de escola, dispostas lado a lado, formando um U. Em cada mesa tinha um bloquinho de notas e uma garrafa de água. Cada um foi escolhendo um lugar pra sentar. Nesse meio-tempo, conferi o celular umas vinte vezes, sem exagero. Mas não tinha nenhuma mensagem nova.

Passamos o resto do dia em uma superimersão de conhecimento, falamos com CEOs da marca, aprendemos mais sobre detalhes técnicos dos produtos, fomos almoçar em um restaurante superchique, onde pudemos descontrair um pouco. Depois voltamos para as atividades marcadas para aquele dia, com apresentações e bate-papos. Foi tudo muito legal, mas confesso que eu estava um pouco aérea, tentava me concentrar, mas me pegava viajando de vez em quando. Não é todo dia que você recebe flores do seu ex sem a menor explicação, né?

Quando finalmente chegamos ao fim de um longo dia, nessa altura do campeonato eu já tinha cansado de conferir meu celular, esperando por uma mensagem dele, fomos para o nosso hotel. Recapitulando, o Copacabana Palace. Que luxo! Chão de mármore, elevador todo dourado, meio vintage. Cada um ficou em um quarto. E o quarto? Meu Deus! Era enorme, tinha sala, antessala, cama *king-size*, banheiro, banheira e por aí vai. Mas confesso que era um pouco assustador, com ar de filme de terror, sabe? Decidimos fazer uma festinha do pijama com todo mundo, para dar risada e fazer a noite em um hotel daqueles valer a pena. Fomos todos para um quarto só, porque, afinal de contas, cada quarto era uma mansão particular. Era só risada, chegava até a doer a barriga. Entre um assunto e outro, peguei meu celular, que tinha deixado na tomada carregando, para ver as horas e...

> **Leandro:**
> Queria ver se você quer sair qualquer dia desses pra jantar.

Jantar? Ele tá me chamando pra jantar? Ele deve estar querendo voltar, só pode. Senão ele falaria que queria conversar ou coisa assim. Mas sair pra jantar? Tipo um encontro, né? *Calma, Fabiana, respira. Responda numa boa.*

> **Fabi:**
> Ah, pode ser. É que eu tô no Rio, mas sexta eu tô de volta.
> **Leandro:**
> Ah, beleza. Vamos marcar no outro fim de semana, então.
> **Fabi:**
> Tá. Sábado?
> **Leandro:**
> Isso, sábado que vem. Depois a gente combina tudo certinho.
> **Fabi:**
> Ok.
> **Leandro:**
> Boa noite. ☺
> **Fabi:**
> Boa noite.

MEU DEUS! Eu tinha um encontro marcado com o meu ex! *Fabiana, quem falou que é um encontro?* Ah, sei lá, um jantar num sábado só pode ser um encontro. E ele mandou boa noite com uma carinha feliz. *Tá vendo, caro leitor, quando eu falo que sou exagerada e procuro significado em tudo?* Eu estava pulando de felicidade. Quando digo "pulando", quero dizer literalmente. Eu estava pulando na cama.

— Que animação é essa? — o Luh perguntou rindo.

Expliquei pra ele a história toda e ele me fez a mesma pergunta que a Nina tinha feito mais cedo:

— Você quer voltar com ele?

— Eu não sei! Quer dizer... eu fiquei animada com a ideia do jantar e tudo mais. Mas ainda não parei pra pensar no assunto.

— Deu pra ver que você ficou animada. Mas pensa com calma, você ainda gosta dele?

— Ah, isso é óbvio. Ainda gosto dele. Mas a gente passou por tanta coisa que sei lá — respondi, sentando na cama com os ombros caídos.

— Isso é claro, senão vocês não teriam terminado — o Luh disse, franzindo as sobrancelhas, e a Taci se juntou à conversa.

— Mas as coisas podem ser diferentes agora — a Taci começou a falar, aparentemente a mais "romântica" da situação. — Não é porque deu errado antes que agora não pode dar certo. Uma amiga minha e o namorado uma vez brigaram, se separaram e depois voltaram. Tão juntos até hoje.

— É... eu preciso pensar nisso — falei, tentando encerrar o assunto, porque eu ainda precisava pensar sobre aquilo tudo sozinha e sem julgamentos alheios para tirar as minhas próprias conclusões.

Quando a farra acabou, cada um foi para o seu quarto, eu deitei na cama e não precisei de mais que dois minutos pra entender o que eu realmente queria. Porque, no fundo, no fundo, a gente sabe muito bem o que está sentindo, só tenta ignorar e fingir que não sabe. Mas o meu coração batia com força e eu podia sentir as borboletas no estômago, como há tempos não sentia.

CAPÍTULO 9

ÀS VEZES A GENTE *tem que viver* UM POUCO SEM PENSAR TANTO EM CADA *detalhe*

Aquele poderia ser o meu último fim de semana solteira da vida. *O que isso quer dizer, Fabiana? Você vai voltar com ele?* Eu ainda não tinha decidido, mas, de qualquer forma, pode ser, né? Então, se fosse pra valer, eu precisava fazer uma despedida. Afinal de contas, eu ainda teria a semana toda pela frente pra pensar no assunto e realmente tomar uma decisão. Mas não poderia correr o risco de desperdiçar o "último" fim de semana na pista. Então peguei meu celular e comecei a fuçar, com quem eu ia sair?

Ai, Fabiana, você quer mesmo fazer isso? Shhh voz interior, segunda a gente conversa. Às vezes, a gente tem que viver um pouco, sem pensar tanto em cada detalhe. É melhor se arrepender de ter feito algo, mesmo que você aprenda com o erro, do que se arrepender de não ter feito e passar o resto da vida imaginando como seria... Eu só queria poder me permitir viver, errar e deixar acontecer.

Hum, ok. O Pedro tá on-line. Sim, caro leitor, aquele Pedro que eu beijei na festa entre uns flashes e outros. Continuamos nos falando desde então, mas, por alguns desencontros, não tínhamos saído mais. Eu tinha que dar essa chance pra ele, ele tinha potencial, era bonito e, pelo pouco que me lembro, beijava bem. Se eu fiquei agarrada nele na festa, a química tinha que ter sido boa e o papo era realmente legal. É, ele parecia uma boa opção, caso aquilo realmente fosse uma despedida.

> **Fabi:**
> Oi, Pê!

Aff, apelidos. Sim, eu sei.

> **Pedro:**
> Oi, linda. Achei que tinha se esquecido de mim. Será que agora você finalmente vai arranjar um tempinho pra mim nessa sua agenda?

Linda? Fica quieta, foco.

> **Fabi:**
> Pois é. Que tal sábado?
>
> **Pedro:**
> Sério? Fechado. Vou te levar pra um restaurante muito legal que tem aqui perto, mas não vou falar mais para não estragar a surpresa.

Own, fofo. Por mais taurina e faminta que seja, eu não estava muito preocupada com a comida, se é que você me entende. Mas aquele sábado prometia e agora eu já tinha planos em ação. Tentei ao máximo não pensar no Leandro, no que poderia acontecer no outro fim de semana. Mas confesso que toda vez que meu celular vibrava com uma nova mensagem, eu olhava ansiosa na esperança de que fosse ele.

O Pedro veio me buscar de carro, eu caprichei: make, cabelo, *look*, produção completa. Precisava melhorar a última impressão que tinha deixado.

— Desculpa mais uma vez por aquela noite, pelo jeito como eu fui embora sem me despedir — falei com cara de vergonha.

— Magina, roubaram seu celular. Eu também iria embora como você fez.

— É... foi uma noite péssima — falei, balançando a cabeça conforme os flashes voltavam a aparecer na minha mente.

— Espero que a primeira parte não tenha sido péssima, né? — ele falou, me olhando com um olhar sedutor e um sorriso de canto.

— Não, claro que não foi. — Dei risada. E ele aproveitou que estava parado no farol e me tascou um beijão. O clima esquentou. Ele continuou seguindo caminho, mas a cada farol, cada parada, o clima aumentava. Então, no meio de um beijo ele me olhou e disse:

— Você está com muita fome?

— Não, dá pra esperar. — Dei uma levantadinha nas sobrancelhas e rimos entre um beijo e outro. E ele desviou o caminho.

Bom, deu pra perceber que a noite foi quente. E não, não foi nada decepcionante como na noite do mineirinho, mas... *Mas o quê, Fabiana?* Não foi incrível. Sei lá, acho que eu estava com a cabeça em outro lugar e depois o papo no restaurante foi meio aleatório. Ele era um fofo, mas a gente não tinha muito em comum. Ele curte rock e eu, sertanejo. Ele ama balada e amo meu sofá. *Fabiana, você não ia sair com ele só para se divertir? Sua despedida?* É, essa era a intenção. Mas eu não sei ficar com alguém sem imaginar se a gente teria futuro. A química era boa, mas não era sensacional, de tirar o fôlego. Ele era gato, isso sem dúvidas. Mas a nossa *vibe* era muito diferente. Óbvio que isso não me atrapalhou para curtir a noite, definitivamente. E se no fim das contas aquele não fosse meu último fim de semana solteira, o Pedro poderia com certeza ser um número salvo na minha agenda para fins de semanas divertidos.

Como sempre, a segunda-feira chata chegou, cheia de preguiça, em um dia nublado. Eu não gosto de segundas-feiras, são sempre cheias de compromissos e carregam um peso muito grande de início de um novo ciclo, uma nova semana. Mas são inevitáveis, não é? E antes que eu pudesse me lamentar, me animei com a mensagem que recebi.

> **Leandro:**
> Sábado, pode ser às 19h? Eu te busco aí?
> **Fabi:**
> Pode ser. Pra onde vamos?
> **Leandro:**
> Um japa. Você ainda gosta de japa, né? Rsrs
> **Fabi:**
> Sim! Hahaha
> **Leandro:**
> Blz. Até 😊

Foi uma conversa rápida, mas que me deixou aérea por um tempo. Estava na hora de começar a pensar naquele assunto, ter uma conversa sincera comigo mesma, até porque o nosso encontro estava se aproximando. *E aí, Fabiana, você quer ou não voltar com ele?* Opa, calma lá. Precisa ser tão direta assim? Eu nem sei se ele vai mesmo pedir pra voltar comigo, pode ser outra coisa. *Ah, me poupe, ele te mandou flores e vai te levar pra jantar em um sábado à noite. É óbvio que ele quer voltar. Ou ele é completamente maluco e a gente entendeu tudo errado, o que também é uma opção. Mas prefiro ficar com a primeira.* Tá ok, se ele realmente me pedir uma segunda chance, eu... *Você acredita mesmo em segunda chance?* Eu acredito que as pessoas merecem uma segunda chance, o amor merece uma segunda chance, se a gente acredita que no fundo existe alguma esperança de que as coisas sejam melhores do que antes. Se for tentar de novo pra tudo ser igual, não vale o tempo nem o esforço. Mas dar uma segunda chance a alguém não quer dizer necessariamente que as coisas vão dar certo num passe de mágica. Vai exigir esforço. E não só da parte dele, mas esforço meu também. *E aí, você quer dar uma segunda chance, Fabiana?*

Eu estava roendo as unhas, dava pra sentir o misto de sensações passando dentro de mim como um tornado. Eu estava muito bem sem ele, tinha aprendido a me amar, já sabia me virar sozinha e sei que não preciso de ninguém para me sentir completa. Mas ao mesmo tempo eu sabia que ainda o amava, e não era um sentimento fraquinho, por mais que tivesse tentado escondê-lo bem no fundo, tivesse tentado esquecê-lo. O amor que a gente viveu foi intenso, coisa que parecia de outra vida. Mas não dá pra esquecer todas as brigas, fingir que nada aconteceu, simplesmente passar uma borracha em tudo isso e apagar essa parte da história. Eu tinha que levar tudo isso em consideração.

Respirei fundo, soltei o ar dando um suspiro, e me joguei na cama, fazendo drama. Eu já tinha a minha resposta, mas precisava digerir tudo. Ok, eu vou dar uma segunda chance pra ele. *Mas e todas as coisas ruins que vocês já viveram?* Vou dar uma segunda chance, mas se as coisas voltarem a ser como eram no fim do nosso relacionamento, pra mim chega. Não vou aturar. *Boa, garota. Você tem certeza disso?* Tenho, eu amo ele e ainda acho que ele pode ser o homem da minha vida. *Só não se esqueça de que você é uma mulher FODA que não precisa de ninguém pra ser feliz*. Pode deixar, agora eu sei disso e não vou mais me esquecer. Já posso contar isso pra alguém? *Vai lá, Fabiana, mas lembre-se: o que importa é a sua opinião, não deixe a opinião dos outros te influenciar, só você sabe o que vocês viveram e o que você realmente sente.*

Passei o resto da semana tentando imaginar como as coisas iam acontecer. O que será que ele ia falar? Será que ele falaria logo no começo? Ou esperaria acontecer um clima? Será que ele também estava pensando nisso a semana toda? O que o fez querer voltar comigo agora, depois de tanto tempo? Será que a nossa conversa despertou algo nele? O que eu vou usar? MEU DEUS! O que eu vou usar?

Eu precisava comprar uma roupa nova, afinal, era um momento especial. *Fabiana, acho que você está criando expectativas demais*. Eu sei, mas, mesmo que nada acontecesse como eu planejava, eu precisava estar deslumbrante, de tirar o fôlego. Porque, se a gente realmente fosse voltar, eu ia me lembrar daquele dia pra sempre e, se a gente não voltasse, eu ia querer que ele visse o que perdeu.

Então fui ao shopping com a Nina e a Taci. Durante a semana, fui conversando com algumas pessoas sobre tudo isso, mas preferi não contar pra muita gente. Claro que a Nina e a Taci tinham que saber, afinal elas estavam comigo quando recebi as flores e ainda me ajudaram a desvendar o mistério. A Nina não estava supercontente com a situação, afinal, ela sabia que eu havia sofrido demais, mas disse que, se eu tinha certeza de que era o que eu queria, ela iria me apoiar. E a Taci acreditava que as pessoas podiam mudar, melhorar, evoluir, e disse até que talvez esse tempo tivesse sido bom para nós dois. Chegamos ao shopping e fomos primeiro comer na praça de alimentação. Depois de alimentadas, saímos para bater perna e procurar algo que fizesse meus olhos brilhar.

Eu não sabia ao certo que estilo de *look* eu queria, mas tinha que ser lindo. Entramos em várias lojas, em algumas eu só olhava as araras e saía fora. Em outras era a Nina quem acabava indo para o provador. Tava difícil achar alguma coisa legal, que me deixasse incrível, mas sem parecer desesperada. Entende o dilema? Eu queria estar incrível, mas sem mostrar que eu tinha me esforçado para estar incrível. *Ai, nós mulheres e os nossos dilemas de guarda-roupa*. Entrei em uma loja aonde eu ia bastante com a minha mãe fazer pesquisa de moda para a confecção dela, mas que não era muito barata. E pronto, de cara me apaixonei por um vestido que estava na manequim dentro da loja. *Fabiana, por que você tem tanto bom gosto? Já vai logo na roupa mais cara, sempre.*

— Amei esse aqui, vou provar — eu disse pra vendedora. As meninas ficaram sentadas em um sofazinho perto do provador me esperando.

Coloquei o vestido com todo o cuidado do mundo, fechei o zíper nas costas e ele serviu como uma luva. Parecia que tinha sido feito pra mim. Era creme, bem acinturado, com a saia rodada bem romântica. Mas não era esvoaçante, porque o tecido era grosso, o que deixava a saia armadinha. Nas laterais tinha uma aplicação de uma delicada renda preta, que dava um toque muito mais sexy, além de afinar a cintura. Fiquei me olhando no espelho com um supersorriso no rosto, as mãos na cintura e balançando o corpo para ver o movimento da saia. Fui mostrar para as meninas como tinha ficado, mas meu rosto entregava que eu tinha amado.

— Nossa, esse é lindo — a Taci falou olhando animada pro vestido.

— Achei fofo, a sua cara — falou a Nina. E sim, na época eu tinha um estilo mais romântico e o vestido era exatamente isso.

— Eu amei! Mas é meio caro — falei e fiz uma careta. — Mas é um dia especial, né? Eu mereço.

— Parcela! E outra, você pode usar esse vestido de novo. — A Nina sempre sendo prática.

— É, né? Vou levar. — Confesso que eu já estava decidida a levá-lo de qualquer jeito, mas com a aprovação delas ficou melhor ainda. Voltei para o provador e fiquei me olhando no espelho por mais alguns segundinhos antes de me trocar. Fui até o caixa, paguei e voltei com a sacola na mão. — Vamos tomar um sorvete? — eu disse satisfeita, agora que já sabia o que usar no sábado.

Chegou o grande dia...

Acordei antes de o despertador tocar, peguei o celular para conferir o horário e ainda eram sete horas da manhã. Enfiei a cara embaixo do travesseiro, mas eu não tinha mais sono. Decidi me levantar de uma vez. Arrumei a cama, varri a casa toda, passei pano no chão, coloquei as toalhas de banho pra lavar na máquina, comi um pãozinho com *cream cheese*, lavei toda a louça da pia, limpei o fogão, lavei o banheiro, passei pano nos móveis, arrumei a bagunça do meu armário e ainda eram nove e meia.

Me joguei no sofá com um suspiro. MEU DEUS, como pode o tempo passar tão rápido às vezes e tão devagar em outras? Eu só queria que a noite chegasse logo, afinal era sábado e eu não conseguia mais pensar em outra coisa.

Será que era muito cedo para começar a me arrumar? É, acho melhor esperar, se não a maquiagem estaria derretida na hora de sair. Fui dar banho na Amora, sequei ela, depois tomei um banho bem demorado, lavei o cabelo, fiz hidratação e tudo mais. Quando desliguei o chuveiro, o banheiro parecia uma sauna, porque eu sempre gostei de tomar banhos bem quentes. Coloquei de volta meu pijama e enrolei a toalha na cabeça. Meio-dia, ok, hora de almoçar. Pedi comida por delivery, porque não estava afim de sujar louça.

Quando a comida chegou, eu comi no sofá, ainda com a toalha na cabeça, assistindo a uma série para ver se o dia passava mais rápido. De tarde, meu celular apitou com o alerta de uma nova mensagem, levantei do sofá e fui correndo pelo corredor, quase derrapando para pegar o celular que eu havia deixado carregando do lado da cama. Meu coração estava até acelerado, parecia que eu tinha acabado de fazer uma corrida com obstáculos. A Amora, tadinha, correu atrás de mim assustada, sem entender nada.

> **Lele:**
> E aí, miga? Alguma novidade?

Ah... não fiquei triste, claro que eu gosto de conversar com a minha amiga Letícia, e é legal ver que ela também estava ansiosa com tudo isso, mas você deve imaginar de quem eu esperava receber uma mensagem, né?

> **Fabi:**
> Oi, miga. Nada ainda. Tô muito ansiosa! Acordei 7 horas da manhã. Hahaha
>
> **Lele:**
> Eu imagino, eu também tô ansiosa. Por favor, quando tiver novidades me avisa. Hahaha
>
> **Fabi:**
> Pode deixar. Hahaha ☺

Voltei para o sofá com o celular, deixei a série que eu estava vendo rolando na TV e comecei a "stalkear" as redes do Leandro. Mas ele não não postava nada fazia dias. Aff, ele nunca foi muito ativo nas redes sociais, mas custava postar um *story*, uma frase que também desse a entender que ele estava ansioso? O que será que ele estava fazendo agora? Será que ele havia ensaiado o que tinha pra me falar? Levantei e fui para o meu escritório/closet, fiquei na frente do espelho e comecei a falar em voz alta, como se estivesse conversando com ele, que no caso era o meu reflexo no espelho.

— Oi, Leandro. O que você queria conversar comigo? — perguntei em voz alta, fazendo cara séria, observando minhas expressões. Fiz uma pausa como se eu estivesse escutando a resposta dele. — Entendi. Você quer voltar comigo, então? — Fiz mais uma pausa, ainda séria, e coloquei a mão no queixo, balançando a cabeça como quem está escutando e pensando.

Eu estava ridícula com aquela toalha na cabeça falando sozinha no espelho. Se alguém me visse acharia que eu realmente estava maluca, mas vai falar que você nunca fez isso na vida? Todo mundo já treinou uma conversa no espelho quando ninguém estava olhando, principalmente para ver as caras e bocas que faz. Mas logo desisti daquele papo comigo mesma, porque sabia que, por mais que treinasse, nunca sairia como planejado, afinal faltava uma pessoa naquela conversa.

Cansei de esperar o tempo passar e decidi começar a me arrumar, assim eu poderia fazer tudo com muita calma e depois podia esperar no sofá, já pronta. Coloquei a minha melhor *playlist* pra tocar no computador e comecei a dançar enquanto secava meu cabelo com o secador. Fiz uma sombra dourada com marrom esfumado, delineado gatinho e cílios postiços para dar um *tchan*. Nos lábios, decidi passar apenas um batom nude, quase no tom da minha boca, afinal a gente ia comer e eu não queria ter que ficar me preocupando com o batom. Com a make pronta, decidi cachear o cabelo. O vestido que eu tinha comprado era romântico e os cachos iam completar o visual. Meu cabelo estava bem comprido, com uma franjinha jogada de lado e bem ruivo. Comecei a retocar o meu cabelo no salão a cada vinte dias, e a cada vez eu ficava com um tom mais ruivo, mais intenso. Eu tinha viciado nesse tom de cabelo.

Quando me dei conta já eram seis e meia da tarde. Às vezes a gente demora se arrumando e nem percebe, ainda mais com música rolando de fundo. Comecei a sentir um frio na barriga. Parece que só quando faltava pouco tempo para o nosso encontro que a ficha caiu. De pé e de frente para o espelho de corpo inteiro novamente, eu me olhei no reflexo, respirei fundo três vezes para tentar me acalmar e, com a cabeça inclinada pro lado, sorri. Apesar de todo o nervosismo, eu estava feliz. Hora de colocar o vestido. Peguei-o do cabide, cortei a etiqueta fora e o vesti. Decidi não usar salto, afinal eu não sabia em qual restaurante iríamos e eu já estava arrumada demais, o salto poderia dar um toque exagerado pro *look*. Então calcei minhas sapatilhas de verniz preto e pronto. Peguei o meu perfume preferido, que eu sabia que ele também gostava, e passei dos dois lados do pescoço, nos pulsos, e espirrei no ar e senti cair no meu cabelo.

Eu estava pronta e, antes que eu pudesse sentir o frio na barriga de novo, meu celular apitou:

> **Leandro:**
> Tô chegando. Tá pronta?

CAPÍTULO 10

EU NÃO *preciso* DE VOCÊ PRA SER FELIZ. EU *quero* TER VOCÊ AO MEU LADO

> **Fabi:**
> Tô. Já posso descer?

Que nervoso, comecei a suar frio. Minhas mãos, que seguravam o celular, estavam começando a ficar molhadas. *Calma, Fabiana, não se esqueça de que isso pode não passar de um jantar entre amigos. Aja normalmente.* Ok, respirei fundo, peguei minha bolsa, dei aquela última olhada no espelho, apaguei a luz do quarto e fui para a sala. Coloquei bastante comida para a Amora, porque eu não sabia se eu ia voltar logo ou se ia demorar, então achei melhor garantir. Peguei meu celular de novo e ele tinha mandando outra mensagem:

> **Leandro:**
> Pode, já tô na rua.

Tranquei a porta de casa e chamei o elevador. A porta abriu e tinha um casal dentro, entrei com um sorriso no rosto, porque não consegui disfarçar minha animação.

— Boa noite — eu disse ao entrar.

— Boa noite — eles responderam juntos de volta.

Caminhei em direção à portaria, confiante, mas minha mão continuava gelada e suada. Era um mix de animação, frio na barriga e uma pitada de medo. Mas eu não tinha nenhum mau pressentimento para aquela noite, estava realmente com muita expectativa e esperança. Passei pelo portão e vi o carro dele estacionado bem na frente da calçada. Virei de costas para fechar o portão e dei uma última respirada forte para me acalmar. *Vai lá, Fabiana, você consegue.*

Abri a porta do passageiro e entrei sorrindo.

— Oi... — eu disse enquanto me sentava.

— Oi — ele respondeu e depois me deu um beijo na bochecha para me cumprimentar. — Como você tá linda!

— Obrigada — eu respondi envergonhada. Olhei pra ele e ele também estava bem-arrumado, com uma camisa social branca com listras azul-claras e uma calça jeans escura, que eu havia dado pra ele. Quando chegou perto para me dar o beijo na bochecha, deu pra sentir o cheiro do perfume dele, o meu favorito, Abercrombie. — Você também está — eu disse, fazendo um sinal de aprovação com a cabeça olhando para a camisa dele. Ele riu.

— Obrigado. Vamos?

— Vamos. Não sei nem pra onde, mas vamos, né?

Ele ligou o carro e começou a dirigir. Eu coloquei o cinto e percebi que o clima no carro estava bem diferente se comparado com as últimas vezes em que eu estive sentada naquele mesmo banco. Eu podia sentir uma excitação e até certo nervosismo, mas que não vinha só de mim. Durante o caminho, ele puxou papo, perguntou como tinha sido a minha viagem ao Rio, contou também sobre uma novidade no trabalho dele e rapidinho chegamos ao restaurante.

Como chegamos cedo, não tinha fila para entrar. O Leandro parou o carro do outro lado da rua. Descemos e atravessamos juntos, ainda conversando. Quando entramos, uma moça nos recebeu na porta:

— Mesa para dois? — ela perguntou.

— Isso — o Leandro respondeu.

— Venham comigo — ela disse e fez sinal para a acompanharmos.

Não era um restaurante muito grande, mas tinha diversas mesas espalhadas, um balcão do lado esquerdo onde dava para ver os *sushimen* preparando os pratos e algumas pessoas comiam ali, sentadas em banquetas altas.

— Aqui — a moça disse, puxando a cadeira de uma mesa com dois lugares no canto do restaurante. — Fiquem à vontade, que um dos nossos garçons já virá atendê-los. — Ela deixou os cardápios em cima da mesa e saiu.

O Leandro sentou na cadeira que ficava de costas para a parede e de frente para o corredor do restaurante, ele sempre teve essa mania de querer ver o ambiente, e eu sentei na cadeira em frente à dele, onde só ele poderia ver meu rosto, pois eu estava de costas para o resto do restaurante. O lugar não era super-romântico, à luz de velas, só com casais nas mesas, mas também não era um lugar mega descontraído, com grupos de amigos e barulho. O que era bom, eu acho, sem muita pressão, mas também não casual demais.

Eu nunca tinha ido àquele restaurante antes, então peguei o cardápio e coloquei na frente do meu rosto, fingindo estar analisando as opções, quando na verdade eu estava tentando disfarçar o nervosismo. Percebi que ele fez o mesmo, então comecei a realmente reparar nas opções, porque se o garçom chegasse e eu não tivesse escolhido ia parecer estranho, já que eu já tinha folheado praticamente o cardápio todo, que não era muito grande. Não demorou muito e o garçom veio. Fizemos os nossos pedidos e ele levou os cardápios.

Por mais que a gente tenha ido para o restaurante conversando, agora a gente estava cara a cara, e os dois pareciam bem nervosos. Será que ele ia falar já? Comecei a sentir minhas pernas ficando moles em baixo da mesa, aqueles segundinhos de silêncio constrangedor, que mais pareceram horas. Eu tentei pensar em alguma coisa... o que a gente estava conversando antes mesmo? Não lembro. Deu branco total. E finalmente ele quebrou o silêncio.

— E a Amora, como tá? — ele perguntou, tentando parecer descontraído, acho que assim como eu estava tentando pensar em algum assunto para quebrar o gelo.

— Tá bem. Ela cresceu bastante desde a última vez que você a viu, mas continua uma neném.

— Eu vi umas fotos que você postou no insta dela — ele confessou.

— Tá com saudade dela, né? Eu sabia que você tinha se apaixonado por ela, mas estava tentando se fazer de indiferente só porque eu fui contra a sua vontade — falei balançando a cabeça, inclinada, com a mão no queixo e os olhos semicerrados, com cara de quem está julgando. E depois dei risada.

— É... eu ainda acho que você tomou uma decisão precipitada, mas não tem como não gostar da Amora. Ela é a cachorra mais comportada que eu já vi.

— É claro que é. Ela é minha filha, é educada — falei com tom de convencida.

A comida chegou e a gente continuava com o papo leve, solto e descontraído enquanto comíamos. Acho que os dois estavam só ganhando tempo para tomar coragem de dizer alguma coisa, ou tentando deixar o clima mais tranquilo, para quando chegasse a hora de realmente conversar sério. Parecíamos dois amigos de longa data que se reencontraram depois de meses sem se ver, colocando o papo em dia. Mas ao mesmo tempo, tinha uma certa estranheza na voz, como se estivéssemos nos contendo para manter um tom mais casual. O garçom veio, recolheu os pratos e trouxe a sobremesa, várias mesas ao redor já tinham novos ocupantes, o que queria dizer que já estávamos ali havia bastante tempo e logo, logo teríamos que ir embora também. Eu estava terminando minha sobremesa, quando o Leandro deu uma respirada profunda e começou a falar:

— Fabi, te chamei pra jantar hoje porque tenho uma coisa para te falar — ele falou sério, olhando nos meus olhos.

Eu enfiei a última colherada do *petit gateau* com sorvete de creme na boca e engoli seco. *Como uma boa taurina, não ia deixar o último pedaço dando sopa no prato, né, Fabiana?* Tomei um gole de água e fiz sinal para ele continuar com a cabeça.

— Eu fiquei pensando. Principalmente depois da nossa última conversa. — Ele fez uma pausa, como se estivesse organizando o que ia falar.

— Aquela de oito horas? — perguntei séria, como se estivesse tentando absorver o que ele estava dizendo.

— Sim. Depois de tudo que conversamos, depois desses meses longe, eu percebi que você é a mulher da minha vida! E eu te amo! Eu sei que a gente fez muita coisa errada, grande parte culpa minha, mas... — Ele parou e ficou me olhando como se esperasse a minha bênção para continuar, mas eu não disse nada, só pisquei. — Sei que eu não deveria perceber que te amo só depois que te perdi, mas não foi isso. Eu já sabia que te amava antes, mas agora percebi que eu não quero mais viver sem você. Eu te amo muito, dá pra perceber o quanto a gente cresceu nesse tempo longe. Mas eu quero continuar crescendo, aprendendo e envelhecendo ao seu lado. Você quer namorar comigo, de novo?

Durante todo o tempo que ele estava falando, eu não esbocei uma reação. Nada. Fiquei séria olhando pra ele e escutando. Por dentro eu estava num misto de felicidade e choque. *Mas por que choque? Não era isso que você esperava ouvir?* Sim, era. Mas talvez não dessa forma. Ele nunca foi de expressar sentimentos e de repente estava falando que me amava e não queria viver sem mim. Sei que talvez no fundo isso fosse tudo que eu sempre quis, mas ele precisou me perder para sentir o que eu sentia por ele desde o começo. *Fabiana, respira. As pessoas amam, sentem e demonstram as coisas de formas diferentes. Não espere que ele aja como você agiria.* Olhei pra baixo e depois olhei para ele de novo, como se tivesse saído do meu transe.

— Olha, Leandro, eu te amo. Nunca deixei de te amar. É uma pena que você tenha demorado tanto tempo para perceber isso. E eu percebi que eu não preciso de você na minha vida para ser feliz. Hoje eu me amo e sei que posso ser feliz sozinha. Mas eu quero ter você ao meu lado. — Fiz uma pausa para tomar coragem. O Leandro nem piscava enquanto eu falava. E eu falei tudo muito séria e calma, então continuei: — Então, sim, eu quero namorar você de novo. Mas uma coisa que eu aprendi é que eu nunca mais vou passar pelo que eu passei. Isso quer dizer que no primeiro sinal de que as coisas estão voltando a ser como eram antes, ou no primeiro "a" que sua mãe fizer pra mim: A-C-A-B-O-U! — falei bem pausadamente e com bastante ênfase.

— Claro, eu também não quero que as coisas voltem a ser como eram antes. Acho que aquela conversa que tivemos foi muito boa e quero que a gente continue tendo conversas como aquela, pra gente manter sempre o diálogo saudável e ir melhorando. E quanto à minha mãe, pode ficar tranquila, eu conversei bastante com ela antes de te chamar pra vir aqui. Acontece que ela percebeu que na real não era você que me tirava de casa ou que me "afastava" dela, porque mesmo solteiro eu continuei saindo, ficando fora de fim de semana, até mais do que quando namorava você.

— Porque você é um homem adulto — eu o interrompi.

— Sim. Mas acho que ela ficou tão feliz de me ter morando com ela de novo, depois de anos, que esqueceu que eu não era mais uma criança e que tinha uma vida fora de casa, sabe? Então eu tive aquela conversa bem sincera que você sugeriu que eu tivesse, e ela ficou espantada com as coisas que eu disse que ela tinha feito para te magoar. Na verdade, ela não fez nada daquilo na intenção, pelo menos não de te magoar, mas ela queria chamar a minha atenção, porque você sabe que eu sou meio ruim pra perceber as coisas, pra conversar e colocar os pensamentos pra fora, né? Mas nós conversamos e resolvemos as coisas entre a gente. E saiba que a minha mãe gosta muito de você, por mais que tenha parecido o contrário, ela ficou muito feliz quando eu disse que ia pedir pra voltar com você. Ela disse que você era a mulher certa pra mim.

Eu continuava séria. Ainda estava tentando assimilar cada palavra. Ok, caro leitor, você que leu o primeiro livro, talvez tenha pegado um ranço da minha sogra, certo? Mas no fundo eu sempre achei que o real problema dela não era comigo, porque, afinal, ela gostava de mim no começo e eu não tinha feito nada para ela. Ela começou a mudar comigo depois que o Leandro foi morar lá, então até que isso fazia sentido. E, realmente, o Le nunca foi uma pessoa fácil para se abrir e conversar, o que justifica algumas coisas. Ainda assim, eu estava receosa.

— Que bom que vocês conversaram. Mas dessa vez eu não vou permitir um "a". Entendeu? Não vou mais me fazer de sonsa, se precisar rebater, eu vou rebater — falei com cara de desconfiada, mas sem tirar meus olhos dos dele, querendo deixar o recado bem claro. E antes que eu pudesse continuar, ele me interrompeu.

— Você não vai precisar rebater, porque se ela falar ou fizer qualquer coisa, você pode deixar que eu vou resolver — ele disse sério, estendeu a mão por cima da mesa e colocou em cima da minha.

— Tá — foi a única coisa que consegui responder antes de o garçom chegar.

— Mais alguma coisa? Um café? — ele perguntou enquanto retirava os pratos. O Le olhou pra mim, eu fiz que não com a cabeça.

— Não, obrigado. Só vê a continha pra gente, por favor?

— Tá aqui. Já volto com a maquininha. — Ele tirou a conta do bolso do avental, como se já estivesse com tudo pronto. Acho que estávamos ali havia tempo demais e a fila do lado de fora do restaurante estava bem grande.

O Leandro pagou a conta e eu aproveitei para ir ao banheiro, afinal já tinha tomado umas três latinhas de Coca-Cola e estava explodindo. Quando estava lavando as mãos, aproveitei que estava sozinha no banheiro e me olhei pelo espelho da pia com um sorrisinho de aprovação. *Isso aí, garota, você arrasou! Amor-próprio em primeiro lugar, você deixou claro que não precisa dele pra ser feliz e que não vai aceitar menos do que ser tratada com respeito. E ainda conseguiu o namorado de volta, né? Vários coelhos em uma tacada só.*

Quando voltei do banheiro, ele já estava de pé do lado da mesa me esperando. Saímos do restaurante lado a lado e caminhamos até o carro, mas sem dar as mãos. Os dois pareciam animados, porém ainda mais desconcertados que antes. Entramos no carro, colocamos o cinto e ele começou a dirigir, sem a gente falar nada. Odeio esse silêncio constrangedor, por que a gente não podia pular logo pra parte onde já está tudo bem de novo? Ele ligou o rádio e aumentou o volume. O que deu uma disfarçada, mas aquilo estava me incomodando, eu precisava mudar o clima.

— Leandro, me responde uma coisa que eu não entendi até agora.

— Hã? — Ele me olhou com medo.

— Por que você mandou o cartão em branco? Sem nome? — eu perguntei meio indignada e rindo da cara de medo dele.

— Ah... — Ele respirou aliviado. — É que eu queria fazer uma surpresa, criar um suspense. Depois de alguns dias ia mandar uma mensagem perguntando se tinha gostado das flores. Não era pra você descobrir na mesma hora.

— Dias? Você só ia me falar depois de dias? — falei mais alto do que pretendia.

— Como você descobriu? O porteiro te falou?

— Meu querido, aqui é FBI. — Eu ri.

— Ele falou, né?

— Você quer mesmo saber? Foi um rolê que você nem imagina... — E contei tudo que aconteceu naquela noite e na manhã seguinte.

— Nossa, a Nina foi muito ligeira — ele falou boquiaberto depois de ouvir a história toda.

— Pois é, mas você ter visto a minha mensagem e desaparecido também não ajudou muito. Eu sou ligeira, adoro resolver um mistério.

— Nossa, você é muito sem graça, achei que ia levar pelo menos um dia. Parece que assistir a *Prison Break* te deixou muito investigativa.
— Você lembra quando a gente assistia a essa série e eu sempre descobria o que ia acontecer?
— Lembro. — Rimos.
— Mas quem era a menina que entregou as flores na portaria? — perguntei, porque ainda não tinha conseguido resolver essa parte da história.
— Ah, foi a Cinthia. Eu tinha saído pra jantar com ela naquela noite, contei o que eu estava planejando fazer e ela me convenceu a fazer naquele momento. Eu ainda ia esperar mais uns dias talvez, mas ela insistiu. Então passamos na floricultura e fomos deixar na portaria.
— Portaria errada — comentei.
— É, vou anotar isso pra próxima. — Ele riu.
— Sabe uma coisa que eu acabei de lembrar? Lembra quando fomos naquela taróloga juntos, a Rita? — Sim, caro leitor, a mesma Rita do livro anterior. Eu fui nela mais uma vez, com o Leandro.
— Lembro.
— Lembra que ela falou que a gente ia se separar, não necessariamente seria um término, poderia ser só um distanciamento por conta de trabalho ou coisa assim? Que esse distanciamento seria necessário para que nós amadurecêssemos? E que depois de um tempo nós voltaríamos a ficar juntos?
— Nossa, nem me lembrava disso.
— Eu lembro que eu saí de lá chorando, porque não queria que a gente terminasse. Mas parece que ela acertou, né?
— Que macabro.
— Nem me fale, por isso eu nunca mais voltei lá. — Nós rimos.
Quando me dei conta já estávamos a alguns quarteirões da minha casa. Tudo bem que o clima dentro do carro já tinha melhorado muito, mais ainda não estava nem perto das minhas expectativas para aquela noite. Quando ele virou a esquina, um quarteirão antes da minha rua, eu disse:
— Para o carro. — Ele me olhou sem entender. — Encosta o carro aqui. — Apontei para um espaço vazio atrás de um carro vermelho do lado direito da rua.

Ele parou, assustado, puxou o freio de mão e me olhou com cara de quem não estava me entendendo, esperando por explicações.

— A gente voltou ou não voltou? — perguntei meio ofegante.

— Voltamos, eu acho, eu que te pergunto — ele respondeu, ainda confuso.

— Tá. Era só pra ter certeza — eu disse isso enquanto soltava o meu cinto.

Estudei os olhos dele, depois fui em sua direção sem hesitar, coloquei a mão em sua nuca, puxei ele pra perto com força e tasquei o maior beijão. *Boa, garota!* Nos beijamos com vontade, com saudade, com urgência. Eu podia escutar os fogos de artifício como nos filmes. O beijo ainda encaixava perfeitamente. As borboletas no meu estômago pareciam estar em uma *rave*. A gente se afastou por um segundo, para tomar fôlego e eu falei:

— Ufa, eu já não estava mais aguentando esperar.

Ele sorriu. Ah, aquele sorriso perfeito e que ainda era capaz de me fazer derreter. Mas antes de eu realmente derreter por completo, ele entrelaçou seus dedos entre os meus cabelos atrás da cabeça e me puxou pra perto de novo, para mais um beijo, ou dois, ou três.

— Eu não quero ir pra minha casa — eu disse quando finalmente paramos de nos beijar, mas ainda estávamos bem próximos, eu com a cabeça encostada no ombro dele. Levantei meu rosto e olhei pra ele.
— Foi lá que terminamos, não quero que a gente passe a nossa primeira noite lá. — Dei um sorrisinho de canto, que eu acredito que foi o suficiente para passar o recado. Ele beijou a minha testa e ligou o carro.

Quando chegamos ao quarto do motel, foi igual a uma cena de um filme. Ele mal abriu a porta e já me colocou contra a parede, beijou o meu pescoço, senti o corpo inteiro arrepiar. Fechei os olhos com força e abri de novo para averiguar se tudo aquilo era real. Eu pulei no colo dele e entrelacei as pernas na sua cintura. A urgência dos dois era grande, parecia que tínhamos esperado uma eternidade por aquele reencontro. Ou como dizem: o *make up sex* é sempre incrível. Eu devo concordar, porque foi. Superou qualquer expectativa, foi simplesmente TOP.

CAPÍTULO 11

FAMÍLIA *reunida* E MACARRONADA DE DOMINGO, TEM COISA *melhor*?

Na manhã seguinte, eu acordei deitada sobre o peito dele. Ele ainda estava dormindo, eu respirei fundo e ainda parecia que estava sonhando. É tão bom vê-lo dormindo ao meu lado, aquele sono profundo, chega até a babar. *Tá, quebrou o romance aí.* Mas tudo bem, todo mundo baba. Ninguém dorme todo arrumadinho como nos filmes. Dá um desconto, vai. Mesmo babando, a cena ainda era linda, porque me transmitia paz.

Eu queria prolongar aquele momento o máximo possível, mas a minha bexiga estava tão cheia que se eu esperasse mais um minuto ia acabar fazendo xixi na cama, o que não ia ser nada legal, né? Então tive que levantar, tentei ser o mais silenciosa possível, fui ao banheiro na pontinha dos pés. Aproveitei para tomar um banho quente. Quando eu saí do banheiro, o Le já estava acordado e com uma bandeja de café da manhã na cama. *Arrasou, garoto, sabe como agradar uma taurina. Eu sou mal-humorada pela manhã, principalmente com fome.*

— Bom dia — eu disse para anunciar minha presença.

— Bom dia, amor. — Depois da nossa noite, ele me chamar de amor nem me causou estranheza, parecia normal. — Tá com fome?

— Sempre.

Pulei na cama e sentei ao lado dele, de toalha mesmo. Ele me deu um selinho e eu sorri olhando pra ele, enquanto disfarçadamente roubava um pão de queijo. A bandeja tinha café, leite, suco de laranja, algumas frutas já cortadas, pão de queijo, frios, pão francês, manteiga e uns croissants quentinhos. A gente parecia casal de comercial de margarina, tomando o café feliz, sorridente e papeando. Até que o telefone tocou. Era o dele.

— Alô. Bom dia. Não, eu já estava acordado. Diga? — Eu continuei comendo enquanto ele conversava com alguém no celular. — Vou sim. Começa às onze horas, né? Eu vou direto. Me manda de novo o endereço? Beleza. Beijo, pai. — Ele desligou e me falou: — Era o meu pai. Hoje tem as bodas de ouro dos meus avós, acho que ele me ligou pra ter certeza de que eu não esqueci.

— Você, como sempre, esquecido, né, Leandro? — Ri alto.

— Só às vezes. Mas isso eu lembrava. Inclusive, agora que a gente voltou, queria saber se você quer ir comigo.

— QUÊ? — Quase me engasguei com o suco. — Mas a sua família toda vai estar lá — falei, pensando na cena. E quando digo família toda, me refiro à família por parte de pai.

— Sim. Por isso mesmo.

— Mas ninguém sabe que a gente voltou.

— A gente chega junto e já conta pra todo mundo de uma vez, eles vão adorar. E a Cinthia vai estar lá também.

Acho que ele falou da Cinthia para ver se eu me sentia mais segura com um rosto amigo. Acontece que a família dele sempre foi um amor comigo, não era disso que eu estava com medo, mas aparecer assim, de surpresa? Fiquei feliz com a atitude dele, de já querer logo contar pra todos que voltamos, mas fiquei com medo de chegar lá em uma festa de família, sabe?

— Tem certeza? Será que não é melhor você ir sozinho e contar pra eles?

— Se você não se sentir à vontade, tudo bem. Mas por mim a gente vai junto e chega lá de mãos dadas — ele disse animado.

— Tudo bem. Vamos. Mas preciso passar em casa pra me trocar, acho que derrubei *shoyo* no meu vestido ontem. — Eu mostrei a mancha na saia pra ele. Droga, ainda nem tinha pagado a primeira parcela dele. *Calma, Fabiana, depois você liga pra sua avó e descobre como tirar a mancha, ela vai dar um jeito.*

— Tá. Mas vamos ter que ser rápidos, porque a cerimônia na igreja começa às onze horas e depois o pessoal vai direto pra churrascaria comemorar. Eu vou tomar um banho aqui mesmo e vou com a mesma roupa.

— Tá. Eu prometo que vou ser rápida, só preciso dar comida pra Amora, trocar de roupa e passar alguma coisa nessa cara, coisa de cinco minutos.

— Ok, eu te levo. Vou só tomar um banho. — Ele se levantou e foi pro banheiro.

Eu peguei meu celular dentro da bolsa e me espantei com a quantidade de mensagens. Parece que eu não tinha mais mexido nele desde que cheguei ao restaurante. Abri primeiro a conversa da minha amiga Lele.

> **Lele:**
> E aí? Voltaram?
>
> **Lele:**
> Miga? Tá tudo bem?
>
> **Lele:**
> Alguma novidade?
>
> **Lele:**
> Miga?
>
> **Lele:**
> Vocês devem ter voltado, senão você já teria dado algum sinal de vida. Quando puder me manda mensagem.

Ops. Eu a deixei na curiosidade, mas esqueci completamente. Me desconectei total do celular.

> **Fabi:**
> Oi, miga. Desculpa, ontem nem mexi no celular. SIM! Voltamos. Inclusive tô com ele agora. Mas não posso falar. À noite eu te ligo pra contar tudooooooo... ☺

Também tinha uma mensagem da Nina perguntando por notícias.

> **Nina:**
> Fabi, e aí?

> **Nina:**
> Fabiana, se precisar que te busque ou alguma coisa me avisa.
>
> **Fabi:**
> Oi, Nina, desculpa. Ontem acabei nem mexendo no celular. Mas tá tudo bem. SIM! Nós voltamos. Depois eu te ligo pra contar tudo. Tô muito feliz! ☺
>
> **Nina:**
> Vocês voltaram?

Tinha mais algumas mensagens, mas nada importante. Ops, mensagem do Pedro:

> **Pedro:**
> Linda, quando a gente vai se ver de novo? Pensei em um cineminha hoje, topa?

Ops. Melhor deletar. O Le já tinha desligado o chuveiro. Então larguei o celular e levantei correndo para me trocar. Rapidinho, juntamos as nossas coisas e colocamos tudo no carro. Quando chegamos à minha rua, ele estacionou e subiu comigo. Era estranho estar voltando pra casa com ele, depois de tudo. Mas se íamos namorar de novo, teríamos que nos acostumar a essas coisas que agora pareciam estranhas.

Quando eu abri a porta, a Amora veio correndo me receber, como sempre fazia. Mas dessa vez ela ficou confusa, não sabia se pulava na minha perna ou na dele. Quando eu ia me abaixar para pegá-la no colo, ele fez isso primeiro.

— Oi, Amorinha, como você cresceu. — Ele a levantou no ar na frente dos seus olhos e ela deu lambidinhas no seu rosto.

— Eu te disse. Ela ainda continua pequena, mas cresceu muito.

— Sim, ela ainda é minúscula, mas na última vez que eu vim aqui ela cabia em uma mão só — ele falava isso ainda com ela suspensa no ar, depois a trouxe pra perto do peito.

— Amora, faz companhia pro Le que eu vou me trocar correndo, tá? — falei com uma vozinha que só faço quando falo com cachorros. O Le me deu um beijo e eu saí correndo.

Comecei a olhar meu guarda-roupa. O que vestir para as bodas de ouro dos avós do seu novo/antigo namorado? Peguei um vestido que estava pendurado no cabide, era fofo, sem decote, bem acinturado, com a saia rodada e não era curto demais. Dei mais uma vasculhada nos cabides, mas aquele parecia adequado. Coloquei o vestido, que era verde-água, minha cor favorita na época. Abri as gavetas da minha penteadeira e comecei a me maquiar correndo. Eu precisava passar uma boa primeira impressão, mesmo que eles já me conhecessem, ia ser a primeira vez que eu ia rever a família desde que voltamos. Em apenas alguns minutos já estava pronta. Passei perfume, peguei minha bolsa, o celular e voltei pra sala.

— Pronto. O que você acha?

— Tá ótimo. Tá linda.

— Só preciso que você feche o zíper pra mim. — Me virei de costas com o zíper do vestido todo aberto, levantei o cabelo da nuca com a mão e ele se aproximou de mim, fechando o vestido lentamente enquanto sussurrava em meu ouvido:

— Eu senti muito a sua falta, sabia?

Eu sorri e ainda de costas pra ele respondi:

— Eu também! — Virei e o abracei. Ah, que saudade daquele abraço.

— Vamos?

— Vamos! Vai chamando o elevador que eu vou colocar comida e água pra Amora.

Quando chegamos à porta da igreja, o Leandro achou uma vaga bem na rua e estacionou. Eu engoli em seco, não sabia se estava preparada para aquele momento.

— Le, como vai ser? — perguntei nervosa.

— Relaxa, a missa já está rolando, então vamos entrar e sentar no fundo. Assim que a missa acabar, já vai rolar a cerimônia das bodas. Aí no fim a gente vai lá cumprimentar a galera.

— Tá.

— Vai dar tudo certo. Relaxa — ele falou, pegando na minha mão e fazendo carinho nela, para me tranquilizar.

Entramos na igreja e fizemos como ele falou, sentamos nos bancos do fundo para não chamar atenção, pois a missa já estava acontecendo. A igreja era pequena e quase todos os lugares estavam ocupados. O padre falava no microfone lá na frente, vestido de túnica branca, de pé no altar. Atrás dele tinham uns vitrais no alto, que permitiam a luz do sol entrar de uma forma bem colorida e mística, trazendo um ar mais alegre e charmoso para o interior. Estava calor, afinal de contas já era início de primavera, mas a brisa que vinha das portas laterais abertas era reconfortante.

Logo a missa acabou e muitas pessoas se levantaram, mas o Leandro permaneceu sentado, então fiz o mesmo. Um pouco mais da metade das pessoas começaram a ir embora, enquanto outras iam se sentar mais à frente. Antes mesmo que todo o movimento de pessoas se acalmasse, o padre voltou a falar, agora convidando os avós do Leandro, Dona Belica e Senhor Zezinho, a se levantarem para dar início à cerimônia. Foi uma celebração simples, na qual o padre falou algumas palavras sobre relacionamento e o casal permaneceu de pé, de frente um para o outro, de mãos dadas.

Vendo aquela cena, como um olhava para o outro, mesmo depois de tantos anos, me perguntei: "Será que um dia seremos nós? Velhinhos, celebrando cinquenta anos de casados?". Quando a celebração acabou, eles se beijaram e pétalas brancas caíram do teto. Foi lindo. Todos que permaneceram na igreja aplaudiram. E novamente as pessoas começaram a se levantar e a se movimentar pela igreja. Agora, o Le também ficou de pé.

— Vamos lá? — ele me perguntou, pegando na minha mão, e eu só assenti com a cabeça.

Caminhamos na direção do altar, onde a maioria das pessoas estava aglomerada. Mas antes que pudéssemos chegar perto fomos vistos, pude notar diversos rostos me olhando. E para a minha tranquilidade, eles me olhavam surpresos, porém sorrindo. Respirei fundo e sorri, envergonhada.

— E aí, Leandrão? — O tio dele chegou perto de nós e puxou o Le para um abraço. Ao lado dele veio a tia do Le.

— Fabi? — Ela olhou pra mim e depois olhou pra Le com um sorriso. — Vocês voltaram?

— Voltamos, tia — ele disse, sorrindo e pegando na minha mão.

— Ah, que bom. Seja bem-vinda de volta, minha linda. — Ela me abraçou. E qualquer receio que eu pudesse ter sentido antes agora parecia bobo.

Mais algumas pessoas se aproximaram, nos cumprimentando, ao mesmo tempo em que outras já estavam indo embora da igreja com pressa. Então, vi a Cinthia vindo em nossa direção com entusiamo.

— EU NÃO ACREDITO. Vocês voltaram? — O Le e eu balançamos a cabeça, rindo. — Como assim? Quando?

— Calma. Foi ontem — ele respondeu.

— Ah, tô tão feliz por vocês. — Ela nos abraçou de novo. — As flores deram certo, então. — Olhei pro Leandro, rindo.

— Sim. Mas depois te conto tudo, deixa eu dar um beijo na vó e no vô — o Leandro falou, olhando pros lados, procurando por eles.

— Eles já foram, Lele, com seu pai e a Lari. Tá todo mundo indo pra churrascaria. Vamos?

— Já? Ah, vamos, a gente cumprimenta eles lá, então.

— Então a gente se encontra lá. Vou guardar lugar na mesa do meu lado pra vocês dois. Ah, tô tão feliz. — E a Cinthia foi embora sorrindo.

— Vamos lá pra churrascaria? Eu tô com fome — ele me perguntou, levantando as sobrancelhas.

— Vamos.

Voltamos para o carro e fomos para a churrascaria. Agora eu já estava muito mais tranquila, mas continuava tímida, porque sou assim de natureza. Quando entramos, o garçom nos apontou duas mesas bem compridas ao fundo, que já estavam quase todas ocupadas. Parece que tinha até mais gente do que na igreja durante a missa. Avistamos o pai do Le ao lado dos avós dele, então fomos em sua direção.

— Oi, pai — o Le disse, cutucando o pai dele, que estava de costas conversando com alguém.

— Oi. — Ele o abraçou e me olhou curioso. — Fabi?

— É, a gente voltou — ele disse. E o pai dele me abraçou.

— Que bom. Esse menino gosta muito de você, viu, Fabi? Fica à vontade. — E ele me deu um beijo na bochecha.

— Obrigada. — Eu sorri.

— Já falou com a vó? — ele perguntou pro Le.

— Não. Eu tentei cumprimentar eles lá na igreja, mas não deu tempo, vocês já tinham ido embora.

— Ah, sim, eu achei melhor trazê-los logo pra cá. Senão a gente ia demorar muito e perder a reserva das mesas. Mas então vai lá falar com eles. — Passamos por mais algumas pessoas e chegamos à avó dele.

— Oi, vó, parabéns. — O Leandro a abraçou e eu não pude mais ouvir o que eles falaram, até que se distanciaram de novo. — Essa é a Fabi, lembra dela?

— Lembro. Claro que lembro. Como você tá, minha linda? — Ela me puxou para um abraço.

— Tô bem e a senhora? Parabéns pelas bodas. Foi lindo.

— Obrigada. Vocês estão juntos? — ela perguntou, segurando a minha mão e a do Le.

— Sim, estamos juntos e agora eu não largo mais dela. Não vou deixá-la fugir — ele disse brincando e ela riu.

— Que bom, que bom. Já falou com o seu avô?

— Não, vou falar com ele agora, acabei de cumprimentar meu pai e vim cumprimentar a senhora. Deixa eu ir lá. — Ele deu mais um beijo e abraço nela. Que vovozinha fofinha. Ele passou por mais algumas pessoas, até chegar ao seu avô que estava sentado, com a bengala apoiada na mesa.

— Oi, vô. Não precisa levantar, não. — Ele abaixou para abraçá-lo quando percebeu que o avô fez menção de se levantar. — Tudo bem com o senhor? Cinquenta anos de casados, hein? Parabéns.

— Você viu, só? O tempo passa rápido, né? — ele falou, sorridente. E eu reparei em uma certa semelhança entre eles, nem tanto fisicamente, apesar de o Leandro ser a xerox do pai, mas mais no jeito brincalhão de ser.

— Vô, essa é a Fabi. Lembra dela? A gente voltou a namorar — o Le disse, pegando na minha mão e me trazendo para perto. Eu não esperava que ele lembrasse, porque, apesar de já termos nos encontrado diversas vezes, nunca conversamos muito. Me abaixei para abraçá-lo.

— Parabéns. A celebração foi linda. — Antes que eu pudesse continuar ele me interrompeu e disse olhando nos meus olhos:

— Eu sabia que vocês iam ficar juntos. Ele te ama muito. E quem sabe um dia não vão ser as bodas de vocês? — Até hoje me pergunto se ele falou isso mesmo ou se eu imaginei. Fiquei com os olhos cheios de lágrimas. Eu realmente não esperava por essa aprovação toda da nossa volta, ainda mais vindo dele.

— É, quem sabe? — eu respondi, sorrindo, com os olhos molhados enquanto me levantava.

Cumprimentamos mais algumas pessoas que eu conhecia e outras não, enquanto dávamos a volta na grande mesa, até chegar aos lugares vagos perto da Cínthia. E lá estava a Lari, irmã do Le.

— Oi, meu lindão. Vocês voltaram? — ela perguntou feliz enquanto o abraçava.

— Sim, Lala. Voltamos — ele respondeu e ela me olhou, sorrindo.

— Tudo bom, Lala? — Eu a abracei também sorrindo.

— Ah, que tudo. Fico muito feliz — ela disse com as mãos apertadas contra o peito, com a cabeça de lado sorrindo, com um jeito muito fofo.

Nos sentamos e claro que o interrogatório começou, a Cinthia queria saber tudo: como, quando, onde. E eu também queria saber como foi quando ela levou as flores, e como ela deixou o Leandro entregar o cartão em branco. Então foi assim que do nada eu já me sentia parte da família de novo. Como se aqueles quatro meses distantes nunca tivessem existido. Mas eles existiram, e hoje eu vejo como eles foram importantes para o nosso crescimento pessoal e como casal. Parece que agora o Leandro estava determinado a me tratar como prioridade, como se agora tivesse certeza que queria passar o resto da vida comigo. Não sei explicar como, mas eu conseguia sentir e perceber essa diferença.

✳✳✳

Uma semana depois foi a vez de encontrarmos a minha família em um almoço de domingo na casa da minha avó. Mas, diferente da família do Le, a minha não foi pega de surpresa, durante a semana eu contei para os meus pais e avós que estávamos juntos novamente. E pra Nina também, é claro. Pra ela eu contei praticamente no mesmo dia. Minha vó e meu vô ficaram felizes, eles sempre gostaram muito do Le, até porque ele sempre foi muito solícito e educado com eles. Minha mãe também sempre gostou do Leandro, mas não sei se ela ficou feliz com a notícia da nossa volta, ela parecia meio preocupada. O que era de esperar, já que ela viu o quanto eu sofri com o término, mesmo sem ela saber direito o que se passava no nosso relacionamento. E meu pai... bom, eu não sei ao certo, é sempre muito difícil saber o que o meu pai está pensando.

O Le me buscou em casa e chegamos juntos ao prédio da minha avó. O porteiro me conhece, então abriu o portão e me cumprimentou. Antes mesmo de o elevador chegar ao sexto andar, nós conseguimos sentir um cheiro delicioso de comida. Pensei, *será que esse cheiro vem da casa da minha vó?* E quando abri a porta da casa dela tive a confirmação, porque o cheiro ficou mais forte.

— Oi, vó, cheguei! Quer dizer, chegamos — falei ao entrar procurando por ela, que apareceu da cozinha com um pano de prato na mão.

— Oi, Fabi. Pensei que era sua mãe. Oi, Le — ela disse olhando meio surpresa pra ele como se tivesse esquecido que ele iria comigo para o almoço de domingo. Ele a abraçou.

— Oi, Dona Wilma. Tudo bem com a senhora?

— Tudo, tudo.

— Precisa de ajuda? — ele perguntou, olhando pra cozinha que parecia cheia de travessas, pratos e copos pra fora dos armários.

— Ai, Le, faz um favor pra mim? Você alcança aquela travessa lá no alto? Já era pra Marisa estar aqui, mas não sei... E eu não alcanço — ela foi falando enquanto entrava na cozinha e ele a seguiu.

— Claro, Dona Wilma, pode deixar.

Eu comecei a montar a mesa, coloquei a toalha, levei os pratos, o Leandro me ajudou com os copos e depois foi cumprimentar meu avô no quarto dele. Ele tava lá, na sua poltrona de sempre, de camisa verde, bermuda, pés descalços, uma latinha de cerveja na mão, vendo TV.

— Oi, seu Paulo. Tudo bem com o senhor? — o Leandro falou ao entrar no quarto.

— Opa. Tudo bem — ele falou, olhando pra porta.

— Quem tá jogando hoje? — o Le perguntou.

— Santos e Fluminense. Mas mais tarde tem *Curinthia*. — Meu vô é corintiano fanático e assiste a todos os jogos do Corinthians com uma camisa polo verde. Um pouco contraditório, eu sei, mas ele fala que dá sorte.

— Opa, aí sim, hein? O Corinthians tá indo bem, né? — o Le também é corintiano, mas, ao contrário do meu avô, não acompanha muito os jogos. Deixei eles conversando e voltei para a sala. A campainha tocou e logo vi minha mãe entrando.

— Oi, mami. Oi, papi.

— Oi, filha. Já chegou? E o... — Antes que ela pudesse perguntar por ele, o Le apareceu na sala. — Oi, Le. — Todos nos cumprimentamos e na sequência a Nina chegou também.

— Já que todo mundo chegou, vamos comer enquanto tá quente? — falou a minha vó, trazendo uma travessa de macarronada pra mesa. Ela fica aflita de ver a comida pronta esfriando. Meu pai a ajudou a trazer o frango que estava no forno e todos nos sentamos ao redor da mesa.

Além da macarronada e do frango assado, tinha uma farofa com azeitonas que minha vó faz que eu amo, refrigerante, queijo ralado e uma saladinha de pepino que meu vô tempera com limão. A comida estava uma delícia e a conversa na mesa estava leve, como se nunca tivéssemos nos separado. Parecia um almoço de domingo comum, como era antes. Não foi estranho, não foi constrangedor, foi normal e gostoso. Eu estava cercada das pessoas que amava, fazendo uma coisa que eu amo: comer! *Ai, Fabiana*. E claro que um almoço na casa da vovó não termina sem sobremesa. Ela fez um pudim de leite condensado que estava maravilhoso.

CAPÍTULO 12

ÀS VEZES A GENTE *esquece* QUE TODA *história* TEM DOIS LADOS

Já tínhamos contado sobre a nossa volta para a minha família, a família paterna dele e para os nossos amigos. Você deve estar se perguntando, mas e a mãe dele? Pois é, ela também já estava sabendo, porque o Leandro morava com ela e contou, obviamente. E ele tinha conversado com ela antes de pedir para voltar a namorar comigo. Mas eu estava evitando encontrar com ela. Se você se lembra do primeiro livro, caro leitor, deve imaginar o porquê. Por mais que o Le tenha me dito que as coisas seriam diferentes, eu estava tentando evitar esse encontro, porque eu fiz uma promessa de que se ela falasse ou fizesse algo, eu terminaria com ele. E não era uma promessa da boca pra fora. Mas as coisas estavam tão legais entre nós dois que eu tinha medo de ter que cumprir a minha promessa.

Então só nos encontrávamos na minha casa ou saíamos para jantar fora, ir ao cinema e à casa dos amigos. Mas meu plano de me manter longe dela não durou muito tempo e eu sabia que uma hora esse encontro teria de acontecer. Era inevitável. Quando a gente namora alguém, a família vem de brinde. Não tem como dizer que não, porque ela faz parte de quem nós somos, nosso passado, infância, criação e pessoas que nos amam. Se eu queria mesmo ficar com ele, teria de ser capaz de encarar a mãe dele, ou iria descobrir que era melhor terminar tudo mesmo e cada um seguir com a sua vida. POR QUE AS COISAS NÃO PODEM SER MAIS SIMPLES? *Porque minha vida não é um filme de romance fofinho que passa na* Sessão da tarde.

Era segunda-feira, meu celular tocou e me animei ao ver que era o Leandro ligando. Atendi com apenas dois toques.

— Oiii! — disse animada.

— Oi. Tudo bem com a senhorita?

— Tudo, tô deitada prestes a começar a ver mais um episódio de *Grey's Anatomy*. E você?

— Tô bem também. Acabei de sair do banho e tô pesquisando uns restaurantes aqui. Então, quarta-feira é meu aniversário, lembra?

— Lembro. — Claro que eu lembrava, até já tinha comprado o presente.

— Então, eu tava pensando em marcar um barzinho com a galera no fim de semana, só não decidi qual ainda.

— Mas já cria logo o evento e chama o pessoal, tá meio em cima da hora.

— Eu sei, mas a galera já tá acostumada comigo, sempre invento em cima da hora.

— Jura? Nunca tinha reparado — disse com sarcasmos na voz.

— Besta.

— E na quarta, não vamos comemorar?

— Então... era isso que eu estava vendo. Poderíamos ir a algum restaurante legal.

— Legal, eu topo. Só nós dois? Ou vai chamar algumas pessoas?

— Então... — Ele fez uma pausa um pouco longa. — Eu tô pensando em chamar minhas irmãs e a minha mãe também. Tem problema?

Eu senti que ele falou na mãe dele com cautela na voz, até com medo, eu diria. E essa pergunta, "tem problema?", era fofa e ao mesmo tempo potencialmente problemática. Porque ele queria saber se eu estava ok com a situação, mas eu também não queria estar no lugar dele, pisando em ovos com a mãe e a namorada. Poxa, era aniversário dele, e mesmo que a mãe dele e eu não nos déssemos bem, teríamos que estar lá por ele. Então tentei falar com a voz mais tranquila que consegui.

— Claro que não, é seu aniversário.

— Ah, beleza então — ele falou, aliviado. — Eu vou resolver aonde vamos e amanhã te aviso como vai ser. E na quarta eu passo aí pra te pegar.

— Tranquilo, sem problemas.

— Boa noite. Te amo.

— Eu também te amo.

Que estranho, demoramos quase dois anos para começar a realmente namorar, depois foram sete meses de namoro até que ele finalmente disse "eu te amo", e agora que não fazia nem três semanas que tínhamos voltado a namorar e ele já estava me chamando de amor, dizendo "eu te amo", me ligando quase todos os dias. *Que chá ele bebeu? Vou patentear e ficar rica.*

Acho que o término fez bem pra gente. Estávamos diferentes, mais maduros, mais seguros, sem mimimi. Isso me fez pensar: se a gente mudou tanto em tão pouco tempo, por que a minha sogra também não poderia ter mudado? Será que a nossa relação também seria diferente agora? Talvez sim, já tinha sido boa no começo. Então decidi ser otimista e dar uma segunda chance a ela, assim como tinha feito com o Leandro.

Na quarta-feira, eu me arrumei e fiquei no sofá da sala esperando o Le me mandar uma mensagem avisando que estava chegando. Nós íamos a uma pizzaria, eu, ele, a mãe dele e as irmãs, Nati e Lari. Enquanto esperava, tentei imaginar como seria reencontrar a minha sogra depois de tudo. Será que ela também estava tão aberta quanto eu a um recomeço? Ou será... *Para de se preocupar, Fabiana. Relaxa.*

> **Leandro:**
> Pode descer, estamos chegando.

Respira. Dei um beijinho na Amora, apaguei as luzes e tranquei a porta. Acho que eu estava até mais nervosa do que no dia em que fui conversar com o Leandro e voltamos a namorar. Mas é como eu digo: tá com medo? Vai com medo mesmo.

Cheguei ao portão e vi o carro dele dobrando a esquina. Quando o carro parou na frente do meu prédio, eu caminhei até a porta do passageiro, mas, antes que eu colocasse a mão na maçaneta, a porta se abriu. Era a mãe dele, descendo do carro.

— Oi, Fabi — ela me cumprimentou com um beijo na bochecha e um abraço, por um segundo fiquei imóvel, mas rapidamente reagi e cumprimentei de volta.

— Oi, Solange. Tudo bem?

— Tudo, e você? — Ela parecia feliz, tentei procurar algum pingo de sarcasmo na sua voz, mas não encontrei.

— Tudo.
— Pode sentar aqui, eu vou sentar atrás com as meninas.
— Não, pode ficar. Sem problema.
— Não, senta aí, por favor — ela insistiu.
— Tá bom.

Entrei no carro, bati a porta e olhei pra trás, vi a Nati e a Lari sentadas no banco detrás.

— Oi, Nati. Oi, Lari.
— Oi — elas responderam em coro.

Tentei me inclinar para trás para beijá-las, e elas também se esforçaram para me alcançar. Mas é sempre desconfortável fazer isso do banco da frente. Então me virei para o Leandro:

— Oi.
— Oi. — Ele me beijou. E eu fiquei levemente tímida, pois estávamos na frente de todo mundo, mas era só um selinho.
— Feliz aniversário!
— Obrigado. — Ele sorriu. Eu já tinha dado parabéns pra ele mais cedo, por telefone, falei várias coisas fofinhas, mas tem que parabenizar pessoalmente também, né?
— Tá ficando mais velho, hein? — brinquei.
— Ei... — Ele me cutucou e todos no carro riram.

Durante o caminho o Le ficou conversando com as irmãs, colocando o papo em dia, perguntando da escola, da peça de teatro que a Lari estava ensaiando. Eu achei ótimo, pois pude ficar em silêncio durante um tempo, tentando me acostumar com a situação. Mas até então foi tudo tranquilo.

Chegando à pizzaria, descemos todos juntos do carro, o Le me deu a mão de um lado e do outro abraçou as irmãs. Entramos por um portão antigo, aqueles de ferro de casa de rua, a porta era de madeira e estava aberta. Ao entrar, me surpreendi com o lugar, por fora você não dava nada, mas por dentro era espaçoso e muito charmoso. Da porta, dava para ver que estávamos em um mezanino, havia algumas mesas pequenas ali, mas o andar de baixo era mais amplo. O garçom nos recebeu na entrada e nos conduziu ao andar de baixo. Descemos uma linda escada de madeira, bem moderna.

Nos sentamos em uma mesa de tronco de árvore comprida. O Le se sentou ao meu lado, e as três à nossa frente. Eu estava perto da parede, que era toda de tijolinhos laranja, olhei para o teto e reparei que era de vidro, dava para ver a lua. A pizzaria mais encantadora que já conheci, sem dúvida. Peguei o cardápio para passar o tempo e não precisar falar nada. Depois que pedimos as pizzas o Leandro falou:

— Olha que beleza, eu aqui, com as mulheres da minha vida. — Ele colocou o braço por cima do meu ombro e me puxou pra perto. Fiquei vermelha. — Vamos tirar uma foto? Pera aí, que vou chamar o garçom.

O garçom tirou a foto, depois o Le fez uma *selfie* e me pediu para tirar uma dele com as irmãs. Fotos tiradas, eu voltei a me sentar, mas o Leandro não.

— Lari, Nati, querem ver o forno à lenha? — ele perguntou animado e elas balançaram a cabeça. — Quer ir? — ele me perguntou.

— Não, pode ir lá — falei sorrindo, achei que aquele deveria ser um momento entre irmãos.

Ele fez um sinal de joinha, pegou as irmãs pela mão, uma de cada lado, e caminhou para o lado direito do salão, onde dava pra ver um grande forno, bem bonito. Virei a cabeça pra frente e foi aí que me dei conta que tinha ficado na mesa sozinha com ela, minha sogra. Dei um sorrisinho sem mostrar os dentes, tentando disfarçar meu nervosismo. Eu já tinha me arrependido de não ter ido ver o forno, será que ia pegar mal me levantar para ir ao banheiro? Mas antes que eu surtasse, ela me olhou sorrindo e disse:

— Sabe, quando o Le me contou que ia pedir pra voltar com você, eu fiquei muito feliz. Sempre falei que você era a mulher certa pra ele.

Eu não disse nada, o que eu ia dizer? *Fabiana, ela foi legal, fala alguma coisa*. Tomei um gole da minha Coca, para ganhar tempo, mas ela continuou:

— Eu queria te pedir desculpas, caso eu tenha feito algo que tenha te incomodado. Eu não tive a intenção, de verdade. Eu estava passando por muitas coisas na minha vida, no meu trabalho, e acabei descontando no Leandro e acho que em você também. Mas quero que você saiba que eu gosto de você. Sei que você faz meu filho feliz e isso me deixa feliz. Como mãe, só quero a felicidade dele, mas, como ser humano, tenho meus defeitos e acabo errando também.

Fiquei pasma. Muito feliz também, é claro. Afinal, ela disse tudo que eu queria ouvir, acho que agora a paz reinaria em nossas vidas. Mesmo assim, eu não conseguia acreditar, parecia mentira. E ela estava certa, sabe? Eu nunca vi o lado dela, nunca parei para pensar no que ela poderia estar passando, ser mãe solteira não é fácil, sem falar em todos os problemas do dia a dia, trabalho e por aí vai. Talvez ela só quisesse a ajuda e a presença do filho. Acho que o problema é que, assim como o Leandro, ela é um pouco fechada para falar dessas coisas. Não que isso amenize o que eu passei ou senti, foi péssimo. No entanto, se eu tivesse parado para entender mais sobre ela, a vida dela e o que estava acontecendo, as coisas poderiam ter sido diferentes, porque eu agiria de outra forma. Mas é como eu já disse antes, não dá para remoer o passado e se culpar por não ter feito diferente, nós fizemos o melhor que pudemos com as informações que tínhamos. Agora nós duas estávamos mudadas, então talvez agora pudéssemos resolver as coisas.

— O Le me falou que conversou com você. E tá tudo bem. Eu só quero que o clima entre a gente fique legal. Eu amo o Leandro. Quero que ele seja feliz também. Então acho que no fim nós queremos a mesma coisa, sabe? Mas também quero pedir desculpa se fiz alguma coisa...

— Não, você não fez nada. Não precisa se desculpar. Eu também quero que as coisas fiquem bem, como eram antes, vocês indo lá em casa para almoçar e tudo mais. Eu gosto muito de você. E a Nati também, ela te admira como uma irmã mais velha que ela nunca teve.

Olhei pra ela com um sorriso, daqueles sinceros. O que eu sentia naquele momento era gratidão. Quando olhei para o lado para ver a Nati, reparei que eles estavam voltando para a mesa e o garçom também já vinha com as pizzas. O assunto acabou, a conversa foi rápida, mas o essencial tinha sido dito e aquilo, pra mim, era mais que suficiente. Passei o resto do jantar com um sorriso no rosto, calma e de coração agradecido. Parecia que um peso enorme havia sido tirado dos meus ombros, o clima estava mais leve e consegui até me soltar mais e conversar.

O bolo chegou e cantamos parabéns com a ajuda dos garçons e de todos os clientes da pizzaria, que batiam palmas com entusiasmo. O Le assoprou as velinhas, tiramos mais algumas fotos e ele cortou o bolo, de baixo pra cima, como se deve ser feito em bolos de aniversário no primeiro pedaço.

— O primeiro pedaço vai para... — Ele fez uma pausa de suspense, segurando o prato com uma fatia enorme de bolo — as minhas irmãs. É pra vocês dividirem, por isso coloquei um pedaço bem grande.

Comemos o bolo, que estava uma delícia, e fomos embora. O Le deixou primeiro a Lari na casa dela, depois foi até a mãe dele e deixou ela e a Nati, disse que ia me levar embora e demorar um pouquinho. Então ficamos sozinhos no carro.

— Só nós dois — ele falou assim que ficamos a sós.

— É... eu achei que você ia me deixar primeiro.

— Eu queria passar um tempinho só com você — ele disse, olhando pra rua, mas colocou uma mão na minha perna.

— Foi legal hoje — eu disse.

— Foi, né? Foi tudo tranquilo? — ele perguntou, me olhando curioso, e eu entendi o que ele estava perguntando.

— Foi. Tranquilo.

Não quis contar pra ele sobre a conversa com a mãe dele, acho que aquele foi um momento só nosso. Ele só precisava saber que estava tudo bem.

— Chegamos — ele disse quando parou na frente do meu prédio.
— Eu posso subir? — ele me perguntou, fazendo cara de pidão.

— Claro. — Eu sorri e dei um beijo nele.

CAPÍTULO 13

Deixa O POVO FALAAAAAR, O QUE É QUE *tem*?

Quando eu estava solteira e achava que ia continuar solteira por um tempo, eu fiz planos. Sendo mais específica, comprei ingressos para um rodeio com umas amigas. Na verdade, era para ir ao show do Jorge & Matheus, que eu nunca tinha ido na vida e queria muito. Além do mais, compramos camarote, paguei caro, eu tinha que ir. Mas de repente eu estava namorando, isso não estava nos meus planos. Acho que os planos mudam.

— Mor, daqui uns dias vai ter um rodeio em Jaguariúna, com show do Jorge & Matheus — eu disse enquanto tomávamos café da manhã na bancada da cozinha. — Eu vou com a sua prima Cinthia e mais algumas amigas. A gente comprou os ingressos faz um tempo. Você quer ir com a gente? — Eu não ia deixar de ir só porque estava namorando, além do mais, eu queria mesmo ir. Então decidi comunicá-lo e convidá-lo, porque sabia que a Cinthia não iria se importar.

Ele me olhou surpreso, talvez porque antigamente eu não teria dito dessa forma que iria, eu pediria permissão ou insistiria para ele ir comigo. Não que ele alguma vez tenha me pedido para fazer isso, mas era como eu achava que deveria me comportar em um relacionamento. Acontece que aprendi que as coisas não são assim, posso sair sem ele e ele sem mim se quisermos, e não precisamos de permissão de ninguém. A única coisa necessária é respeito, se eu quisesse ir sozinha ao show, não haveria problema nenhum, contanto que eu respeitasse a nossa relação.

— Ah, parece legal. Eu gosto de sertanejo. Quanto é?

— Deixa eu ver, porque comprei faz tempo, o preço agora já deve estar diferente. — Peguei meu notebook e entrei no site, achei os valores e virei o notebook pra ele. — O nosso é esse camarote silver.

— Nossa, carinho. Mas eu vou. Tudo bem por você?

— Sim, por mim tudo bem, por isso te convidei. Mas se não quiser ir também, não tem problema.

— Mas eu quero. Não é melhor você ver com a Cinthia e com suas amigas se não tem problema eu ir?

— Não tem problema, elas não vão se importar. A Cinthia, no caso, vai adorar.

— Então beleza. Vou comprar. — Ele colocou o notebook no colo.

Continuei comendo meu pão francês com presunto enquanto ele preenchia os dados no site para comprar o ingresso. Fiquei surpresa por ele realmente querer ir e muito feliz, porque eu sabia que seria muito legal ir com ele ao show.

***

Era 12 de setembro de 2014, nunca vou me esquecer desse dia, quando fomos para o show em Jaguariúna. A Cinthia foi dirigindo, pois era a única que não ia beber. Fomos em um carro só, estávamos eu, o Leandro, a Cinthia, a Thaís, amiga da Cinthia e a Bruna, minha amiga. Chegando lá, o lugar era enorme e estava lotado. No palco, uma banda já tocava, vários artistas iriam se apresentar e o show do Jorge & Matheus seria o última da noite.

O Leandro estava peculiarmente mais colado em mim naquela noite. Estávamos felizes, juntos. Fazia menos de um mês que havíamos voltado a namorar, mas já pareciam anos. A nossa conexão sempre foi muito forte, nossa história já tinha uma longa data, mas as coisas pareciam tão diferentes, pra melhor, é claro, e a gente estava curtindo cada momento.

— Vou pegar uma cerveja, quer uma? — o Leandro me perguntou, assim que achamos um lugar no camarote com uma boa visão do palco.

— Quero. — Ele estava lindo de camisa polo vinho, com a calça jeans que eu dei pra ele de aniversário e o meu perfume favorito: Abercrombie for man. Ele me deu um beijo e foi até o bar.

— Ai, Fa... tô tão feliz por vocês! — A Cinthia me abraçou apertado. — Ahhhhh... Não vejo a hora de começar Jorge & Matheus, eu vou perder a voz de tanto cantar.

Eu ri da animação dela, mas também estava feliz por nós e ansiosa pelo show. Quando os fogos estouraram, anunciando o início do show deles, meu coração disparou, já era perto da meia-noite. Sempre fui fã, gosto muito de sertanejo e sabia muitas músicas de cor. De repente a plateia cantava em uníssono "PELO AMOR DE DEUS, JORGE E MATHEUS!" repetidas vezes. Quando eles começaram a cantar foi simplesmente demais, de arrepiar, ainda mais com o meu *boy* abraçadinho comigo. Ou seja, sem sofrência naquela noite, quem curte sertanejo sabe que é uma sofrência atrás da outra.

Eu cantava a plenos pulmões, braços pra cima, balançando de um lado pro outro. Como a música nos move, nos emociona, nos une. Às vezes me esqueço disso, mas a música consegue mudar nosso humor, nos dar energia e criar um clima. E o clima entre nós já estava incrível, mas com algumas músicas a gente se beijava, se declarava um pro outro, cantando. E então eles começaram a tocar a música "O que é que tem?":

Deixa o povo falar
O que é que tem?
Eu quero ser lembrado com você
Isso não é problema de ninguém (não, não é)

Durante essa música, a gente se beijou com vontade, era como se aquela música conseguisse traduzir o que sentíamos naquele momento. O beijo era urgente, apaixonado, como se precisássemos recuperar todos os beijos que não demos quando não estávamos juntos. Eu queria gritar meu amor por ele pro mundo, pra quem quisesse ouvir. Quando a música acabou e finalmente paramos de nos beijar e cantar com o rosto bem pertinho, olho no olho, eu me distanciei um pouco dele para respirar, com um sorriso de orelha a orelha, e vi a Cinthia nos fotografando com o celular. Fiz uma cara de curiosa e balancei os braços como quem diz: "o que você está fazendo?". Ela se aproximou.

— Oi, casal... Vocês estavam tão lindos juntos, que eu tirei algumas fotos de vocês. Olha... — Ela virou o celular pra gente, e tinha várias fotos nossas.

— Nossa, Ci, me passa essa? — Virei o celular pra ela, mostrando uma foto que a gente estava se beijando, ele com a mão no meu rosto, o palco iluminado de fundo, um tom meio roxo nas luzes, bem cinematográfico.

— Claro, é pra já.

— Mor... — Me virei pro Leandro, outra música já estava tocando e a Cinthia se afastou e voltou a cantar. — Eu sei que você falou sobre não querer se expor na internet, mas já que eu já postei um vídeo no canal hoje contando que a gente voltou a namorar, posso postar essa foto? Por favor... — Fiz carinha de fofa e juntei as mãos como quem implora.

Caro leitor, você lembra que no começo do livro eu contei sobre a exposição na internet e como eu lidei, ou achei que tinha lidado, com isso no término do relacionamento? Bom, acontece que durante os quatro meses que ficamos separados, as pessoas comentavam todos os dias nas minhas postagens, fotos, vídeos e em qualquer lugar perguntando o porquê do término. Até cheguei a receber um e-mail de uma fã falando que eu tinha a obrigação de contar o que tinha acontecido, com detalhes, porque a minha vida era como um livro e eu estava pulando um capítulo. *Eu mal sabia que viraria um livro mesmo. Dois, no caso.* Também havia comentários falando que eu estava melhor sem ele, ou que ele estava melhor sem mim, perguntando quem tinha traído quem, julgando que toda frase que eu postava era uma indireta pro ex (apesar de que algumas eram mesmo), e coisas desse tipo. Foi muito chato passar por tudo isso, mas não fui só eu. Por mais que ele não trabalhe com internet e não postasse com frequência no Instagram, nas fotos dele choviam comentários desse tipo, mesmo meses depois. Sem falar nas acusações, nos xingamentos e nas ameaças.

Então, quando a gente voltou a namorar, o Le me disse que tudo isso foi muito ruim e que ele preferia não se expor mais nas redes, disse que entendia que era o meu trabalho, mas que preferia que eu não o mostrasse tanto como antes. Claro que eu entendi o lado dele, afinal, era o meu trabalho e ele tinha todo o direito de não querer participar, ainda mais depois de tudo. Mas era triste, sabe? Porque antes ele participava bastante e se divertia, a galera se divertia muito com ele também. Porém, os comentários foram realmente difíceis em uma fase que a gente só queria esquecer ou não falar do assunto.

    Concordamos que eu contaria para o meu público que havíamos voltado a namorar, até porque não tinha mais por que deixar isso em segredo e uma hora ou outra as pessoas iam descobrir. Mas concordamos que fotos, aparições em vídeos e afins raramente aconteceriam. "Por enquanto", era o que eu pensava em segredo. Porque eu torcia para que com o tempo ele se acostumasse novamente e se sentisse confortável para se expor mais.

✳✳✳

— Ai amor... — Ele fez uma careta. — Deixa eu ver a foto. — Eu peguei o celular, abri a foto que a Cinthia já tinha me mandado e entreguei pra ele.

    — Olha, tá linda. Eu sei que conversamos sobre isso, mas como eu postei no YouTube hoje, quer dizer ontem — corrigi, reparando que já havia passado da meia-noite —, pensei que postar essa foto no Instagram para marcar a nossa volta seria legal.

    — Hum... — Ele ficou mais um tempinho olhando pra foto e pra mim com uma cara meio incerta. — Tá bom — ele disse, balançando a cabeça convencido.

    — Obrigada! Eu te amo! — Dei um beijo na bochecha dele com força e peguei o celular de volta.

    Eu nem tinha visto como tinha sido a repercussão do meu vídeo no YouTube, tinha postado minutos antes de sair de casa para o show. No vídeo, eu respondi a diversas perguntas sobre vários temas feitas pelos meus fãs, e uma delas era "Você está namorando?". Eu respondi que sim e contei que tinha voltado a namorar o Leandro.

    Abri o Instagram, coloquei a foto, a admirei por mais alguns segundos e era a foto perfeita para anunciar a nossa volta. E sabe o que era mais perfeito? Era dia treze, esse dia nos persegue, né? Parece que era um sinal, então coloquei a foto e nem precisei pensar muito na legenda, eu sabia exatamente o que ia escrever, um trecho da música que havia acabado de tocar, a que estava tocando quando a foto foi tirada. Então postei:

"Deixa o povo falaaaaaaaaar, o que é que tem!" – Show do Jorge e Matheus em Jaguariúna ♡ (assistam ao último vídeo).

Foto postada. Fechei o celular, guardei na bolsa e voltei a curtir o show. Não me importei com o que iriam comentar ou pensar, porque eu estava feliz e, assim como na música, eu queria contar pro povo e deixar o povo falar, o que é que tem? Parece que foi bobo, só mais uma foto, mas me marcou, oficializamos publicamente. Foi importante. E a partir dali, aquela seria a nossa música.

CAPÍTULO 14

MUITA *paz*, MUITO *amor* E MUITA *sacanagem*

Saí do box e me enrolei na toalha, o espelho estava embaçado por conta do vapor do chuveiro, que ainda estava ligado. Me sequei e antes de sair do banheiro eu disse:

— Mor, não demora. Vou te esperar hein... — falei com a voz melosa, fazendo charme.

O Leandro abriu o box para conseguir me olhar e deu uma piscadinha. Ainda era difícil acreditar que tudo aquilo estava acontecendo, a gente ali, juntos, tão bem. Parecia invenção da minha cabeça, ainda mais depois de tudo que tínhamos vivido. Mas acho que eu teria que me acostumar, afinal, dessa vez as coisas pareciam ser definitivas, e eu estava gostando.

Entrei no quarto e tive uma ideia: esvaziar a antiga gaveta em que ele deixava algumas coisas pessoais, como cuecas e pijamas, para que ele pudesse voltar a usá-la. *Será que não é um pouco precipitado, Fabiana?* Não, não acho. Ele dormia em casa todo fim de semana, às vezes até durante a semana. Ele já tinha uma escova de dentes no banheiro, então ter uma gaveta para guardar algumas coisas parecia natural. Abri a gaveta, que ficava do lado direito, embaixo da escrivaninha, para tirar o que havia dentro... tinha uns cadernos, um rolo de fita adesiva, um nécessaire vazio e uma caixinha cheia de tralhas, abri e encontrei linha e agulha, uns clipes de papel e a minha aliança de namoro. Eu tinha jogado ela ali porque eu queria guardar, mas não em um lugar onde fosse olhar com frequência, e deu certo, pois eu até havia esquecido onde estava.

Peguei a aliança na mão, coloquei-a no dedo da mão direita e fiquei olhando pra ela por uns segundos, lembrando tudo que ela representava pra mim. Seria tão bom poder usá-la novamente, mas a gente não tinha conversado sobre isso, seria estranho eu começar a usar do nada. Será que ele não queria voltar a usar? *Por que ele não iria querer?* Sei lá, ele não falou nada sobre o assunto. *Nem você.* É, talvez eu devesse parar de criar problemas na minha cabeça e apenas conversar com ele, falar da minha vontade. E enquanto eu ainda estava no meio do devaneio, ele entrou no quarto, enrolado na toalha. Rapidamente eu tirei a aliança do dedo e coloquei de volta na caixinha.

— Mor, eu esvaziei a gaveta pra você, caso você queira deixar alguma coisa aqui.

Ele me olhou surpreso enquanto pegava o desodorante na mochila, que estava no chão.

— Ah, legal. Obrigado — ele disse se aproximando com a mochila na mão. — Posso colocar minhas coisas aí, então? — ele perguntou, apontando pra gaveta à minha frente.

— Opa. — Dei passagem pra ele e abri a gaveta. — Pode, claro.

Ele tirou algumas coisas da mochila e colocou na gaveta sem muita cerimônia. Depois largou a mochila no chão e me puxou pra perto.

— E você vai continuar de toalha? Precisa de ajuda pra se trocar? — ele falou bem pertinho da minha orelha, eu ri e antes que pudesse responder, ele já estava arrancando a toalha.

✳✳✳

Estávamos deitados na cama, com a respiração ainda ofegante, quando olhei pro lado e vi a caixinha onde eu havia deixado a aliança em cima da escrivaninha. Será que era um bom momento para tocar no assunto? Ou será que isso poderia acabar com o clima? Ele me puxou pra perto, ficamos coladinhos, cara a cara, nos encarando sem falar nada. Mas era um silêncio confortável, só dava para ouvir o som das nossas respirações e meus pensamentos. *O que será que ele está pensando? Será que eu falo da aliança? Será que ele ainda sabe onde está a aliança dele? E se ele jogou fora? E se não quiser mais usar?*

— O que você está pensando? — ele me perguntou, reparando em algo.

— Ah... — Hesitei por uns segundos, ainda não sabia se devia falar a verdade ou inventar qualquer coisa. Mas decidi falar a verdade. — É que... eu estava esvaziando a gaveta pra você e acabei encontrando a minha aliança. E eu fiquei pensando que eu gostaria de voltar a usá-la, se você também quiser.

Olhei pra ele ansiosa. Ele parecia calmo, porém distante, pensativo.

— Tá... pode ser. Eu não tinha pensado nisso, mas se é importante pra você.

— Sim, é.

— Então tá, eu só preciso procurar a minha em casa.

— Não! — falei de repente e ele se assustou. — Eu tive uma ideia. — Levantei da cama.

— Nossa, que susto.

— Desculpa. Faz o seguinte, vou te entregar a minha aliança, aí você procura a sua e decide quando entregar pra mim, pra gente usar. Como se estivesse dando as alianças de novo, sabe? — *Aff, Fabiana, só você pra inventar uma coisa dessas. Vai ficar ansiosa esperando ele te dar.*

— Tá bom. — Ele pareceu animado com a ideia. Entreguei a aliança pra ele, que guardou em um bolso da mochila.

— Mas você tem que me prometer que não vai demorar — falei séria, apontando o dedo, como uma ameaça.

— Prometo, prometo. Mas tenta não pensar no assunto, para eu poder fazer uma surpresa — ele falou enquanto deitava na cama de novo.

— Tá. Vai ser um pouco difícil, mas vou tentar.

— Agora volta aqui pra cama. — Ele me puxou pelo braço e caímos na gargalhada.

✳✳✳

Em uma sexta-feira à noite, o Leandro tocou a campainha. Fui atender e, quando abri a porta, me surpreendi; ele estava com um vaso de orquídeas coloridas nas mãos.

— Oi — eu falei de olhos arregalados sem disfarçar.

— Oi. Trouxe um presente pra você. — Ele me entregou as flores e me deu um beijo.

— Nossa, obrigada! Mas por que você me trouxe flores?
— Como assim, por quê?
— Hoje não é nenhum dia especial.
— Eu sei, foi por isso mesmo. Eu sei quanto você gosta de ganhar flores e decidi que vou te presentear com flores mais vezes, porque você merece.
— Ownnnnnn! — Eu pulei nos braços dele e dei um abraço apertado. — Obrigada. E elas são lindas. Parecem até...
— São dá sua floricultura favorita: Margarida — ele disse como quem diz: "tá vendo como eu presto atenção ao que você fala?".
— Ah, por isso que são tão lindas. — Dei um beijo na bochecha dele.
— Eu tava pensando que eu podia tomar um banho e a gente podia sair pra comer fora hoje, o que acha?
— Falou em comida, é comigo mesmo. — Rimos. Taurina como sempre.
Depois que ele terminou de tomar banho e se arrumar, dei comida para a Amora e fomos para o carro dele.
— Vamos pra onde? — perguntei.
— Topa uma pizza?
— Topo! Mas qual?
— Vou te levar em uma pizzaria que eu fui uma vez com a minha irmã, que tem uma pizza muito boa. Você vai gostar.
— Tá bom. — Eu já estava sentindo a minha barriga roncar de fome.
Chegamos à pizzaria, era simples, não tinha uma decoração rebuscada nem nada, mas tinha aquele cheiro de comida boa. Fomos superbem atendidos, sentamos em uma mesa retangular com toalha xadrez vermelha e branca. Tinha um ar de restaurante italiano. Logo o garçom veio nos trazer o cardápio, escolhemos uma pizza meia portuguesa e meia quatro queijos. O Le estava sentado do meu lado, não na minha frente como de costume, então me distraí por um segundo, assistindo à TV que estava ligada, presa em uma pilastra no alto na nossa frente.
— Mor? — ele me chamou. Quando eu virei para olhar pra ele, tinha uma caixinha preta de veludo, em cima da mesa.
— Oi?

— Eu sei que já faz um pouco mais de uma semana que você me entregou a sua aliança e conversamos sobre isso. Eu queria fazer surpresa e queria que fosse especial. — Ele empurrou a caixinha para perto de mim.

— Posso abrir? — perguntei com um brilho de felicidade nos olhos.

— Pode. Mas dessa vez — ele pegou nas minhas mãos e olhou nos meus olhos — eu quero que essas alianças signifiquem o novo relacionamento que estamos vivendo e uma promessa para tudo que ainda vamos viver.

— Sim, eu também. — Abri a caixinha e lá estavam as duas alianças, de prata, a minha escrita *Tifany & Co.* e a dele lisa. Peguei a dele, peguei a mão direita dele e a coloquei. — A gente ainda vai viver muita coisa juntos.

— Com certeza. — Ele pegou a minha aliança, colocou no meu dedo e beijou a aliança.

— Vamos fazer um brinde? — Levantei meu copo de Coca-Cola.

— Vamos. — Ele levantou o dele.

— Muita paz — batemos a parte de cima dos copos —, muito amor — batemos a parte de baixo dos copos — e muita sacanagem. — Esfregamos os copos um no outro pra cima e pra baixo. Esse era o nosso brinde secreto, desde sempre.

— E por tudo que ainda vamos viver juntos — o Leandro acrescentou, batendo mais uma vez os copos.

E eu sentia que ainda íamos viver muitas coisas boas juntos. Era só o começo.

CAPÍTULO 15

NÃO É PORQUE SEMPRE SE FEZ ASSIM, QUE SEJA O CERTO A SE FAZER

O ano de 2014 sem dúvida foi um ano de muitos altos e baixos na minha vida, com término, brigas, conversas e reencontros. Teve também o casamento do meu irmão Bruno, com a minha cunhada Beta, em Porto Alegre. Foi o ano em que fui morar sozinha, que a Amora virou minha filha e o ano em que eu e o Leandro amadurecemos muito. Mas aí chegou 2015, um novo ano, com 365 dias para novas histórias acontecerem.

Passamos a virada do ano no litoral sul de São Paulo, com a minha sogra, minha cunhada Nati e a família do Le. A minha relação com a minha sogra ia superbem, melhorando a cada dia, eu não tinha do que reclamar.

Depois que voltamos da praia, eu e o Leandro fizemos uma viagem só nossa para Búzios, no Rio de Janeiro. Fomos de carro e ficamos uns dez dias conhecendo todas as praias, fizemos vários passeios, porém dessa vez eu decidi que não ia gravar nada para o meu canal e até avisei os meus seguidores que não iria vlogar essa viagem porque o Leandro ainda não se sentia confortável em participar tanto do canal, parece que os comentários negativos na época da separação foram realmente traumáticos pra ele.

A viagem foi demais, ficamos realmente conectados um com o outro, conversamos bastante e curtimos cada momento. Quando voltamos de viagem, o Le foi me deixar em casa e me ajudou a subir com as minhas coisas. Parece que a gente não queria se separar, os últimos dias juntos tinham sido tão incríveis que estava difícil voltar pra realidade.

— Posso ficar aqui um pouquinho? A gente assiste a um filme juntos e depois eu vou pra casa — o Le perguntou, sentando-se no sofá.

— Claro, amor, pode até dormir aqui se você quiser.

— Dormir não vai dar, porque preciso de uma camisa que está em casa pra trabalhar amanhã, senão eu dormia. — Ele me abraçou e deu um beijo na minha bochecha. — Eu não quero ir embora... — ele falou com voz de triste, fazendo dengo.

— Mor, eu estava pra conversar com você sobre isso, mas... Já que estamos falando do assunto, acho que agora é a hora certa. — *O que você vai falar, Fabiana?* Respirei e continuei com confiança e convicção. — Eu estava pensando, você já tem a chave daqui de casa, pelo que você fala é sempre triste ter que ir embora, você praticamente mora aqui de fim de semana, às vezes até alguns dias da semana. Então eu queria te convidar: vem morar comigo.

Ele pareceu surpreso, acho que se estivesse bebendo alguma coisa naquele exato momento, teria engasgado e cuspido tudo. Percebi que ele precisava de mais um tempo para processar a informação, então continuei:

— Só pensei que talvez pudesse ser legal pra gente, sabe? Viver essa nova fase. — Ele ainda parecia em choque. — Calma, não estou te pedindo em casamento, não. — falei em tom de brincadeira e ele riu.

— Não, é que você me pegou de surpresa. Não estava esperando. Mas acho que talvez seja uma boa ideia. Mas... por você tudo bem?

— Sim, senão eu nem teria te convidado.

— Mas digo, por conta de casamento, morar junto, essas coisas.

— Ah, não. Eu quero casar, é claro, só que mais pra frente. Ainda somos muito novos, quero comprar um apartamento antes. Fazer uma coisa de cada vez, sabe? Mas acho que fazer um *test drive*, morando junto, pode ser uma boa.

— Sim, eu também acho uma boa. Mas será que seus pais vão gostar disso?

— Mor, somos adultos. É o meu apartamento, o que a gente decidir está decidido. E você conhece a minha mãe, né? Ela vai gostar.

— É... talvez a minha mãe não goste muito da ideia. Mas vou conversar com ela. E acho que eu poderia vir aos poucos, sabe? Pra não ser um baque pra ela nem pra Nati, que ainda é pequena.

— Mas como seria isso de vir aos poucos? — Fiz uma cara de quem não tá entendendo nada.

— Eu já durmo quase todos os fins de semana aqui, então continuaria fazendo isso, e dormindo lá durante a semana. Aí eu começo a dormir aqui mais um dia, depois mais e vai indo…

— Tá… — falei pouco convencida, ainda confusa. — E suas coisas?

— Também vou trazendo aos poucos. Assim, quando elas perceberem, já estarei morando aqui e vão ter se acostumado.

— Entendi, mas de quanto tempo estamos falando? — Eu não tinha entendido, porque não fazia muito sentido pra mim. Mas ok.

— Hum… talvez uns seis meses, ou menos.

— Seis meses? — minha voz saiu mais alta do que eu pretendia.

— Não sei… eu vou sentindo como vai ser. Mas vai ser bom pra gente também, pra gente ir se acostumando. Pode ser?

— Tá bom. — Eu ia falar o quê? Parecia ser uma questão não negociável pra ele e de qualquer jeito daríamos um grande passo no nosso relacionamento, iríamos morar juntos, mesmo que dali a seis meses.

— Vamos comemorar?

— Quê?

— É, vamos brindar. Afinal, nós vamos morar juntos.

— Parcialmente… — eu disse baixinho, pelo canto da boca, mas ele ouviu.

— Mas esse é o primeiro passo. Acho que devemos comemorar. Você não acha?

— Sim, sim. Você tá certo. Deixa eu ver se tem alguma garrafa fechada aqui.

Fabiana, comemore. Pode não ter sido do jeito que você queria, com ele fazendo as malas e se mudando na mesma hora. Mas foi uma vitória e é um grande passo na vida de vocês. É, acho que eu devia mesmo ficar feliz. Então deixei as outras questões de lado e decidi curtir o momento.

— Um brinde. — Levantei a minha taça rosa de acrílico com espumante.

— Um brinde a tudo que ainda vamos viver e estamos vivendo juntos. Você é a mulher da minha vida, sempre disse que você era pra casar. E agora nós vamos morar juntos. Um brinde. — Ele bateu a taça na minha.

***

Contei pra minha mãe que eu havia convidado o Le para morar comigo, por telefone, e ela ficou feliz da vida. Tive um pouco de receio quando fui contar pra ela, mas ela disse:

— Ah, que bom. Eu ficava mesmo preocupada com você morando sozinha aí no seu apartamento.

Pensei que ela fosse dizer que se a gente fosse morar junto, ia acabar não casando e tudo mais. Mas não, ela ficou feliz. E eu disse que meu plano era comprar um apartamento, reformar, mudar e depois, casar. São coisas muito caras e eu queria fazer o que eu achava que era o certo a se fazer.

O Leandro também conversou com a mãe dele, mas parece que ela não levou tão na boa quanto a minha. Ele veio em casa jantar depois do trabalho, na segunda-feira, já que as aulas ainda não haviam começado, e me contou.

— Ah, ela ficou questionando se não era melhor esperar eu terminar a faculdade. E se a gente não deveria se casar primeiro. Mas eu conversei com ela... e disse que decidimos fazer dessa forma, então ela vai ter que aceitar — ele me disse

Engoli em seco. As coisas entre mim e a minha sogra já tinham sido muito complicadas no passado. *Muito complicadas é elogio.* E a gente estava conseguindo melhorar essa relação, as coisas estavam boas ultimamente, eu frequentava bastante a casa dela, conversávamos sobre várias coisas e até tínhamos passado o Ano-Novo juntas. Não tinha mais alfinetadas e indiretas. Mas talvez, por conta dessa decisão, tudo desmoronasse. O Leandro percebeu o pânico no meu rosto e disse:

— Calma, vai dar tudo certo. E é como eu falei, eu não vou vir de uma vez. Ela vai ter tempo para se acostumar.

— Tá.

— Só tem mais uma coisa.

— O quê? — perguntei nervosa, esperando a próxima bomba.

— A gente pode, por enquanto, não falar nada na internet? — ele perguntou meio sem graça.

— Claro, eu nem pretendia falar nada por enquanto. — Agora era eu que estava acalmando ele.

— Mais pra frente, quando estiver tudo mais resolvido, aí você fala.

— Sem problemas. Mas você sabe que estando aqui, vai ser difícil você não aparecer nos vlogs de vez em quando, né?

— Eu não me importo de aparecer às vezes, só não quero aparecer muito. E tem alguns momentos que prefiro que as coisas fiquem só entre nós.

— Eu sei, eu sei. Pode deixar. É meu trabalho e não seu. Você tem direito de não querer "participar".

— Não é participar, eu te apoio, entende? Se precisar que eu filme alguma coisa ou tire foto, não tem problema nenhum. É só a exposição...

— Os comentários... Eu sei, eu sei. Relaxa. — E eu realmente sabia. Se pra mim, que era o meu trabalho, não era fácil de lidar, imagina pra ele, que não ganhava nada e ainda tinha que pagar o pato.

✳✳✳

No meio da semana, eu estava limpando o banheiro, com luvas e a escovinha na mão, quando escutei o meu celular tocando no quarto. Tirei as luvas cor-de-rosa, lavei as mãos e corri para atender o meu celular. Antes de atender, eu olhei na tela e engoli em seco quando vi quem era, mas atendi mesmo assim.

— Oi, sogra. Tudo bom?

— Oi... Tudo e você? — ela perguntou com a voz amigável, então eu me tranquilizei um pouco.

— Tudo sim. Tava lavando o banheiro.

— Ah, colocando a vida em ordem depois da viagem?

— É... desfazendo as malas, lavando as roupas. Tô aproveitando que essa semana ainda não tem faculdade para organizar tudo.

— Tá certo. E como foi a viagem? — Percebi que ela estava querendo puxar assunto, mas devia ter algum motivo por trás daquela ligação. A gente até conversava por telefone às vezes, só para bater papo, mas não com tanta frequência.

— Ah, foi demais. Búzios é muito linda, fizemos passeio de barco, mergulho e tudo que a gente tinha direito.

— Ah, que bom. O Leandro me mostrou as fotos, lugar lindo, hein?

— Sim.
— E o Leandro me falou sobre vocês morarem juntos.
— Ah, falou? — Era agora, eu engoli em seco.
— Falou. Mas, Fabi, você não acha cedo demais? Vocês deveriam se casar primeiro, eu sei que a sua família é moderna, você mora sozinha, mas na minha família as coisas não são assim. Aqui, primeiro a gente casa pra depois ir morar junto.
— Olha, sogra, eu entendo. Mas não é porque sempre se fez assim, que isso seja o certo a se fazer.
— Mas na minha família sempre foi assim — ela falou meio que querendo bater o pé no argumento dela.
— Então, mas deu certo pra você? — *Nossa, Fabiana, que grossa.* Sim, fui grossa. Acho que foi a primeira vez que eu rebati um comentário da minha sogra. Mas ela não estava querendo causar, só estava preocupada, como mãe. Então engoli e continuei: — Sogra, a gente pretende casar um dia. Só que não agora. Eu estou juntando dinheiro para comprar um apartamento. Quero ter onde morar, sair do aluguel, para depois casar. Entende? Casamento custa caro... e vocês também não têm uma família pequena, né? — Tentei descontrair.
— Entendo. É, talvez vocês estejam certos, só não quero que se apressem e depois se arrependam ou deixem de se casar. Mas então vocês pretendem sair do aluguel?
— Sim. Eu quero comprar um apartamento, reformar e deixar do nosso jeitinho. E aí, sim, casar. Até porque, haja dinheiro pra tudo isso. Mas quero casar, sim, festão, com tudo que a gente tem direito.
— Ah... o Leandro não me falou essas coisas, só falou que iriam morar juntos e ponto — ela disse meio brava.
— Homens... — Tentei descontrair.
— É... homens. — Ela riu. Deu certo. — Então tá bom, Fabi, preciso voltar aqui para o trabalho, só queria conversar com você.
— Beleza. O Leandro não vai vir de uma vez, vai vir aos poucos, então ainda vai ter tempo pra gente conversar.
— Sim, sim. Então tá bom. Um beijo.
— Beijo.
Desliguei. Meu Deus! O que foi tudo isso? Eu sabia que ela não ia ficar feliz, mas também não esperava que ela fosse conversar comigo

sobre o assunto. Fui grossa num primeiro momento, mas fui pega totalmente de surpresa e desprevenida. E ela só estava querendo defender o ponto de vista dela, eu não precisava ter falado o que falei. Mas no fim, conseguimos conversar numa boa e foi ali que percebi que eu precisava começar a tratar a minha sogra como uma mãe. *Como assim, Fabiana?* Apesar de ela ser minha sogra, mãe do Leandro, não era só ele que devia conversar com ela, contar as coisas para ela e tudo mais. Até porque o Leandro é uma pessoa de poucas palavras, que não conta detalhes e que se esquece de contar até o essencial às vezes. E ela é que nem eu, quer saber tudo, cada detalhe, planos, tudo. Então talvez ter mais conversas como essa, assim como converso com a minha mãe, fosse o caminho. As voltas que a vida dá, não é mesmo?

✳✳✳

E o Leandro foi vindo, aos poucos, do jeito que ele falou que faria. Num mês ele tinha uma gaveta, no outro tinha três. Com três meses, tinha um espaço no cabideiro e três sapatos na sapateira. E depois de seis meses (sim, levou seis meses), ele já morava comigo definitivamente e ocupava menos da metade do guarda-roupa, afinal eu tinha muito mais roupas do que ele. Com o tempo fomos dividindo as contas e as tarefas de casa. Foi divertido, mas claro, com vários tropeços no caminho.

Quando me perguntam como é morar junto, eu digo: é muito legal e ao mesmo tempo rolam várias briguinhas, que na minha opinião fazem parte da adaptação da vida a dois. São duas pessoas com criações completamente diferentes que precisam aprender a conviver em harmonia. Quer um exemplo?

Teve um dia que eu estava cortando tomates para fazer um vinagrete e o Leandro ficou olhando e disse:

— Mas você vai colocar com as sementes do tomate? Tem que tirar.

— Não, é assim que se faz.

— Minha vó tira as sementes.

— E a minha não tira.

E esse é só um exemplo bobo, mas que mostra claramente o choque de duas criações diferentes que agora precisam, dia a dia, aprender a desenvolver juntos os novos hábitos daquela casa. Tivemos várias brigas por conta de toalha molhada em cima da cama – que ele largava, não eu, só para deixar claro. Brigas por sapatos espalhados pela casa toda – também dele –, roupas que encolheram na secadora – culpa minha – e por aí vai. Não foi fácil, acho que nunca é.

Mas além das brigas de adaptação, também tem a parte boa, quando você consegue superar esses obstáculos, quando deixamos de ser só namorados e viramos muito mais que isso. Viramos parceiros, aquela pessoa com quem você pode contar, aquele com quem você consegue desabafar, desabafar mesmo, falar de sentimentos, problemas, medos, sonhos, desejos e quando você vê, estão sonhando juntos, fazendo planos.

A gente tinha um plano: juntar dinheiro para comprar nossa casa ou apartamento. Também queríamos viajar muito, eu já viajava bastante, mas queria fazer uma viagem internacional com o Le. Uma não, várias... Queríamos conhecer esse mundão juntos. E casar em algum momento também. Mas por enquanto eram só sonhos no papel.

✳✳✳

Eu me formei na faculdade. Finalmente, depois de quatro anos de aulas, trabalhos e provas, concluí meu TCC em grupo e fomos aprovados com sucesso. Já era uma publicitária com diploma. Então, assim que acabou a nossa apresentação, fomos ao bar para *bebemorar*. Perto da faculdade tinha uma rua cheia de bares que sempre ficava lotada no fim da tarde, mas naquele dia em especial estava muito cheia, porque não éramos os únicos a celebrar o fim da faculdade ou do semestre.

Sentamos em uma mesa no fundo do bar: eu, a Aline, a Melissa, a Pati, a Bruna e o Gustavo. O grupo só não estava completo porque a Nacima foi embora logo após a apresentação, mas ficamos de comemorar com ela outro dia. Logo depois a Carla veio se sentar com a gente. Bebemos, conversamos bastante e rimos à beça. Mal sabia eu que algumas daquelas meninas seriam minhas amigas pra vida e que continuaríamos nos vendo e torcendo umas pelas outras sempre.

✳✳✳

No fim daquele ano, decidimos não viajar sozinhos, como normalmente fazíamos. Convidamos um casal de amigos, que uma vez acabaram fazendo parte da nossa viagem em Florianópolis, por acaso, o Fred e a Lu. Eles supertoparam, nunca tinham feito uma viagem de casal antes e estavam ansiosos. Nós os buscamos no aeroporto de São Paulo, no segundo dia do ano, e depois fomos de carro até Angra dos Reis, no Rio de Janeiro. Ficamos hospedados em um hotel bem legal, nos divertimos horrores bebendo na beira da piscina, alugamos uma lancha para passear pelas ilhas e até fizemos churrasco em alto mar. Depois seguimos viagem para Paraty, cidade linda, com construções charmosas do século XVII e ruas de paralelepípedos. Lá passeamos pelas ruas, fizemos passeio de barco e mergulhamos com os peixinhos. Foi uma viagem incrível para renovar as energias.

CAPÍTULO 16

MAS... *sempre* TEM "UM MAS"

Já era 2016, eu já tinha terminado a faculdade e o Le também. Juntamos bastante dinheiro no ano anterior, trabalhamos bastante, inclusive o Le começou a trabalhar comigo quando ele podia, além do trabalho dele, me ajudando na produção de conteúdo e nos bastidores. Devagarzinho eu estava conseguindo fazer o trauma dele com a exposição na internet melhorar, só um pouquinho.

Decidimos que era hora de dar mais um passo juntos em busca de um sonho: comprar a nossa casa. Mas só quem já viveu esse momento sabe como a procura é difícil. Começamos animados, buscamos várias opções na internet, fizemos contas, definimos nossas prioridades, alinhamos nossas ideias e pesquisamos mais um pouco. Então, começamos a contatar as melhores opções, muitas delas já tinham sido vendidas; algumas ninguém retornava. Então voltávamos a buscar.

Começamos a visitar as opções de possíveis futuros lares. Mas era uma frustração atrás da outra, uma casa parecia diferente nas fotos, a outra era mais cara do que o nosso orçamento, uma era perfeita se não fosse a localização, uma tinha uma vista incrível em uma planta mal aproveitada, outra tinha a cozinha dos sonhos, mas nenhuma vaga na garagem. E foi assim, por meses procurando e procurando. A vontade era pegar a localização de uma, com a planta de outra e o preço de outra. Eu já estava ficando nervosa, mas o Leandro me dizia: "Calma, não se pode ter pressa. A gente vai achar a nossa casa". Mas eu queria pra já, pra ontem. *Ansiosa como sempre.*

E depois de meses procurando, encontramos uma em potencial, tinha o tamanho perfeito, era uma casinha superfofa em uma vila com mais cinco casas geminadas, tinha quintal com churrasqueira e o preço estava superdentro do nosso orçamento. A localização era perto do bairro que queríamos, mas... É sempre tem "um mas": a rua parecia um pouco perigosa à noite.

— Mor, eu amei a casa. Já consigo imaginar as coisas no lugar, sabe? — eu disse animada, depois da nossa terceira visita na mesma casa.

— Sim, eu também gostei, principalmente daquela churrasqueira lá fora. Qual você gostou mais, a casa um ou a dois?

— A um, sem dúvida, a sala é mais espaçosa.

— É, eu também prefiro a um. Mas ainda tô meio assim com a rua.

— Durante o dia, achei de boa. À noite que é o problema, não tem muito movimento. Você ainda tá acostumado a morar em casa, eu sempre morei em prédio.

— Prédio sem dúvida é mais seguro, tem portaria. Mas pelo que a gente tem visto, com o tamanho que a gente quer e com o valor que a gente consegue pagar, só casa mesmo — ele disse.

— É, eu sei. Queria essa casa, essa planta, mas naquele prédio que vimos semana passada. — Fiz beicinho, pra mostrar que eu estava triste.

— Nossa, seria perfeito. Mas podemos esperar mais, procurar mais.

— Faz meses que estamos procurando, já é praticamente metade do ano. E essa casinha sem dúvida foi a que mais se encaixou na nossa lista. — E eu não aguentava mais esperar e procurar. Estava morrendo de ansiedade.

— Quanto à segurança, a gente pode colocar câmera, alarme, sensor, interfone com câmera na entrada. A gente deixa mais seguro. — Era óbvio que ele tinha gostado da casa tanto quanto eu e estava pensando em formas de fazer dar certo.

— É, né? Eu vejo muita gente morando aqui, tem espaço pra Amora, bate sol de manhã no quintal. Sem falar que a divisão dos três quartos no andar de cima parece perfeita.

— Mas você sabe que ainda vai demorar uns três meses para terminar a obra, né? O cara falou dois, mas eu acho que vão ser pelo menos três.

— Eu sei, eu sei. Mas teremos mais tempo para conseguir o financiamento do banco e já podemos ir conversando com o arquiteto sobre a planta.

— Isso é verdade. Mas será que a gente não deve pensar mais? Tô querendo trazer a minha mãe aqui...

— Eu também quero trazer a minha, mas e se venderem a casa um? Não sei se quero perder ela.

— Vamos fazer uma proposta, então, pelo menos garantimos a casa. A gente pode pedir um desconto alto, que eles obviamente não vão aceitar, aí teremos tempo de levar todo mundo para conhecer a casa enquanto negociamos.

— Gostei. — Fiz uma cara de apreciação, balançando a cabeça.

— Vou mandar o e-mail agora, então. — Ele também parecia animado.

Três dias depois recebemos um e-mail com o retorno da nossa proposta na casa um. E, adivinhem? Eles aceitaram. Sem negociar. Simplesmente aceitaram, e a gente tinha pedido um superdesconto. Não dava pra acreditar.

— E agora? — eu perguntei meio ofegante de animação.

— Já tava um preço bom antes, mas agora... A gente tem que fechar!

— Sério? — eu perguntei quase dando pulos de alegria.

— Sério, no e-mail diz que essa proposta é válida só até sexta-feira.

— Já era quarta quando recebemos o e-mail.

— Tá. E o que temos que fazer?

— Eu vou responder que a gente aceita, aí eles vão fazer o contrato e vamos ter que dar um sinal, mas o valor é baixo. Aí vamos começar a resolver o financiamento com o banco, e quando a casa ficar pronta vamos pagar a entrada.

A casa e o condomínio ainda estavam em construção, e, enquanto a obra não fosse finalizada, não era possível tirar o "Habite-se", que é um documento necessário para o financiamento bancário. No dia seguinte, recebemos o contrato, pedimos para um advogado conferir e na data combinada fomos até a imobiliária entregar o cheque e assinar o contrato. SIM! Nós compramos uma casa! *É sério isso, Fabiana?* Sim, era sério.

— Vamos comemorar? — o Le perguntou assim que saímos da imobiliária.

— Vamos, a gente podia jantar naquele restaurante italiano perto de casa.

— Fechado.

— Sua mãe confirmou que horas ela pode ir amanhã conhecer a casa?

— Acho que ela vai à uma da tarde. E seus pais?

— Às três — falei, conferindo a mensagem que a minha mãe tinha mandando mais cedo. Meus pais e a mãe do Le só tinham visto a casa pelas fotos e vídeos que mandamos, mas ainda não pessoalmente.

No dia seguinte acordamos cedo, estávamos empolgados para levar nossos pais para conhecer nosso futuro lar. As coisas realmente pareciam estar caminhando pra nós. O dia estava lindo, ensolarado e quente apesar da época do ano. Chegamos mais cedo no condomínio e fomos olhar a casa um de novo enquanto esperávamos. O senhor da imobiliária nos deixou à vontade. Estávamos abraçados no meio da sala cheia de poeira e com as paredes rebocadas, nos imaginando vivendo ali. O celular do Le tocou.

— Minha mãe chegou, vamos lá? — ele falou.

Nós fomos receber a minha sogra no portão. O Le foi apresentando tudo, o andar de cima, os quartos, a área externa, e era difícil esconder nossa animação. Minha sogra pareceu gostar da casa, elogiou o quintal, mas não falou muito. Logo, ela foi embora, porque tinha outros compromissos. Não muito tempo depois chegaram os meus pais. E dessa vez eu que apresentei a casa para eles, não só mostrei, como já fui falando o que pretendíamos fazer com cada ambiente, o closet, o escritório e tudo mais. Meus pais também não falaram muito, o que é normal para o meu pai, mas para minha mãe, não, tinha alguma coisa errada. Fomos com eles até o portão para nos despedir e ir embora. Quando fui abraçar minha mãe para dar tchau, ela não conseguiu disfarçar.

— Posso ser sincera? Eu não gostei. A casa é bonitinha, mas a localização é péssima. É perigoso, não tem portaria. Não é, Papi? — ela perguntou para o meu pai.

— É... a rua não é legal — ele confirmou.

— Mas a gente vai colocar câmera, alarme e tudo mais. Vamos deixar mais segura — O Le tentou explicar.

— Eu sei, Le, você está mais acostumado a morar em casa, mas sabe que mesmo com câmera ainda é perigoso. É só a minha opinião, vocês são adultos, mas eu não gostei — ela falou, curta e grossa. Com a sua sinceridade de sempre. — Imagina você pegando Uber aqui na rua à noite ou voltando de um evento sozinha? — Ela se dirigiu pra mim e eu não consegui falar nada, só me segurei para não chorar.

— É, a gente pensou nisso, mas gostamos muito da casa e foi a única coisa que encontramos do tamanho que queríamos e com um valor que poderíamos pagar — o Le tentou justificar, mas também parecia levemente desapontado.

— Bom, é só a minha opinião. Vamos tomar café em algum lugar pra gente conversar? — ela perguntou, já que a gente ainda estava no meio da rua.

— Não dá, temos um compromisso agora — eu respondi rapidamente, inventei qualquer coisa, só não queria continuar aquele papo.

— Tá bom. Vamos indo, então, porque ainda temos que pegar estrada — ela disse sem perceber a mentira e o Le não disse nada, acho que percebeu o que eu queria.

Eles se despediram e foram embora. Eu e o Le entramos no carro e ficamos por uns minutos em silêncio. Até que eu comecei a chorar. Toda a nossa animação tinha sido arrancada de nós. Eu nem conseguia conversar com o Le, só chorava. Ele ligou o carro e saiu andando, meio sem destino. Meu celular vibrou e eram mensagens da minha mãe:

> **Mãe:**
> Fabi, não quero que fique chateada. Só estou sendo sincera. Não acho que lá é um lugar legal para vocês morarem.
>
> **Mãe:**
> Vocês podiam esperar mais, procurar mais. Com certeza conseguem achar um apartamento com um preço razoável.
>
> **Mãe:**
> Fabi...
>
> **Mãe:**
> Eu e o seu pai queremos o melhor pra vocês. Só por isso eu falei minha opinião.

E meu celular continuou apitando e apitando e eu parei de olhar. As lágrimas ainda escorriam pelo meu rosto, o Le só colocou a mão na minha perna e fez carinho, ele também parecia um pouco chateado. O celular dele tocou e ele atendeu.

— Oi, mãe.

Escutei alguém falando pelo celular dele, mas não dava para entender o que falava.

— Não, tá tudo bem. É que a mãe da Fabi falou que não gostou muito de lá, porque a localização não é boa e tal. Aí a gente tá aqui conversando. — Ele fez uma pausa enquanto escutava ela falar. — É? Você também acha? Entendi, é... a gente saiu de lá agora a pouco. Depois eu te ligo, tá? — Mais um silêncio. — Beleza, beijos.

— Que foi? — eu perguntei assim que ele desligou.

— Ela falou que não ia falar nada, mas já que a sua mãe falou, ela disse que concorda, que é muito perigoso e que não devíamos morar lá.

Eu comecei a chorar mais. O Le não falou nada e continuou dirigindo, acho que ele estava dando tempo para eu me acalmar, o que eu agradecia muito internamente. Quando eu estava um pouco mais calma, ele entrou na fila do *drive-thru* do Mc Donald's. Eu olhei pra ele curiosa.

— Por que a gente tá aqui?

— Achei que podíamos tomar um sorvete enquanto a gente conversa.

— Você me conhece tão bem. — Dei um beijo nele, agradecida. Sem dúvida um doce ia me deixar mais feliz.

— Agora vamos falar sobre a casa? — Ele me olhou preocupado enquanto esperávamos a fila andar, e eu só balancei a cabeça em sinal de aprovação. — Eu acho que a gente deve levar a opinião dos nossos pais em consideração. — Eu ia começar a falar, mas ele não deixou e continuou: — Eu sei que você está chateada, eu também estou. Mas o que sua mãe falou é verdade, a rua à noite é perigosa, mesmo com câmera e tudo mais, você chegando sozinha à noite de Uber ou de carona, me preocupa.

— Mas a gente já comprou. A gente tá há meses procurando, você sabe que não tem nada melhor na região — falei mais alto do que pretendia, já chorando de novo.

— Eu sei, não estou falando que devemos desistir da casa. Só acho que poderíamos procurar mais um pouco.

— Mas como? A gente já assinou o contrato e já deu o sinal.

— Ah, mas podemos resolver isso, pagar uma multa e cancelar. Mas calma, não vamos fazer nada ainda. A casa vai demorar uns meses para ficar pronta, enquanto isso podemos continuar procurando.

Eu só suspirei alto e encostei a minha cabeça no banco do carro chateada. Eu realmente tinha amado a casa, mas não podia fingir que não me preocupava com a segurança da rua. Só que eu estava cansada de procurar e, agora que tudo parecia ter se encaixado, teríamos que começar tudo de novo. Chegou a nossa vez de pedir.

— Dois McFlurry de Ovomaltine — o Le pediu sem nem me perguntar o que eu queria, mas acertou em cheio. E um sorvete conseguiu mesmo me animar um pouco.

No dia seguinte, fui fazer a unha na manicure que eu sempre ia, do lado do prédio da minha avó e perto do prédio da minha irmã. Estranho salão estar aberto no domingo, né? Mas era uma exceção, ela teve que cancelar as clientes do sábado, por um compromisso pessoal e foi no domingo. E eu era uma dessas clientes. Pintei as unhas de preto, amo quando as minhas unhas estão compridas, quadradas e pintadas. Ela estava fazendo meu pé, e nas unhas do pé eu pretendia fazer francesinha, acho que fica delicado.

Eu decidi abrir um app de imóveis enquanto fazia o pé, só pra conferir se tinha algum apartamento ou casa à venda que eu ainda não tinha visto. Coloquei todos os filtros de tamanho, preço e outras exigências que tínhamos e abri o mapa onde apareciam os pins com os imóveis disponíveis. Comecei a olhar as opções, ia clicando nos preços no mapa e olhava qual era o imóvel, mas eu já tinha visto todos que eu clicava. Até que achei um preço diferente, bem perto de onde eu estava, aparentemente no prédio da minha irmã, cliquei e apareceu um apartamento que eu nunca tinha visto antes nem em anúncio nem pessoalmente. Achei estranho, mas liguei na mesma hora.

— Alô, tudo bom? Meu nome é Fabiana, eu acabei de ver um anúncio de um apartamento aqui no aplicativo e eu queria confirmar se ele ainda está à venda.

— Olá. Tudo. Você pode me passar o código do imóvel? — Era a voz de um homem. Fiquei feliz de terem me atendido, porque nem toda imobiliária trabalha de domingo.

— Claro, vou te passar, só um segundo. — Abri o app de novo e achei o campo em que havia o código do imóvel. — Posso falar?

— Pode.

— É IMO9876A.

Ele me pediu para aguardar, pois iria localizar o imóvel e disse que me ligava em seguida. Não deu cinco minutos e meu celular tocou.

— Alô?

— Alô, Fabiana? É o Marcos, acabei de localizar o imóvel que você me pediu e, sim, ele ainda está à venda. Você gostaria de marcar uma visita?

— Ah, gostaria. Mas antes só me tira uma dúvida, qual é o endereço? E a metragem do apartamento tá certa?

Ele falou que a metragem estava certa, cem metros quadrados, com dois dormitórios e uma vaga. E me passou o endereço, que me deixou inconformada, porque era no prédio onde a minha irmã morava. Eu já tinha visitado vários apartamentos à venda no prédio dela e nenhum tinha essa metragem nem esse preço.

— Mas ele tem cem metros mesmo? Eu conheço esse prédio e nunca vi um apartamento desse tamanho — questionei.

— Sim, ele fica no térreo. É *garden*.

— No térreo? Nem sabia que tinha apartamento no térreo lá. Mas enfim, será que é possível visitá-lo hoje? Eu tô bem pertinho.

— Olha, eu consigo chegar em meia hora, pode ser?

— Pode. Tá ótimo.

— Então combinando. Até daqui a pouco, Fabiana.

Eu desliguei e na mesma hora liguei para o Leandro.

— Mor, eu encontrei um apartamento de cem metros no prédio da Nina e você não vai acreditar no preço. Eu acabei de te mandar o link no WhatsApp.

— Mas cem metros?

— É, também não entendi, mas o corretor falou que fica no térreo.

— Você já falou com o corretor? — Ele parecia surpreso, e eu também estava, porque no dia anterior estava chorando pela casa, mas parecia uma oportunidade única.

— Sim, inclusive já marquei uma visita, você consegue vir pra cá em meia hora? Eu já tô terminando a unha.

— Agora? Tá, vou só trocar de roupa e tô indo.

E meia hora depois estávamos esperando o corretor em frente ao portão. Eu ainda amava a casa que tínhamos comprado, mas aquele prédio tinha a localização perfeita e eu ainda poderia ser vizinha da minha irmã, só que eu nunca tinha encontrado um apartamento daquele tamanho lá e nem com um preço que a gente pudesse pagar. Parecia um milagre ou uma mentira. Estávamos prestes a descobrir.

O corretor chegou, nos cumprimentou, e ia nos apresentar as áreas de lazer, mas eu disse que não tinha necessidade, pois já conhecíamos o prédio. Fomos direto para o apartamento. Fiquei surpresa porque nunca soube que havia apartamento no térreo, mas eram bem escondidos e só havia três. Ele abriu a porta e nos deixou entrar. Eu fiquei maravilhada. Era perfeito! Cozinha aberta, sala espaçosa, sacada enorme para um apartamento, dois quartos e dois banheiros e ainda tinha uma "área externa" que era uma extensão da sacada. Sem falar que era um térreo que mais parecia um quarto andar, porque o apartamento ficava nos fundos do terreno e era bem alto, o que nos dava uma vista legal.

Eu tentei esconder minha animação na frente do corretor, mas quando ele não estava olhando eu dava sorrisinhos e piscadinhas pro Leandro, que sorria de volta.

— E aí? O que acharam? — ele nos perguntou depois de mostrar tudo.

— Legal — o Leandro disse, tentando não mostrar muito interesse. Ele faz esse joguinho para poder negociar preço. Mas eu não estava conseguindo me conter.

— Olha, eu realmente não sabia que tinha um apartamento desse tamanho aqui nesse prédio. Será que conseguimos voltar aqui hoje mais tarde? Queria ver se nossos pais podem vir ver — perguntei, mesmo ainda não tendo respondido as mensagens da minha mãe.

— Hum, deixa eu ver aqui, acho que consigo, sim. Mas tem que ser antes das quatro da tarde, senão o prédio não autoriza mais a nossa entrada.

— Tudo bem. Então a gente volta às três, pode ser? — eu disse, dando uma conferida no horário, ainda era meio-dia. O Leandro parecia chocado, mas não me contrariou.

— Tudo bem — ele disse.

Fomos almoçar ali perto e eu já mandei mensagem para a minha mãe, dizendo que eu queria que ela e meu pai viessem para São Paulo, para ver um apartamento que a gente tinha encontrado com um valor legal no prédio da Nina. Ela na mesma hora deu ok, sem fazer perguntas nem tocar no assunto do dia anterior.

— Meus pais vão vir, chama a sua mãe também.

— Já mandei mensagem pra ela. Mas, mor, o que foi tudo isso? — Ele parecia confuso.

— Eu não sei, amor. Eu estava muito chateada, mas como você falou pra gente dar mais uma procurada, decidi abrir o app de imóveis enquanto estava fazendo a unha, só pra ver. E esse apê estava lá pela primeira vez, eu nem acreditei, achei que podia ser um tamanho diferente do que dizia ou que o preço estivesse errado. Mas quando confirmei as informações, não sei explicar, pareceu que era pra ser.

— Realmente, o apartamento é perfeito. Mas temos que ir com calma. Temos que negociar.

— Tudo bem, mas eu já queria que nossos pais viessem logo, porque meus pais não podem vir durante a semana, e aí a gente pensa depois. E eu achei o preço ótimo, um pouco mais alto do que a casinha, mas a gente não achou nada próximo disso nesse bairro.

— É, o preço tá muito bom. Mas vamos tentar negociar ainda.

— Você tá dizendo o que eu acho que está dizendo? — eu perguntei e fiquei olhando pra ele animada, mas continuei antes que ele pudesse responder. — Que vamos ficar com esse apartamento?

— Acho que sim, mas calma. Vamos visitar com nossos pais e a gente decide depois.

— Tá bom! — Eu estava radiante de felicidade mais uma vez, porque eu não tinha dúvida de que eles iriam amar aquele apartamento tanto quanto nós. Eu nem sentia tristeza de não morar mais na casinha, apesar de ter gostado muito dela, eu gostava mais daquele apartamento.

Minha sogra e meus pais chegaram juntos e minutos depois o corretor chegou. Entramos no apartamento e ninguém conseguiu disfarçar o contentamento, minha mãe já falava como se o apartamento fosse nosso.

— Olha, Fabi, aqui vocês podem fechar tudo de vidro e ampliar a sala — ela disse, apontando para a sacada. — Você sabe se pode fechar com vidro? — ela perguntou para o corretor.

— Pode, sim. Inclusive a vizinha da outra ponta fez isso no quintal todo, colocou telhado de vidro e tudo, ampliou bastante o apartamento.

— Nossa, Fabi, é perfeito. Você não acha, Solange? — minha mãe perguntou.

— Sim, o apartamento é ótimo mesmo. Eu também não tinha gostado da casa. Não da casa em si, mas da localização. E aqui é ótimo — ela falou baixinho para o corretor não escutar.

— As paredes são todas de *drywall*? — perguntou meu pai.

— Sim, aqui no térreo, sim, mas nos outros andares não, é tudo estrutural — o corretor respondeu.

— Isso é bom, porque vocês podem abrir mais a cozinha, dá pra tirar essa parede da sala pra sacada. O da sua irmã não dá pra mexer em nada — meu pai disse enquanto dava umas batidinhas nas paredes para confirmar se eram de *drywall* mesmo.

— Ah, sim, aqui no térreo dá para alterar a planta — o corretor confirmou.

— E a gente pode negociar o valor? — o Leandro perguntou para o corretor e na mesma hora eu abri um sorriso.

— Olha, você pode me passar a proposta e eu mando para a construtora. Não sei se eles vão aceitar, porque já abaixaram bastante o valor. Vocês devem saber que está bem abaixo do valor para essa região. Eles fizeram isso, pois é a última unidade que ainda é da construtora, então querem vender logo para poder parar de pagar condomínio e tudo. Mas podemos tentar, né?

— É como eu sempre digo: o "não" você já tem — minha mãe completou.

— Exatamente.

O Leandro fez uma proposta, o corretor anotou e disse que iria passá-la adiante e que até o meio da semana devia ter um retorno para nos dar. Mas acrescentou que não devíamos perder aquela oportunidade, porque ele nunca tinha visto aquele preço na região. Podia ser só papo de corretor querendo fechar uma venda, mas eu estava procurando algo assim fazia seis meses e realmente era inacreditável.

Foi sem dúvidas uma semana intensa, porque assinamos o contrato da casa na sexta, saímos para comemorar, no sábado fomos levar nossos pais para conhecer e ficamos arrasados e no domingo encontramos o apartamento perfeito e fizemos uma proposta. Louco, né? Mas acho que, quando é pra ser, simplesmente é.

Na quinta-feira, recebemos o retorno do corretor dizendo que eles não tinham aceitado a nossa proposta, porque o valor já estava abaixo do mercado. Então nós fechamos mesmo assim, mandamos todos os documentos necessários que eles nos pediram e na sexta-feira fomos até o escritório da construtora, depois que a nossa advogada leu o contrato, para assinar. Sim, nós assinamos e compramos o apê. *Mas e a casa, Fabiana, sua louca?*

— Mor, e agora? A gente comprou uma casa e um apartamento e a gente não tem como pagar os dois. — Eu ri, mas era mais uma risada de nervoso.

— Calma, vou mandar o contrato da casa para a advogada ver como fazemos para cancelar a compra. Vai dar tudo certo, eu acho. — Ele também riu de nervoso.

— Vamos fazer o seguinte? Não vamos brindar até a gente ter as chaves na mão dessa vez? Só pra garantir — eu disse, porque ainda tínhamos que correr atrás da aprovação do financiamento e resolver toda a parte burocrática de cartório, para só depois receber as chaves. E da última vez que brindamos, no caso da casa, deu tudo "errado".

— Beleza, combinado. — Ele confirmou com a cabeça e me deu um beijo.

Na semana seguinte, nossa advogada leu o contrato da casa e nos explicou que poderíamos cancelar a compra sem multa nenhuma, porque tinha uma cláusula dizendo que poderíamos desistir da compra sem ônus se a casa não fosse entregue no prazo prometido, que no nosso contrato dizia que a casa seria entregue em um mês, o que nós sabíamos que era impossível, porque ainda faltava finalizar muitas coisas e o Habite-se não sai tão rápido. Deu tudo certo. Cancelamos a compra da casa, não pagamos multa e ainda recebemos o nosso cheque de sinal de volta. *Caraca, que sorte.*

— Pronto. Tudo resolvido — o Leandro disse satisfeito.

— Sim, só falta o banco aprovar nosso financiamento e pegarmos as chaves do nosso apê! — eu falei, abraçando ele com força.
— Vai dar tudo certo, agora é só esperar.

CAPÍTULO 17

TEM *momentos* QUE DURAM POUCO, MAS AINDA ASSIM SÃO *suficientes*

Eu já tinha colocado todas as roupas em cima da cama, só faltava escolher os sapatos e organizar para tudo caber dentro da mala. As roupas do Leandro já estavam empilhadas em um canto e ele estava sentado no chão, colocando os sapatos dele dentro de sacos plásticos. Eu guardei o meu notebook, os passaportes e documentos na bolsa que usaria no aeroporto, mas resolvi checar se estava tudo ali mais uma vez.

— Será que eu levo mais um tênis? — o Leandro me perguntou.

— Acho que sim, lá a gente vai andar bastante, praticamente, fazer tudo a pé. Então leva o mais confortável que tiver.

Eu tinha recebido um convite incrível para palestrar em Londres. *Que chique, Fabiana.* E não só eu, minha família toda: eu, minha mãe, Nina e Bruno. Todos tinham direito a levar acompanhantes, ou seja, viagem em família. Melhor ainda, era a realização de mais um sonho, seria a nossa primeira viagem internacional juntos, minha e do Le. Aproveitamos a oportunidade e estendemos a viagem para Paris também, afinal ninguém conhecia, exceto por mim e pela Nina.

Estávamos tão animados com a viagem que a ansiedade que sentíamos pela espera da resposta do nosso financiamento tinha até desaparecido. Eram três horas da tarde, estávamos fazendo as malas e no fim do dia já iríamos para o aeroporto. Sim, eu sou dessas que gosta de fazer a mala em cima da hora, mas funciona e nunca esqueço nada, ou quase nunca. Recebi um e-mail dizendo que o financiamento tinha sido aprovado.

— O cara da construtora falou que em uma semana podemos ir lá buscar as chaves, vou avisar que vamos viajar, mas, assim que voltarmos, passamos lá — o Le disse enquanto digitava em seu celular.
— Ah, que ótimo! Deu certo. — Quase pulei de felicidade.
— Eu disse que ia dar.
— Eu não tava mais aguentando esperar. Só vamos pegar a chave na volta, mas agora já podemos comemorar? — perguntei ansiosa, batendo as mãos perto do peito.
— Agora podemos. Podemos comemorar na viagem.
— Sim! Fazer um brinde em grande estilo. Agora vamos terminar logo essas malas, senão vamos perder a hora.

Embarcamos todos, menos a Nina. Ela tinha uns trabalhos e só iria depois, para nos encontrar em Londres. Fomos para Paris primeiro, estava um calor de matar, mas o céu azul sem nuvens compensava o suor que escorria no meio das costas. Paris é uma cidade onde se anda muito, dá pra ir pra todo lado a pé ou de metrô, o que exigia roupas frescas e sapatos bem confortáveis. Eu já tinha ido a Paris uma vez e, sinceramente, não tinha amado muito, fui a trabalho com uma pessoa que era muito rabugenta, reclamava de tudo, além disso estava frio e nublado. Então, acho que na verdade a experiência que não foi boa, mas isso não tinha nada a ver com o lugar, então resolvi dar uma segunda chance.

A viagem sem dúvida foi incrível, no primeiro dia saímos para bater perna e fomos a pé de onde estávamos hospedados até a Torre Eiffel, que era bem pertinho. Passamos algumas horas ali, tirando todas as fotos possíveis e imagináveis, o lugar estava lotado de turistas, afinal era domingo, então decidimos subir na torre outro dia, pois a fila era imensa. Fomos andando até a Champs-Élysées, que é uma famosa avenida de lojas, e depois fomos tirar fotos no Arco do Triunfo. Foi um dia bem cansativo, pois andamos muito embaixo do sol escaldante, sem falar no fuso, com o qual ainda não estávamos acostumados, mas muito produtivo.

No segundo dia, fomos para o Museu do Louvre, aquele lugar é enorme, se quiser se perder lá dentro, dá pra passar uns quinze dias sem ninguém te encontrar, mas como todo ponto turístico, é lotado. Visitamos só as obras mais famosas, fomos seguindo o mapa para tentar fazer tudo o mais rápido possível. Por mais que todo mundo te avise que o quadro da Monalisa é menor do que você imagina, não tem como não se decepcionar quando você a vê ali na parede, pequena, dentro de uma caixa de vidro, com uma barra de proteção para não deixar as pessoas chegarem perto. Sem falar a briga que é para tirar uma foto com ela no meio da quantidade de turistas com seus paus de selfie, é sufocante, literalmente sufocante, porque você precisa se esmagar no meio de todo mundo. Mas você viu a Monalisa no Museu do Louvre, em Paris. Então acho que vale a pena.

Depois de algumas horas no museu, fomos conhecer a famosa igreja de Notre Dame, estilo gótico, linda demais por fora, mas não sei dizer como é por dentro. *Por quê, Fabiana?* Eu já fui para Paris três vezes na vida (alerta de *spoiler*, porque essa viagem era só a minha segunda vez), e nunca entrei na igreja; na primeira vez estava visitando a trabalho, que na época não era ser influenciadora, mas, sim, designer de roupas, então só passei na frente; da terceira vez eu estava com um grupo de amigas, mas a fila estava quilométrica e nós tínhamos que fazer muitas coisas em um único dia, então, não rolou. E da segunda vez, que era essa que estou contando para vocês, estava interditada, isso mesmo, parece que tava rolando uma procissão ou coisa assim. Então não pudemos nem chegar perto. Um dia ainda vou conhecer por dentro, se possível, porque ela pegou fogo em 2019 e foi bem destruída, mas tenho esperança de que eles vão reconstruir e restaurar.

No terceiro dia, pegamos um trem para Versalhes, que é outra cidade da França, onde fica o Palácio de Versalhes. Que lugar lindo, enorme, os jardins, então, nem se fala. Passamos algumas horas por lá, depois voltamos para Paris e fomos conhecer outra igreja muito famosa, a Basílica de Sacré Cœur. Ela fica em um dos pontos mais altos de Paris, então tivemos que subir, subir, subir e subir milhares de escadas. Sim, fomos a pé e só quando chegamos lá em cima descobrimos que tinha um bondinho que você podia pagar para facilitar a vida. Mas éramos aventureiros, ou desinformados. Sem dúvida, a vista era fascinante e a Basílica estonteante, por dentro e por fora, porque nessa a gente conseguiu entrar. Descemos de bondinho, afinal, já tínhamos errado uma vez e estávamos muito cansados. Como se já não tivéssemos passeado o suficiente, fomos conhecer a Galeries Lafayette Eu sou aquela pessoa na viagem que quer conhecer o máximo possível em um dia e minha família também, então tava tudo certo. Para fechar o dia com chave de ouro, fomos para a Torre Eiffel e pegamos a fila para subir até o topo.

Que vista, Paris inteira do alto ao pôr do sol, com as pessoas que eu mais amava ao meu lado, só faltava a minha irmã para ficar perfeito. Vimos o sol sumindo, aos poucos, na linha do horizonte, enquanto as luzinhas pequenas das casinhas e ruas lá embaixo iam se acendendo, era de perder o ar. Logo que começou a escurecer, meus pais queriam descer, assim como meu irmão e minha cunhada, porque já passava das nove da noite – era horário de verão, então escurecia bem tarde –, mas eu e o Leandro ainda não estávamos preparados para dar tchau àquele lugar, afinal era a nossa última noite em Paris. Então eles foram e nós ficamos. Pela primeira vez sozinhos na viagem.

— Vamos comprar uma taça de champanhe pra brindar? — o Leandro sugeriu quando ficamos sozinhos. Tinha um bar no alto da torre.

— Ai, vamos! Mas é treze euros cada taça — eu falei, porque sabia o quanto o Leandro era pão-duro, ainda mais em euro.

— Eu sei, mas hoje pode, é um brinde especial.

— Sim, e quando vamos ter a chance de brindar no alto da Torre Eiffel de novo? Vai lá, então, comprar pra gente.

Ele foi e eu continuei ali, vendo o céu colorido que mais parecia uma pintura que ia escurecendo mais e mais a cada segundo. Será que era mesmo tudo real? Porque era perfeito demais, tudo estava tão bem entre a gente, tínhamos realizado o sonho de comprar nosso apartamento e agora estávamos juntos em Paris. Aquilo só me fez pensar em quantas coisas e sonhos ainda iríamos realizar juntos nessa vida. Antes que eu pudesse continuar meu devaneio ele chegou com as duas taças de plástico nas mãos e me entregou uma.

— A que vamos brindar? — eu perguntei, porque ele sempre foi melhor em falar nessas horas do que eu.

— Vamos brindar à conquista do nosso apartamento, a essa nossa primeira viagem internacional juntos e a nós dois.

— E a muitas outras viagens, sonhos e realizações que ainda vamos conquistar juntos. Um brinde. Muita paz, muito amor e muita sacanagem. — Bati a minha taça na dele, fazendo nosso brinde secreto.

— Te amo!

— Eu também te amo! — Demos um beijo e bebemos. *Fabiana, você tem noção que isso tudo está acontecendo no alto da Torre Eiffel em Paris?* Era isso que se passava na minha cabeça naquela hora, meu coração estava explodindo de felicidade. Parece que é tudo inventado, né? Perfeito demais, mas ainda bem que eu tenho vídeos para provar, só esse brinde que foi só nosso, até porque o apartamento ainda era meio segredo, então fizemos um segundo brinde para as câmeras.

Ficamos um tempão ali, não tínhamos pressa de ir embora, não tínhamos horário nem lugar para ir. Minha mãe mandou mensagem avisando que eles iam comer alguma coisa e voltar para o apartamento porque estavam muito cansados, mas nós? Nós estávamos com todo o pique do mundo e queríamos fazer aquela noite durar o máximo possível. Quando finalmente decidimos descer, paramos nos outros dois andares da torre, bem mais próximos do chão, para explorar, olhamos tudo sem pressa. Quando chegamos novamente ao solo, eu disse:

— Eu não quero ir embora, aqui é lindo demais e tá uma noite tão gostosa. — E era verdade, estava quente, abafado, mas de um jeito gostoso.

— Então não vamos, vamos ficar mais.

— Vamos sentar embaixo da Torre?

— Vamos.

Fomos de mãos dadas caminhando para baixo da Torre Eiffel, ela estava toda iluminada e ficava ainda mais bonita à noite. Nos sentamos embaixo, bem no meio dela, e ficamos lá vendo o movimento. Até que do nada, a Torre começou a brilhar toda, vários pontos de luz piscavam. Parecia que alguém tinha feito mágica e a torre piscava, não sei nem descrever quão magnífico era aquilo. Porém, nós estávamos embaixo da torre, levantamos correndo e saímos debaixo dela para ver melhor, mas ainda estávamos perto demais. Depois de alguns minutos o brilho parou. Perguntamos para um guarda, que nos explicou que depois de escurecer a torre piscava por cinco minutos a toda hora cheia e que à meia-noite brilhava mais bonito e pela última vez. Um olhou pra cara do outro e falamos juntos:

— Vamos ficar até a meia-noite? — Rimos.

— Vamos comer um croissant naquelas barraquinhas enquanto esperamos? — Ele apontou para umas barracas iluminadas perto do carrossel.

— Você quer comer um *crôassã de Parrí?* — falei tentando fazer um sotaque francês bem forçado, ele riu.

— Quero, quero ver se ele é diferente.

Ainda tínhamos uma hora até a meia-noite, então dava tempo de comer muitos croissants e andar para mais longe da torre para ver as luzes piscando mais uma vez. Pedimos um croissant em uma barraquinha, era muito barato, eu não estava botando muita fé, mas me enganei. Era perfeito, crocante e macio, quando você apertava ele amassava e voltava para o seu formato original, igual os travesseiros da Nasa. Acho que comemos uns quatro.

Então decidimos procurar um lugar para sentar e esperar, onde tivesse uma vista perfeita da torre, e encontramos. Sentamos nas escadarias do Palácio de Chaillot, que fica de frente para a torre, porém, do outro lado do rio. É superperto a pé e estava lotado, porque aparentemente é um dos lugares com a melhor vista da Torre Eiffel. Sentamos em uma mureta bem em cima do espelho d'água e esperamos. Quando deu meia-noite em ponto, as luzes começaram a piscar por toda a torre e essa imagem se refletia no espelho d'água na nossa frente, o que deixava a imagem parecendo coisa de filme. Tiramos milhares de fotos, filmamos e depois ficamos abraçados curtindo aquele momento que só durou cinco minutos, mas foi suficiente.

Apesar de toda a perfeição do dia, da noite e de todos aqueles momentos únicos que vivemos, não dava para negar que o cansaço nos pegou de jeito, estávamos quebrados. Voltamos para o apartamento de táxi, porque não conseguíamos andar nem mais um metro. Chegando lá, todo mundo já estava dormindo, e nós capotamos quando chegamos.

No dia seguinte, acordamos cedo para finalizar as malas, pois iríamos pegar o trem pra Londres para continuar a viagem. Quando todos acordaram, tomamos café ali mesmo, no apartamento que havíamos alugado.

— E aí, como foi ontem? — minha mãe perguntou com uma voz estranha como quem quer saber de alguma coisa.

— Foi legal. Vocês perderam as luzinhas piscando, é lindo — eu disse, sem muito entender o que ela queria dizer.

— Nós vimos depois que descemos, estávamos tirando uma foto antes de ir embora e começou a piscar — o meu irmão disse do sofá.

— Le, você não aproveitou para pedir a mão dela? — minha mãe perguntou como se fosse uma bronca, mas o tom era de brincadeira.

— Não, ainda não — ele falou rindo, mas meio sem jeito.

— A gente achou que fosse rolar um pedido, vocês dois sozinhos na torre — a Beta disse, solucionando aquele mistério pra mim.

— Ah... não! A gente só quis ficar para brindar a compra do nosso apartamento — eu disse.

— Sim, mas era o momento perfeito — minha mãe concluiu.

Eu não tinha parado para pensar nisso, mas realmente era. Se não fossem os nossos planos de reformar, mudar e só depois pensarmos em casamento, era mesmo perfeito. Não dava para negar que teria sido um pedido incrível, na cidade mais romântica do mundo, na nossa primeira viagem pra fora juntos, com a recente compra do nosso apê, o pôr do sol, a vista, o brinde, a noite linda. É, realmente teria sido um pedido de arrancar suspiros, mas ainda não era a hora. Eu só esperava que quando a hora chegasse fosse tão perfeito quanto pudesse ter sido. *Para, Fabiana, sem pressão.*

Pegamos o trem pra Londres e lá encontramos a Nina nos esperando no hotel. Além dela, tinha outras influenciadoras que também haviam sido convidadas para o evento, a maioria nós já conhecíamos. Os próximos dias foram bem legais, passeamos pelos pontos turísticos de Londres, andamos no ônibus vermelho de dois andares, jantamos em vários restaurantes chiques, fizemos muitas comprinhas em uma loja barata, chamada *Primark*, assistimos a um jogo do Brasil em um pub com uns amigos; o evento correu superbem, eu consegui palestrar melhor do que eu tinha imaginado e ainda fomos aprender a tomar o chá da tarde, como os ingleses. Me senti a própria Betinha. *Olha a intimidade. É que depois que eu assisti à série* The Crown, *eu sinto que eu já conheço a Rainha Elizabeth.*

Passamos cinco dias em Londres e também foi uma viagem inesquecível, divertida e com ótimas companhias. Mas depois de tudo que rolou em Paris, fica difícil competir. Foi mal aí, Betinha, ainda gosto muito de você e do seu lindo país.

CAPÍTULO 18

"ERA UMA *casa* MUITO ENGRAÇADA, NÃO TINHA TETO, NÃO TINHA *nada*"

Quando voltamos de viagem, a primeira coisa que fizemos foi buscar as chaves do nosso apartamento. Bem, primeira não; segunda, porque a primeira foi dormir. Viajar é bom, mas cansa, ainda mais quando o voo é longo e tem horas de fuso.

— Mor, vamos passar essa noite lá? — eu perguntei animada com as chaves na mão.

— Como assim?

— A gente pega um colchão inflável, leva um travesseiro, um cobertor, umas velas e passa a noite lá.

— Pode ser, mas temos que jantar antes de ir.

— Sim, a gente come, separa tudo e vai. E podemos levar aquele espumante que trouxemos de Paris pra brindar a nossa primeira noite lá.

— Fechado.

Foi isso que fizemos, jantamos, tomamos um banho e separamos tudo que iríamos levar: colchão inflável, cobertor, travesseiro, papel higiênico, velas e acendedor de vela, espumante, taças de plástico, pijama, chinelo, caixinha de som, bateria extra, garrafa de água e até uns petiscos como queijo e uvas.

Chegando lá, abrimos a porta e estava tudo escuro, porque não tinha luz no apartamento, por isso as velas. Usamos a lanterna dos celulares para entrar, tava bem sujo, porque o apartamento não tinha piso nem nada. Tipo aquela musiquinha de criança: "Era uma casa muita engraçada, não tinha teto, não tinha nada. Ninguém podia entrar nela, não, porque na casa não tinha chão". *Ai, Fabiana, sério?*

Ainda estava no contrapiso, só na cozinha e nos dois banheiros já tinha azulejo e pia. O resto eram apenas ambientes crus e cinza.

Trancamos a porta e fomos para o último quarto, no fim do corredor, que era a suíte e que seria o nosso quarto. O Leandro encheu o colchão inflável com a bomba de ar enquanto eu acendi algumas velas pelo quarto e arrumei as coisas que tínhamos levado. Quando o colchão estava cheio, nos sentamos e começamos a tirar os aperitivos de dentro da bolsa térmica, assim como o espumante, as taças e os guardanapos.

— Deixa eu abrir o espumante? — perguntei.

— Claro. — Ele me passou a garrafa.

Comecei a descascar o papel que fica em volta da rolha, a rolha era de plástico, bem diferente das que eu já tinha visto, então eu comecei a empurrá-la para cima, o Leandro estava filmando. Quando a rolha saiu da garrafa, ela voou pro alto com muita força e atingiu o teto, o barulho parecia um tiro. Levamos um susto, depois caímos na gargalhada.

— Meu Deus, o que foi isso? Deve ter feito um buraco no teto — o Le falou rindo enquanto enxugava as lágrimas. Eu comecei a rir mais.

— Por isso que a rolha tava tão dura pra sair. Os vizinhos vão achar que foi um tiro. Deixa eu ver como ficou a filmagem? — pedi, pegando o celular da mão dele. Assistimos e o barulho parecia mesmo um tiro, deu pra ver que saiu até fumaça da garrafa.

— Acabamos de pegar as chaves e já vamos levar multa.

— Vamos brindar? Pega as taças, por favor. — Eu enchi as taças e sentamos frente a frente, ainda rindo. — Um brinde ao nosso futuro lar.

— Um brinde ao nosso apartamento, que essa seja só a primeira de muitas noites incríveis que ainda vamos viver aqui. — Tocamos as taças e bebemos.

— Não vejo a hora de estar tudo pronto. Quando você acha que conseguimos nos mudar? — eu perguntei, sempre ansiosa.

— Não sei. Agora precisamos ver com o arquiteto, não sei em quanto tempo ele faz o projeto. Aí o condomínio precisa aprovar a obra e depois a gente começa. De obra mesmo deve levar uns três ou quatro meses.

— Será que até janeiro fica pronto?

— Acho que não, porque só faltam quatro meses até janeiro, e em dezembro ninguém trabalha em obra.

— Ah... — Suspirei triste.

— Calma, logo, logo, estaremos aqui. Mas vamos aproveitar hoje, vou colocar uma música. — Ele me deu um beijo e levantou para ligar a caixinha de som.

A gente aproveitou aquela noite, foi simples, no meio da sujeira à luz de velas, com taças de plástico e colchão de solteiro inflável, mas foi muito especial. Tudo aquilo tinha muito significado, nós batalhamos muito para conseguirmos comprar aquele apartamento e batalhamos ainda mais para chegarmos onde havíamos chegado juntos, no nosso relacionamento.

✳✳✳

Começamos a conversa com o arquiteto, mas ele tinha muitos projetos em andamento, então demorou mais do que gostaríamos para fazer o nosso. Quando finalmente, depois de mudarmos os detalhes diversas vezes, chegamos em um projeto final, levamos para o condomínio aprovar. Mas não foi aprovado. Queríamos fazer algumas mudanças de layout da planta que eles não autorizaram, então tivemos que voltar à estaca zero. Sei que quando finalmente mandamos um novo projeto e ele foi aprovado, já era dezembro e não valia a pena começar a obra, porque no fim do ano tudo para.

Uma coisa muito incrível que aconteceu em dezembro daquele ano foi o casamento dos nossos amigos de Floripa: Fred e Lu. Lembram deles? Sim, eles se casaram e nós fomos padrinhos! A cerimônia foi linda e a festa superanimada, eu estava com um vestido amarelo e o cabelo castanho-escuro. Eu já não estava mais ruiva, na verdade estava na transição do ruivo para o castanho. Mas o mais importante é que eu e o Le fomos padrinhos de casamento juntos, e o convite deles nos emocionou demais. Uma amizade que começou por uma mensagem e trouxe muitos momentos bons.

Ainda em dezembro, nós fomos para os Estados Unidos, mais especificamente Orlando, com a minha irmã e o namorado dela, Guilherme. Foi meio que de última hora, o Leandro finalmente conseguiu o visto para os EUA depois de ter sido negado anteriormente, e minha irmã já ia fazer essa viagem e nos convidou para irmos junto. Achamos uma passagem barata e fomos, afinal a obra seria só no fim de janeiro mesmo, então nada nos prendia.

A viagem foi incrível, fomos a TODOS os parques da Disney e da Universal. Eu amo a Disney, não era a minha primeira vez lá, mas dos meninos, sim. Ah, o Guilherme era amigo do Leandro, então eles se davam superbem, o que foi incrível, porque deixou a viagem muito mais gostosa pra nós quatro, já que eu e a Nina somos superpróximas. Eles estavam juntos há alguns meses, mas eu não esperava o que estava por vir. Quando fomos ao parque Magic Kingdom, da Disney, a primeira coisa que fizemos foi tirar milhares de fotos na frente do castelo. Enquanto eu tirava mais uma foto dos dois juntos, reparei que o Leandro começou a filmar, mas não entendi nada. Até que de repente o Gui se ajoelhou e pediu a minha irmã em casamento na frente do castelo. Fiquei em choque e muito feliz por ela.

O resto da viagem foi demais, curtimos todos os parques e passeios, fomos a todos os brinquedos, fizemos um Natal de pijama com um fricassê de frango feito por nós na casa onde estávamos hospedados e, no Ano-Novo, passamos o dia no Epcot esperando pela virada do ano. Quando deu meia-noite e começou a queima de fogos, foi de tirar o fôlego, nunca vi coisa mais linda. O céu ficou tão iluminado que quase parecia dia. Acho que demorou uns vinte minutos, com fogos de artifícios sem parar.

No dia seguinte, fomos para Los Angeles e passeamos uns dias por lá também. A viagem toda foi muito legal, passeamos muito e fizemos muitas comprinhas. Voltamos para o Brasil com as malas lotadas, naquela época cada pessoa tinha direito a duas malas de trinta e dois quilos. Ôh época boa! Claro que, além das compras, voltamos com muitas histórias para contar e relembrar.

Finalmente no fim de janeiro nossa reforma começou e, para começar a série de vídeos que pretendíamos fazer para o meu canal do YouTube, chamamos a família toda para dar umas marretadas na parede da cozinha que a gente ia derrubar. Foi muito divertido, apesar de eu só ter conseguido fazer um pequeno buraco. Achei que era bem mais fácil do que realmente foi, mas o que vale é a diversão.

A reforma em si demorou bem mais do que a gente podia prever. Estávamos com a grana curta, então a equipe que trabalhou na obra era reduzida, o que fazia com que tudo demorasse mais. E uma coisa que eu aprendi sobre obra é que sempre atrasa. Porque uma coisa depende da outra, você não pode fazer o gesso sem antes definir as luminárias, mas para definir onde as luminárias vão ficar, você precisa definir onde os móveis vão ficar e por aí vai. Sem falar nas coisas que dão errado e que precisam ser refeitas, atrapalhando todo o cronograma mais uma vez.

O Le que tomou conta da obra de perto, ia quase todo dia ver o que estava sendo feito, ou ia comprar material que estava faltando. Foi um estresse danado. Só quem passa por uma obra sabe a dor de cabeça que é. Inclusive eu falo: se um relacionamento resiste a uma reforma é porque vai longe. A gente brigou bastante no processo, por opiniões diferentes, eu queria uma coisa e ele outra, ou pelo estresse de algo que deu errado e por aí vai.

Quando a obra acabou, começaram a chegar os móveis, os mármores e aí é mais um tempinho que leva até tudo ficar pronto. Mas a gente não estava mais aguentando esperar, decidimos nos mudar em junho de 2017, no meio da obra mesmo. E mudamos.

CAPÍTULO 19

O *controle* DE TUDO NÃO ESTÁ NAS NOSSAS MÃOS. *Aprenda* ISSO

Encaixotamos tudo. Só em uma mudança é que você percebe quanto de coisas e tralhas você realmente tem. Eram caixas e mais caixas empilhadas pela casa toda. Chamamos alguns amigos e parentes, contratamos um caminhão de mudança e fomos levando, caixa por caixa, sofá, cadeiras e tudo que tínhamos no nosso apartamento alugado para o nosso apartamento em obras. Depois de algumas horas, terminamos.

— É real, mudamos — falei, abraçando o Le quando finalmente ficamos a sós.

— Sim, é real. — Ele me apertou e me levantou até tirar meus pés do chão e me deu um beijo.

— Agora só falta organizar tudo. — Ri de nervoso.

Já tínhamos geladeira, máquina de lavar e levamos o micro-ondas do outro apê, mas os móveis da cozinha ainda não estavam prontos. Então não tínhamos onde guardar as coisas, nem fogão. A sorte é que a minha irmã morava alguns andares acima da gente, e minha vó também. Acho que eu não contei isso, mas nesse meio-tempo, durante a obra do nosso apê, minha avó e meu avô tiveram que se mudar, eles moravam em um prédio a umas quatro quadras dali. Então minha mãe decidiu colocá-los para morar no mesmo prédio em que minha irmã já morava e que eu iria morar. Incrível, né? Era só pegar um elevador para visitar ou para cozinhar alguma coisa.

No quarto, não tinha nada, só a nossa cama box, que já tínhamos no outro apartamento e era nova. Montamos umas araras para pendurar algumas roupas e deixamos outra parte dentro de malas. Colocamos uma mesa para eu poder trabalhar no nosso quarto. E o resto das nossas coisas deixamos nas caixas mesmo, colocamos no quintal ou no box da garagem. Deixamos pra fora só o que iríamos precisar por uns meses, até que o apê ficasse pronto. Mas não foi fácil, não. Todo dia era uma barulheira e uma sujeira sem fim. Comíamos em cima de uma caixa de papelão e usávamos copos e pratos descartáveis para facilitar. Todo dia cobríamos a cama e a arara de roupas com um plástico. Quando vieram instalar os mármores, tinha pó até dentro das tomadas.

Inclusive eu cheguei a ficar internada porque tive uma crise muito forte de rinite por conta do pó da obra. Passei três dias no hospital enquanto o Leandro tocava a obra. Em setembro já estava quase tudo pronto, pelo menos o grosso. Um móvel ou outro que ainda faltava e mais alguns detalhes ou acabamento. Mas aí começamos com a parte boa: decoração. Compramos sofá, tapete, as decorações, almofadas, mesa de jantar, cadeiras e esses detalhes. Contratei uma *personal organizer* para me ajudar a desencaixotar tudo e organizar as coisas nos armários.

Foi um ano bem estressante, tudo demorou muito mais do que o planejado, porque quando as coisas não dependem só de você, é difícil entender que o controle da situação não está em suas mãos. Mas faz parte do processo, faz parte do aprendizado. A gente nunca tinha feito nenhuma obra ou reforma na vida, hoje eu já sei tanta coisa, que na próxima vamos errar bem menos. Só que essa próxima reforma vai demorar bastante se depender de mim; não pretendo mudar do nosso apê tão cedo, e, mesmo se um dia mudar, acho que vou querer ir para um lugar todo pronto, só para não ter toda essa dor de cabeça. Claro que no fim vale a pena, você vê tudo do jeitinho que sonhou e planejou tomar forma. Quando acaba, é um alívio.

Decidimos fazer um *open house* para receber a família e os amigos. O problema é que a família do Le é bem grande, mais a minha e mais os nossos amigos não ia caber no nosso apartamento. Então, alugamos o salão de festas do prédio, assim poderíamos chamar todo mundo junto e fazer uma festa para oficializar essa nossa conquista.

Organizamos tudo e, em dezembro daquele ano, em um domingo quente de verão, fizemos uma festa. As pessoas começaram a chegar perto da hora do almoço. Fizemos uma mesa com bolo e uns doces, estava decorada com flores alaranjadas e uns cactos, uma coisa meio tropical, contratamos uma empresa de crepes doces e salgados, para servir a galera. Ficou tudo bem bonito, organizei as coisas com a ajuda de uma amiga e fui me arrumar antes de os convidados chegarem. Coloquei um vestido branco, justíssimo, que comprei para usar naquele dia. Eu tinha emagrecido bastante, estava correndo quase todo dia, então queria algo que mostrasse esse resultado, e não tem nada como uma roupa branca para mostrar isso.

Foi muita gente, o salão ficou lotado. Eu e o Leandro nos revezávamos para levar grupos para conhecer o nosso apê, tinha que ser assim, de pouco em pouco. Eu acho que apresentei o apartamento umas quinze vezes ou mais. E o Leandro deve ter feito o mesmo, às vezes a gente até se cruzava no caminho. Depois de algumas horas de festa, queríamos liberar os doces, então eu e o Leandro fomos para trás da mesa do bolo e chamamos a galera, para que pudéssemos falar algumas palavrinhas.

— Eu queria agradecer muito a presença de todos vocês. Eu sei que *open house* não tem parabéns nem nada, mas já que a gente tem bolo e é aniversário do meu sogro hoje... — Eu apontei para o meu sogro que estava do lado do Leandro e a galera bateu palmas. O Le abraçou o pai de lado e aproveitou para falar:

— Queria agradecer todo mundo. É uma desculpa a mais para a gente se reunir aqui hoje. O apartamento foi um passo que a gente deu. — Todo mundo ficou quieto e prestando bastante atenção, inclusive eu, que não sabia o que ele ia falar. — Compartilhar com quem tá junto, família e amigos, é um momento importante pra gente. Além de ser uma desculpa pra tomar cerveja. Mas vamos comemorar. — A galera riu, o Le passou o braço por cima do meu ombro, ficando com o pai dele do lado esquerdo e eu do lado direito, e continuou: — E a gente espera do fundo do coração que a gente possa receber cada um de vocês em casa, no almoço, num churrasco, num bacalhau, numa feijoada. Queria agradecer a presença de todos. Muito obrigado. — Quando ele concluiu todos aplaudiram e eu aproveitei para acender as velas.

Cantamos parabéns. Mas quando terminamos, o tio do Leandro pediu para repetir, porque o Leandro tinha que fazer uma parte especial. Então cantamos de novo, e na hora da pergunta "E como é que é?" o Leandro faz um "quequequequequequequequequeque que é!" até onde o fôlego aguentar. Quando ele fez, todo mundo comemorou e ele foi às lágrimas. Finalizamos os parabéns e muitas pessoas ficaram sem entender a emoção do Leandro, o pai e o tio dele o abraçaram. Então o Le falou:

— Pra quem não sabe, isso aí que eu fiz é uma homenagem... Meu vô sempre fazia isso quando cantava parabéns e hoje ele tá lá em cima, com certeza ele tá agradecendo. — Ele levantou as mãos pro alto e todos aplaudiram.

O avô do Leandro, por parte de pai, aquele mesmo que me falou coisas fofas na churrascaria, tinha falecido dois anos antes, e desde então o Le assumiu o lugar dele nos parabéns como uma homenagem.

— Quero agradecer essa pessoa — o Le pegou no meu rosto, me deu um beijo, me abraçou e todos comemoraram — maravilhosa, se não fosse ela, isso não estaria acontecendo.

— E tá liberado os doces, galera — eu anunciei para dispersar a galera e acabar com aquele momento que estava me deixando sem graça.

Saí de trás da mesa e as pessoas começaram a "atacar", inclusive eu roubei um brigadeiro. A Nina e meu amigo Maycow foram cortar o bolo, que era de cenoura com cobertura de brigadeiro. Eles estavam fazendo a mesma dieta que eu, então estavam doidos para comer um doce bem gostoso. Eu ia dar uma volta pelo salão e fui parada por um primo do Leandro que disse:

— Achei que o Leandro ia te pedir em casamento quando ele começou a falar, você toda de branco, achei que hoje ia ser o noivado — ele falou, meio que fazendo graça, mas percebi que não só ele achou isso, como outras pessoas também, por isso todos ficaram tão empolgados enquanto o Leandro falava sobre mim.

— Ah, não. Hoje não... Hoje é só o *open house* — eu disse meio sem graça ao perceber que as pessoas esperavam isso. Então desconversei e fui para o outro lado do salão, aproveitei para levar mais um grupo para conhecer o apartamento.

Já era noite quando a festa acabou. A Nina e o Gui nos ajudaram a recolher as coisas e a levar pra casa, porque afinal, eles moravam no mesmo prédio, então não tinham que ir embora. Depois de recolher tudo, eu e a Nina ficamos batendo papo e comendo o resto do bolo na bancada da minha cozinha. Quando a Nina foi pra casa dela, eu tirei meu vestido e coloquei uma roupa mais confortável para sentar no chão com o Leandro e abrir todos os presentes que ganhamos.

— Nossa, foi muito legal, né? — eu disse, deitando a cabeça no colo dele.

— Foi. Foi divertido. Eu não sei quantas vezes eu mostrei o apartamento hoje.

— Nem eu. Eu fiquei mais entrando e saindo daqui do que curtindo a festa.

— Eu também. Mas pelo menos agora todo mundo já conheceu. Depois a gente faz jantares com poucas pessoas e curte mais.

— Sim. Amor... — Eu me levantei e olhei pra ele. — agora já acabou a obra, já teve *open house* e tudo. Então a partir de agora você tá liberado pra me pedir em casamento, viu?

— Ah é? Agora pode? — ele perguntou, achando graça.

— Agora pode. O nosso plano era comprar um apê, reformar, mudar, pra depois casar. Já fizemos tudo. Então agora, quando quiser, só não demora *muitoooooo*, tá?

— Tá bom. — Ele riu e deu um beijo na minha testa.

Ele não pareceu pressionado ou intimidado pelo meu "ultimato", o que será que isso queria dizer?

CAPÍTULO 20

QUANDO VOCÊ *mentaliza* COISAS BOAS, COISAS BOAS *acontecem*

Tem ano que começa com uma sensação de que tudo vai dar certo, de que aquele ano é o seu ano, sabe? Era assim que eu me sentia, como se 2018 fosse o meu ano. O ano para coisas novas, coisas incríveis. Eu iria completar 25 anos e me sentia mais mulher, mais adulta, com mais confiança e autoestima. No ano anterior, além da reforma, não foi um ano muito bom pra mim de trabalho e eu também não estava muito bem comigo mesma. O Leandro me ajudou muito, principalmente quando eu pedi que ele me ajudasse a começar terapia.

A terapia foi incrível pra mim. Eu não estava feliz comigo, não me sentia eu mesma e não sabia o que fazer para mudar. Quando percebi isso, pedi ajuda e comecei a terapia. Foi um processo muito bom, me conhecer mais, me entender. Faço terapia até hoje, e acho que nunca vou deixar de fazer, porque se conhecer é fundamental. E depois de todo esse processo, com o fim da obra e o início de um novo ano, eu estava sentindo que nada podia atrapalhar meu ano de ser o melhor de todos.

No segundo dia do ano, eu e o Le fomos para Orlando, onde meus pais, a Nina e o Gui já estavam, para conhecer a nossa casa. *Casa? Como assim, Fabiana?* Pois é, no meio de toda a loucura da obra e tudo mais, ainda fomos loucos de comprar uma casa em Orlando. No ano anterior, quando fomos para lá só nós quatro, ficamos hospedados em uma casa em um condomínio superlegal. Eu nunca tinha ficado em casa antes, só em hotel, e achamos a experiência muito legal. Meses depois, meus pais e avós também foram pra lá e ficaram hospedados em casa que aluga pra temporada. Aí, durante essa viagem, a minha mãe foi ver casa pra comprar, conversou com corretores e tudo mais. Quando ela voltou pro Brasil, mostrou as fotos e vídeos das casas pra gente e decidimos comprar uma casa juntas: eu, a Nina e a nossa mãe.

Compramos em 2017 uma casa que ainda seria construída e seria entregue no fim do ano. Meus pais foram antes do Natal para receber as chaves, com a Nina e o Guilherme, e eu fui depois do Ano-Novo. Ficamos lá para mobiliar e decorar, porque além de nossa casa, também seria para aluguel de temporada, então tínhamos que deixá-la prontinha para alugar. Doidos, né? Mas a viagem foi muito legal; além de cuidar dela, a gente passeou e se divertiu bastante. Fizemos até um churrasco de *open house* com uns amigos que também têm casa lá.

Quando voltei, comecei a trabalhar muito, fiz minhas metas do ano e foquei. Uma das metas era viajar muito e outra era terminar de escrever o meu primeiro livro. *O que eu fiz, né?* Porque você, caro leitor, que já leu, sabe que *lá eu conto* tudo que aconteceu antes deste livro que você está lendo agora, como nos conhecemos, como terminamos e tudo que nos fez chegar até aqui. E assim como eu tinha sentido, o meu ano estava dando certo. Eu tinha várias viagens marcadas e outras possíveis viagens agendadas, muitos trabalhos começaram a surgir e eu me sentia muito bem comigo mesma.

Inclusive, naquele momento, eu estava morena, com a cor natural do meu cabelo e com algumas luzes nas pontas. Morena iluminada, que chama. Meu cabelo tava bem comprido e muito saudável, depois de mais de três anos ruiva, pintando todo mês, era muito bom sentir que não estava danificado. Além disso, eu estava bem focada na minha alimentação e nos treinos. Peguei gosto pela corrida de rua, então treinava três vezes por semana, o que pra mim era como uma válvula de escape, apesar de não ser muito fã de acordar cedo, correr me desestressa. Como estava com vários projetos em mente para o meu trabalho, decidi contratar um *personal stylist* para montar meus *looks* para eventos importantes e viagens. Queria dar uma repaginada no visual e me posicionar no mercado da moda.

Eu e o Leandro estávamos muito bem, cheios de planos também. Não dá pra falar que era tudo perfeito, claro que tínhamos nossos momentos de discussão, mas nem parecíamos mais o casal que éramos antes do término. Nós amadurecíamos a cada dia, como pessoas e como casal. Nem tudo foram flores nesse processo, eu tive meus momentos ruins e o Le também teve os dele. Mas aprendemos a nos ajudar, nos entender. Ainda estamos aprendendo, porque a vida não para e os acontecimentos também não.

O Leandro estava cada vez mais presente na frente das câmeras. Nessa época, ele até já gravava alguns vlogs sozinho, aparecendo cada vez mais. Ele não ficava mais tímido nem se preocupava mais com o que as pessoas iam pensar, parece que o trauma dele com redes sociais tinha sido superado. Não foi fácil, foi bem lento, mas finalmente ele estava de bem com a internet novamente. E isso me deixava muito feliz e à vontade, afinal era o meu trabalho e eu expunha muito da minha vida, o que naquele momento era da nossa vida.

CAPÍTULO 21

DE PERDER O *fôlego* E PARAR A AVENIDA

— Mor, separa aí na sua agenda os dias doze e treze, porque vamos viajar — o Leandro me disse.

— Pra onde? — perguntei curiosa.

— Surpresa! — ele disse, levantando as sobrancelhas satisfeito com a minha cara de curiosidade.

Já era março e dia treze faríamos sete anos de namoro, então ele me pediu para travar a minha agenda por dois dias, que no caso eram uma segunda e uma terça. Coloquei na minha agenda, para que nenhum compromisso de trabalho fosse marcado. Aproveitei para dar uma olhada nos meus próximos compromissos e minha agenda estava lotada naquele mês, reuniões, eventos e muito mais.

— Hum, tá bom! — falei meio desconfiada. — Mas como eu vou fazer a minha mala?

— Eu te ajudo, mas nem precisa levar muita roupa. — Ele deu uma piscadinha maliciosa.

— Ahhhh... — eu entendi o que ele quis dizer e pulei em cima dele no sofá. A gente riu.

— Mor, outra coisa. No dia dez, eu vou ter que ir de carro pro Rio com a minha mãe pra resolver aquele negócio do trabalho, das amostras, mas devo voltar no dia onze à noite. Aí, eu te ajudo a fazer a mala e vamos viajar no dia doze bem cedinho, tá bom?

— De novo? — perguntei, fazendo careta, não consegui evitar, ele tinha ido pro Rio umas três vezes já para resolver umas coisas de trabalho com a mãe dele.

— Sim, de novo. É que o cliente tá com problema na máquina, aí a gente vai lá pra ver o que pode ser. Mas vai ser rapidinho.

— É que eu não gosto que vocês peguem estrada de madrugada.

— Dessa vez vamos sair no fim da tarde pra não pegar a estrada de madrugada.

— Ah, que bom.

A semana passou normalmente, tive alguns compromissos de trabalho, gravei alguns vídeos, corri, tudo normal. Quando foi no sábado, o Le fez a mala, uma mala pequena com apenas duas ou três trocas de roupa para ir para o Rio. Enquanto isso, eu me arrumava para correr. Naquela noite, ia ter uma corrida de rua em comemoração ao dia das mulheres, que foi no dia oito, e eu e a minha *personal trainer* Kelly íamos juntas.

— Tchau, amor, já vou indo, porque ainda vamos deixar a Nati na minha vó e depois pegamos a estrada — ele disse apressado, já com a mala na mão.

— Tchau. Toma cuidado e vê se manda notícias. Manda mensagem quando estiver saindo de São Paulo e quando chegar lá no hotel, mesmo se for tarde, manda mensagem para eu ficar tranquila.

— Tá bom. Pode deixar.

— Já, já eu tô saindo também, a Kelly vai passar aqui pra me pegar.

— Boa corrida. Te amo.

— Também te amo. E boa viagem — eu disse e dei um beijo nele.

Depois que ele foi embora, eu me troquei para a corrida, comi umas panquecas proteicas de banana, ovo e canela e fiquei no sofá vendo o Instagram enquanto esperava o tempo passar. Quando a Kelly chegou, ela mandou uma mensagem avisando. Então eu peguei meu relógio (monitor cardíaco), minha pochete e fui pra rua me encontrar com ela.

— Oi — ela disse superanimada quando eu entrei no carro dela.

— Oi. Que noite gostosa. — E era mesmo, estava quente, mas tinha uma brisa refrescante.

— Sim, tá perfeito pra correr. Tá com o endereço aí?

— Sim, vou colocar no GPS pra você.

O evento da corrida era no centro da cidade. Quando chegamos lá, deixamos o carro em um estacionamento na mesma rua onde tínhamos que fazer o *check-in* e pegar as pulseiras para acessar a festa pós-corrida. A rua já estava lotada, encontramos uma amiga, que sempre corre com a gente, na multidão de mulheres, nos unimos a ela e começamos a nos alongar. Logo a corrida começou pelas ruas do centro de São Paulo, foram apenas quatro quilômetros, só para celebrar o dia das mulheres. Quando acabou, todo mundo foi para a festa, que era no alto de um prédio.

A primeira coisa que fiz ao sair do elevador e entrar na festa foi procurar a mesa de comida, porque estava faminta. *Como sempre, né, Fabiana?* Tinha uns sanduíches bem gostosos e mais alguns aperitivos, e no bar tinha uns drinks alcoólicos. Decidimos aproveitar a festa, já que não tínhamos outro compromisso mesmo. Então pegamos uma bebida e fomos para a pista de dança. No palco, estava rolando a apresentação da Turma do Passinho, e todo mundo dançava junto. Foi superdivertido, mas não durou muito tempo, logo eu já estava chegando em casa sozinha.

Tomei um banho e me joguei na cama, porque tinha um trabalho no dia seguinte, então precisava dormir bem. Mandei mensagem pro Leandro avisando que já havia voltado da corrida e ele respondeu dizendo que ainda estava na estrada, mas que avisaria quando chegasse. Coloquei alguns despertadores no meu celular pra tocar e fiquei assistindo a uma série até dormir.

Quando o despertador tocou na manhã de domingo, eu não precisei de muito para acordar, apesar de estar com preguiça, sempre fui muito responsável com horários para compromissos de trabalho. Olhei meu celular, era dia onze às oito horas da manhã e tinha uma mensagem:

> **Leandro:**
> Mor, chegamos. Boa noite. Beijo.
>
> **Fabi:**
> Bom dia. Obrigada por avisar.

Vi que ele tinha mandado a mensagem quase às duas horas da madrugada e ainda não tinha aparecido no WhatsApp, devia estar dormindo. Levantei e fui para a cozinha comer alguma coisa. Mandei mensagem pra Nina:

> **Fabi:**
> Acordou? Com que roupa você vai hoje?
> **Nina:**
> Acordei agora. Não sei ainda.

A Nina tinha sido contratada para fazer uma gravação para a Starbucks experimentando as novas opções do cardápio, e eles me contrataram para participar do vídeo. Íamos fazer um desafio de olhos vendados experimentando as coisas e tentando descobrir os sabores, como já havíamos feito antes para outra marca. Quando a minha assessora me ligou para contar do trabalho semanas antes, achei perfeito, porque envolvia comida + dinheiro. Eu faria até de graça. Brincadeira, mas topei a proposta de primeira.

Fui para a minha penteadeira e comecei a me maquiar, depois cacheei o cabelo, o que demorou um pouquinho, porque meu cabelo era muito comprido. Tive que ligar o ar para a maquiagem não derreter, era uma manhã de domingo muito quente. Enquanto estava me arrumando, minha avó apareceu lá em casa.

— Oi, vó, entra. Tô me arrumando. — Ela entrou e me seguiu até o quarto. Eu voltei para a penteadeira e ela se sentou na ponta da minha cama.

— Você vai sair?

— Vou. Tenho um trabalho com a Nina. Devo voltar só no fim da tarde. Não sei se vai ser rápido.

— E cadê o Le?

— Ah, ele tá no Rio, foi com a mãe dele a trabalho.

— E a Amora tadinha, vai ficar sozinha? — ela perguntou com uma voz de dó enquanto fazia carinho na Amora, que estava ao lado dela na cama.

— Ah, vai. Quer ficar com ela?

— Sim, eu levo ela pra minha casa, pra ela não ficar sozinha — minha avó falou, balançando a cabeça. Eu sempre deixei a Amora com ela, quando tinha que viajar ou até ficar o dia todo fora.

— Tá bom. Tem que pegar a comida e a fralda dela na lavanderia.

— Eu pego. Vem, Amora, com a vovó. — Ela pegou a Amora no colo e foi embora.

Fui pro meu closet escolher a roupa, experimentei um shorts cintura alta com um top cropped de listras, mas não gostei. Experimentei com outra blusa, mas não estava legal. Então me lembrei de um vestido novo que eu ainda não tinha usado, era branco de alcinha, justo no corpo, sem muito detalhe, mas com um cinto, ficou lindo. Coloquei um tênis preto com glitter e estava pronta. Decidi não colocar salto, porque a gravação seria na Avenida Paulista, então provavelmente teríamos que andar bastante do estacionamento até a cafeteria, sem falar que, com o calor que estava, o pé ia ficar suado e escorregadio em uma sandália.

> **Fabi:**
> Nina, tô pronta. Posso ir pra garagem?
> **Nina:**
> Com que roupa você tá?
> **Fabi:**
> Um vestidinho branco e tênis.
> **Nina:**
> Puts, acabaram de avisar que o cliente pediu pra não usar branco.
> **Fabi:**
> Sério? Que droga.
> **Nina:**
> Sim, eu também ia com uma blusa branca. Se troca aí rapidão e já vamos.

Voltei para o closet e comecei a mexer nos cabides de novo. Droga, só porque eu tinha gostado daquele vestido. Tirei o vestido e experimentei uma saia jeans que tinha uma flor bordada e uma blusa amarela, legal, mas um pouco sem graça. Escutei a campainha tocar.

— Entraaaaa — gritei do quarto

— Fabi? Tá pronta? — a Nina perguntou ao entrar em casa.

— Não, tô tentando escolher outra roupa — falei, aparecendo no corredor, mostrando o *look* que eu estava vestindo.

— Hum, não gostei dessa blusa. — Ela veio e entrou no closet comigo. — O que mais você tem aqui? — ela perguntou, mexendo nos cabides.

— Eu ia com esse vestido. Já experimentei esses, mas não ficou legal.

— E esse vestido vermelho aqui? — Ela pegou um cabide com um vestido vermelho vivo, com um zíper na frente.

— Não sei, nunca o usei.

— Experimenta — ela me encorajou. Então eu coloquei, ele era bem justinho também e de alças larguinhas, parecia até uma jardineira. Olhei no espelho e ela disse: — É lindo.

— Você acha?

— Sim, tá lindo e você tá magra nele. — Isso foi o suficiente pra me convencer.

— Então bora, vou colocar o tênis e pegar o óculos de sol.

— O Gui já tá no carro nos esperando.

Fomos para a garagem e o Guilherme já estava com o carro ligado, entramos e o ar-condicionado estava fresquinho. Saímos da garagem e o sol ardia, mesmo com os vidros fechados e o ar ligado, dava pra sentir o calor que estava lá fora.

— E como vai ser? — perguntei pra Nina enquanto mexia no celular.

— Ah, o Elton vai estar lá pra nos ajudar a gravar, aí o Gui compra as coisas pra gente, sem a gente ver. E a gente faz naquele mesmo esquema que fizemos o outro, de olhos vendados. — O Elton era o funcionário dela que fazia as filmagens e edições.

— Tá bom. Vai ser bem de boa, então.

— Sim — ela concordou e voltou a mexer no celular. Eu fiz o mesmo.

Quando chegamos perto da Avenida Paulista, que é a avenida mais importante e mais turística de São Paulo, o trânsito estava movimentado. Achamos um estacionamento em uma rua paralela, mas teríamos que andar um pouco. O Gui pegou um tripé no porta-malas e começamos a andar, seguindo ele, que olhava no GPS para ver pra onde tínhamos que ir. E o calor estava pior do que eu esperava, o sol queimava só de tocar a pele, eu já conseguia sentir o suor se formando na minha nuca, dei graças a Deus de estar de tênis. Viramos a esquina e chegamos à Avenida, que estava L-O-T-A-D-A de gente.

— Nossa, quanta gente — comentei.

— É, de domingo eles fecham a avenida para os carros, aí vem bastante gente andar de bicicleta, tirar foto, turistar — a Nina me explicou.

— É, eu sei, mas tinha esquecido. Eu nunca vim aqui de domingo — falei enquanto observava a multidão de pessoas que preenchiam a rua, as calçadas e tudo quanto é canto daquele lugar. Tinha gente filmando, algumas pessoas fotografavam com seus celulares, tinha criança de patinete e bicicleta, os restaurantes e cafés com mesinhas nas calçadas estavam lotados. Eu sabia que domingo a Avenida Paulista era exclusiva para pedestres e muita gente ia praticar atividade ou lazer por lá, mas não sabia que era tão badalado assim. Acho que o dia quente colaborou.

Chegamos ao Starbucks e o Elton estava nos esperando sentado em uma das mesinhas externas. Nós o cumprimentamos.

— Oi, Elton — a Nina disse.

— Oi! Peguei essa mesa aqui pra gente. Lá dentro tá lotado. Acho que aqui vai ser melhor pra gravar — ele disse, apontando pra mesa onde estavam os equipamentos de gravação e sua mochila.

— Nossa, tá muito lotado. O som vai ficar bom aqui? — a Nina perguntou, olhando a quantidade de pessoas andando pela rua.

— Acho que sim, vou colocar o mic de lapela nas duas e a gente testa.

— Tá bom. Esse é o meu? — a Nina perguntou.

— Sim, e esse é o seu. Fabi, você pode passar ele por dentro do vestido e me dar o fio aqui nas suas costas?

— Posso. — Coloquei o microfone e ele ajustou, fixando a caixinha atrás no meu vestido. Depois fez o mesmo com a Nina.

— Amor, vai lá dentro comprando as coisas pra gente, a fila tá grande — a Nina falou com o Gui enquanto o Elton ajustava a câmera.

— Beleza, vou comprar uma água também, né?

— Isso, por favor — ela confirmou. — A luz tá boa, Elton?

— Tá, tá sim. Só acho que eu vou ao carro pegar o outro tripé, porque esse aqui não tá legal. Pra garantir. Tá aqui na esquina, aí dá tempo de o Gui comprar as coisas também.

— Beleza — a Nina concordou e ele foi.

Ficamos só nós duas sentadas ali, em uma mesa na calçada, quase que de frente pro Masp. Voltei a reparar na quantidade de pessoas passando de um lado pro outro, reparei que algumas carregavam câmeras profissionais e pareciam fotografar ou filmar todo aquele mar de gente. Do nada, literalmente do nada, começou a tocar uma música. Olhei pros lados sem entender nada. Umas pessoas começaram a dançar ali na calçada, na frente da cafeteria. Eu reconheci a música, era "Oh, Pretty Woman". A Nina pegou a câmera e começou a filmar.

— Você não está com a sua câmera de vlog aí? — ela me perguntou e eu só balancei a cabeça de um lado pro outro de boca aberta. — Que da hora! Eu nunca tinha visto um *flash mob* na minha vida!

Era isso que era: um *flash mob*, em que do nada as pessoas, que até então eram pessoas comuns em um ambiente, começam a se levantar e a dançar com um grupo. E foi levantando, uma pessoa da mesa ao lado, depois outra, uma que aparentemente só estava passando na rua, e todos dançavam juntos. Era divertido e ao mesmo tempo eu me sentia um pouco nervosa, não sei muito bem por quê. Achei estranho a dança estar acontecendo bem ali na nossa frente, virada pra cafeteria, sendo que podia estar acontecendo no meio da Avenida Paulista, já que não havia nenhum carro. Mas não, eles dançavam de frente pra nós e pra mais umas quinze ou vinte pessoas sentadas ou em pé no Starbucks. Começou a tocar (leia cantando) "One, two, tree, four, five… nãrãnãrã nãrãnãrãrãm…". Você conhece essa música, sempre toca nas festas. Chama "Mambo Nº 5", procura e coloca pra escutar, eu espero.

Viu? Você conhece. *Foco, Fabiana, volta pra história.* Sim. Mais pessoas começaram a se levantar e se juntar ao grupo de dança. Eu e a Nina continuávamos sentadas assistindo.

— Daqui a pouco a Fabi levanta e começa a dançar — ela falou, rindo e me filmando. Eu ri também e peguei o celular para gravar uns stories.

— Olha, tá rolando um *flash mob* na Paulista. — Foi o que eu falei pros stories.

E uma nova música começou a tocar, agora era "What Makes You Beatiful", do *One Direction*. Então um casal que estava sentado na mesa na nossa frente levantou e foi para o meio do grupo de dança, o homem de blusa supercolorida falou algo para a moça de vestido branco que segurava suas mãos, ela concordou e eles começaram a dançar também. Ficamos de pé, ainda encostadas na "nossa" mesa, porque não tinha mais como não querer assistir a tudo que estava acontecendo, e assim nós enxergávamos melhor. E aí começou a tocar:

"I got this feelin' inside my bones. It goes electric, wavy when I turn it on." – "Can't Stop the Feeling", do Justin Timberlake.

O cara da camisa colorida se ajoelhou na frente da moça de vestido branco e aparentemente fez um pedido de casamento. Mas, sei lá, parecia tudo parte da dança e não um pedido real. Eles se abraçaram e foram pro meio da avenida, com todo o grupo, para dançar.

— Vamos mais perto, não consigo filmar daqui. — A Nina pegou a bolsa dela e foi mais pro meio da calçada onde dava pra ver melhor a apresentação que agora acontecia no meio da Paulista, com o Masp de fundo, onde eu achava que deveria ter sido desde o começo. Peguei minha bolsa e fui para o lado dela, ainda um pouco desnorteada.

Meu coração estava acelerado e eu nem sabia por quê. Até cheguei a pensar: "Já pensou se fosse pra mim?". E uma voz na minha cabeça dizia: *Para de ser louca, Fabiana. Volta pra realidade.* Mas seria mágico, não seria? Todo mundo parou pra assistir, tinham celulares e câmeras filmando para todos os lados. A dança rolava superanimada, até que eu vi a moça de vestido branco, aquela que "teoricamente" tinha sido pedida em casamento, correndo na nossa direção. Ela olhava pra mim sorrindo e eu só conseguia pensar: "Não, não, não. Eu não vou dançar". Achei que ela ia me puxar da "plateia" pra dançar junto. Mas não, ela pegou na minha mão e disse:

— Esse pedido de noivado não é pra mim. — E me puxou pela mão.

— Não. MEU DEUS! — eu falei em C-H-O-Q-U-E! Na mesma hora minhas mãos começaram a suar, meu coração ficou mais disparado do que já estava e minha respiração ficou ofegante. Sem falar na vergonha, porque de repente todas aquelas pessoas paradas no meio da rua assistindo começaram a me olhar, sorrindo.

Ela me colocou bem perto dos dançarinos e eu não conseguia acreditar que aquilo estava acontecendo. Até pensei: *Será que é uma pegadinha e eu fui a escolhida?* Mas antes que eu pudesse concluir que era isso que estava acontecendo, os dançarinos agacharam e o Leandro – sim, o meu namorado – surgiu lá longe, caminhando na minha direção, de calça jeans e camisa social branca.

— Mas... Meu Deus! — eu falei nervosa, com uma mão na boca e um braço apertando a minha barriga de nervoso, rindo. Naquele momento tudo começou a acontecer muito rápido, ainda bem que tem vídeo de tudo, assim eu posso assistir sempre para me lembrar que foi tudo real.

Quando ele chegou bem perto de mim, achei que ele fosse vir falar comigo, mas não. Os dançarinos levantaram e ele começou a dançar com eles ao som de "Can't Stop the Feeling". É isso mesmo, caro leitor, eu não estou exagerando. Isso aconteceu. Tinha coreografia e tudo. Eu ria, mas era mais de nervoso e choque do que qualquer coisa. Fiquei de queixo caído. E antes da música acabar, o Leandro foi pra trás do grupo e sumiu. A música acabou e então começou a tocar uma música que eu reconheci na primeira nota, a nossa música: "O que é que tem", do Jorge & Mateus.

Então, os dançarinos abriram um corredor e estenderam um longo tapete vermelho que terminava diante dos meus pés. E por esse tapete vinha o Leandro, agora com um blazer azul marinho, com o Masp de fundo como cenário, caminhando até mim, com aquele sorriso pelo qual eu me apaixonei. Ao mesmo tempo, uma galera de branco, carregando balões de coração vermelho, vinha se aproximando, deixando apenas o corredor do tapete vermelho livre. O Leandro pegou na minha mão, me deu um beijo, ficou frente a frente comigo, deixando o corredor na nossa lateral, e disse:

— Tem pessoas que eu pedi pra estarem aqui hoje. Não podia deixar de chamar a primeira pessoa, que foi o motivo pelo qual a gente se conheceu: o Raufh. Um dos meus melhores amigos.

Olhei para o corredor e lá vinha o Raufh caminhando na nossa direção com uma rosa vermelha na mão. Ele chegou até nós, me entregou a flor e eu o abracei, depois foi a vez do Le. Eu estava incrédula, ele riu e continuou:

— Falando em amizade, eu queria trazer uma pessoa que você tem um carinho maravilhoso: a Lele.

E pelo corredor vinha ela, minha amiga, que me abraçou sorridente e me entregou a rosa.

— Dentro das amizades, amor, tem umas pessoas que eu escolhi a dedo para estarem aqui, que você conquistou no seu trabalho.

Olhei para o lado e, chegando perto de nós, estava a Mari, também carregando uma rosa vermelha. Ela foi muito importante na minha carreira profissional. Nos abraçamos e ela me entregou a flor e saiu como todos os outros haviam feito.

— Outros amigos também, dessa amizade que você conquistou no mundo da internet.

Chegando pelo tapete vermelho estava a Taci, gravidíssima, e o Fer. Eu abracei os dois, peguei a flor e juntei com todas as outras que eu segurava na mão formando um buquê. Na sequência veio o Luh, também um amigo que a internet me deu. Mais uma flor, mais um abraço e muita emoção envolvida. Mas ainda não tinha acabado.

— Para representar todo esse pessoal — o Le disse, quando eu abracei o Luh. — Agora, uma amizade que a gente conquistou com a internet e se transformou em amizade verdadeira. — Quando olhei, lá estava a Lu e o Fred, nossos amigos de Floripa, de quem fomos padrinhos de casamento. Eu não podia acreditar que eles tinham vindo pra São Paulo só para participar desse momento.

Tudo acontecia muito rápido, o Le falava alguma coisa e, quando eu via, alguém já vinha andando pelo tapete vermelho, me entregava uma flor, nos cumprimentava e saía. E o Le voltava a falar:

— Aí, não pude deixar faltar uma representante da família Munhós, minha irmã: Lari. Pra representar toda essa galera da família. — A Lari me entregou a flor, me abraçou e foi abraçar o Le. Foi nesse momento que eu finalmente olhei de verdade para as pessoas de branco com balões vermelhos formando o corredor.

— Gente, tá todo mundo aqui — eu disse chocada, reconhecendo vários rostos na multidão. Minha amigas da faculdade: Aline, Melissa, Nacima e Carlinha estavam presentes, assim como em todos os momentos importantes da minha vida. Meu amigo Maycow, o meu *stylist* Davi, minha *personal* Kelly, vários primos e tios do Le, meus tios e primos também e *muitaaaa* gente que eu nem consegui reconhecer naquele momento. Fui assimilando aos poucos.

— Sim. — O Le riu, reparando a minha surpresa. — Todo mundo da família Alencar, representado pela Nati. — A irmã do Le chegou na gente com a flor. Assim que ela nos cumprimentou e saiu, ele continuou:— Aí, não podemos deixar faltar a Família Santina, e a representante, Nina. — A Nina vinha com o Gui de mãos dadas pelo corredor. Nesse momento, reparei que ela tinha trocado de blusa, e usava uma camiseta branca como todo mundo. Cada pessoa que me abraçava me deixava mais emocionada. Todos me falavam algo quando me abraçavam, davam os parabéns ou algo assim.

— A família Martins, também. Representada pelo Bruno. — E meu irmão vinha de mãos dadas com a minha cunhada Beta. Eu nem respirava, era muita coisa para absorver. E ele continuava: — Agora, meus pais. Se não fosse por eles, nada disso seria possível. Meu pai e minha mãe. — E meu sogro e minha sogra chegaram até nós. Minha sogra me abraçou e disse:

— Eu te amo, minha filha!

— Agora já posso entrar pra família, hein? — eu brinquei.

— Você já faz parte — ela disse e eu fiquei feliz. As coisas entre a minha sogra e eu não se resolveram num passe de mágica e a gente ainda tinha muitas coisas para trabalhar e evoluir, mas eu posso dizer com certeza que estávamos no caminho certo. Depois eu abracei meu sogro e o Le já continuou:

— Agora, seus pais. Se não fosse por eles, a gente não teria se conhecido. — Minha mãe me abraçou toda feliz e animada.

— Te amo — minha mãe disse enquanto me abraçava. Eu só consegui responder:

— Eu também. — Depois abracei meu pai.

— Deus abençoe — ele disse.

— Eles representam a benção dos nossos pais, nesse momento tão importante. — o Le concluiu, respirou fundo e continuou: — Tem uma pessoa que eu não podia deixar de fora. Essa pessoa é a Amorinha, que a vovó Wilma trouxe.

E lá vinha ela, a minha pequena bolinha de pelos brancos, carregada pela minha avó, com o rabinho abanando de felicidade. Fiz um carinho nela, depois abracei minha vó e disse:

— Por isso que você foi em casa, né, safada? — Ela riu. Me entregou a flor, beijou o Le e saiu, levando a Amora com ela no colo.

— E agora, a minha avó, representando todos os nossos avós. — Era a vó materna dele, Dona Iracema. Mais uma vez recebi uma flor. Eu já tinha nas mãos um grande buquê de rosas vermelhas colombianas, as minhas favoritas. — E minha vó Belica, a última vó que eu...

— E o Le parecia emocionando. Ela me abraçou apertado e depois o abraçou. Nesse momento alguém surgiu do meu lado e pegou o buquê das minhas mãos. Eu enxuguei as lágrimas do meu rosto e disse:

— Mor, você é louco!

Ele pegou a minha mão e se ajoelhou, o que fez todo mundo gritar e aplaudir de entusiamo. Então as pessoas do corredor ajoelharam também. Meu coração quase explodiu de excitação. Aquilo estava mesmo acontecendo. Ele abriu uma caixinha de madeira com uma aliança no meio e, enquanto segurava uma das minhas mãos, ele me olhou e disse:

— Fabi Santina, meu amor, você aceita se casar comigo?

EU FUI PEDIDA EM CASAMENTOOOOO! *Se acalma, Fabiana. Ah, quer saber? Não se acalma não, pode gritar, pular, comemorar. Porque sim, nós fomos pedidas em casamento. Uhuuuullll!* Não só isso, eu fui pedida em casamento no MEIO da Avenida Paulista, com direito a *flash mob*, todos os amigos e familiares presentes, nossa música como trilha sonora e um anel de diamantes. Parece coisa de filme, eu sei, mas aconteceu comigo.

Naquele momento, eu estava explodindo de felicidade. Balancei a cabeça para cima e para baixo com um sorriso de orelha a orelha e o beijei ainda ajoelhado. As pessoas soltaram os balões, que subiram para o céu, depois gritaram e aplaudiram em comemoração. Ele levantou e me abraçou com força, e nesse momento o meu choro se intensificou, mas era de pura felicidade. Ele me soltou e ajoelhou novamente. Pegou a aliança de dentro da caixinha e a colocou no meu dedo. Ela era linda, de ouro branco, tinha um solitário grande de diamante no meio, tinha um círculo de pequenos diamantes em volta do solitário e mais algumas pequenas pedras em volta do anel. Era superdelicado, lindo e brilhava muito. O Leandro beijou a aliança na minha mão e levantou, gritando:

— Ela disse "sim"! — Todos aplaudiram e gritaram em aprovação. Eu ri e vi mais rostos conhecidos no meio da multidão de pessoas que nos cercavam. Antes que eu pudesse assimilar que eu tinha acabado de ficar noiva, o Le pegou um envelope da mão de alguém e disse: — Tem mais uma coisa. Isso aqui é um presente.

— Hum? O que você vai aprontar? — perguntei curiosa. Eu não conseguia imaginar o que mais podia acontecer depois de tudo aquilo.

— Como a gente vai fazer aniversário de namoro daqui a dois dias, no dia treze, aqui — ele balançou o envelope nas mãos — tem duas passagens de ida e volta. Amanhã... — ele fez uma pequena pausa para fazer um suspense — a gente vai pra Itália.

— Amanhã?! — eu perguntei incrédula, como se fosse uma brincadeira.

— AMANHÃ! — ele respondeu animado e em seguida gritou para todo mundo ouvir. — AE, MAMA MIA!!! — Todos riram e mais uma vez gritaram. Eu olhei para as pessoas ao redor, encontrei quem eu procurava e disse:

— Davi. Socorro! Faz a minha mala. — Era um pedido, ou uma súplica de brincadeira. Porque recentemente havíamos começado a trabalhar juntos e ele que montava os meus *looks* para as viagens.

— Já tá pronta — ele gritou do meio da galera e eu fiquei de queixo caído.

— Já tá tudo pronto — o Le disse e eu não conseguia acreditar.

EPÍLOGO

Eu estava noiva. N-O-I-V-A! Noiva do meu amor à primeira vista. Noiva depois de dar uma segunda chance. Será que agora é o momento de dizer: e foram felizes para sempre? Felizes para sempre? Você acredita mesmo em felizes para sempre? Ih... conta outra. Você nunca ouviu falar na trabalheira que dá organizar um casamento? É, as histórias de contos de fadas simplesmente pulam essa parte e fazem parecer fácil. Talvez porque as princesas não precisem organizar as próprias festas, né? Mas aqui, na vida real, a coisa é bem diferente. É como um teste: se o casal conseguir manter o relacionamento até chegar ao altar, passa para o próximo nível! *Hahaha, ai, Fabiana, que drama.*

Mas não é o momento de dizer "Felizes para sempre", porque ainda não chegamos ao fim. Existem muitos capítulos felizes na nossa vida. Sempre seremos capazes de construir mais e mais capítulos felizes, tristes, importantes, marcantes e assim continuamos a evoluir e nos reinventar. Mas... essa história continua. E nos veremos no próximo livro.

Só um spoiler: Tãtãtãtãmmm, Tãtãtãtãmmm... Tãtã Tãããm, Tãtã Tãããm, Tãtã tãããm Tãtã Tãmmm Tãmtãmtãmmmmm Tãmmmmtãmtãmtãmtãmnãrãnrãnrãnrã.... 🎵

REFLEXÕES

Caro leitor, eu tinha terminado de escrever este livro, mas depois, em um momento de brisa no chuveiro, pensei: será que está faltando algo? E me veio a ideia de fazer este momento *Reflexão* com a Fabi de hoje, com os meus vinte e sete anos, sobre tudo que eu abordo nos meus dois livros. Desde que lancei o primeiro, recebo muitas mensagens pedindo conselhos amorosos, de pessoas que falam ter se inspirado no meu livro para terminar um relacionamento, para se amar em primeiro lugar ou até para ter esperança de que um relacionamento possa ser reatado um dia. Então decidi ter esta conversa sincera com vocês.

Se me perguntarem: "Fabi, você acredita mesmo em amor à primeira vista?". A minha resposta vai ser, obviamente, "sim". Pois foi isso que eu vivi e senti. Mas isso não quer dizer que será ou tem que ser assim pra todo mundo. Tem pessoas que se conhecem há anos e só depois de um momento, uma conversa ou clique na cabeça é que começam a desenvolver sentimentos uma pela outra. Claro que tem gente que fala: "Não é possível ser amor à primeira vista, é mais uma atração, uma paixão. Porque amor se desenvolve com o tempo". E, ok, pode ser que seja nisso que a pessoa acredita, mas só eu sei o que eu senti naquele momento. Cada um tem suas crenças e seu modo de encarar a vida. Então nunca julgue o sentimento de alguém se não é você que o sente.

Neste livro, eu falo sobre a segunda chance que dei para o meu relacionamento. Aí vão me questionar: "Fabi, você acredita mesmo em segunda chance?". E minha resposta é: sim e não. Depende sempre da história de cada um. Não é porque eu dei uma segunda chance para um relacionamento que tinha dado errado que todo mundo deve dar essa oportunidade. Isso é uma coisa que você tem que avaliar sozinho(a), se perguntando: "Essa pessoa vale a pena? Eu vejo possibilidade de um futuro melhor com ela? Ela será capaz de evoluir? Eu serei capaz de perdoar e seguir em frente? Eu amadureci?". E muitas outras perguntas, porque só você sabe o que existe entre vocês. Mas eu já disse uma vez no primeiro livro e repito: "O que sustenta um relacionamento não são só o amor, os dias mágicos ou os presentes espetaculares, mas sim a forma de se relacionar".

Se você decidir dar uma segunda chance, a minha dica é: diminua as expectativas, proteja seu coração e ame-se em primeiro lugar. Pode ser que dê certo, assim como aconteceu comigo. Mas eu estava preparada para o caso de as coisas não darem certo, sabia que seria feliz sozinha. Não aposte todas as fichas da sua felicidade em alguém. Se for tentar, dá uma ficha, sente como as coisas estão fluindo e aos poucos você pode ir aumentando as apostas, mas nunca dê *all in*. Porque ninguém deve carregar o peso da sua felicidade, mesmo que seja o amor da sua vida. Só você pode se fazer feliz de verdade.

Se me perguntarem: "Fabi, você se arrepende de algo?". Não, porque eu acredito que fiz o que pude com o que eu sabia na época. Então não posso julgar a Fabi de cinco ou dez anos atrás, porque ela não sabia o que eu sei hoje. E só sei o que sei porque aquela Fabi fez aquelas escolhas. A gente precisa parar de se "arrepender" ou de julgar a atitude dos outros e até as nossas, porque ninguém é perfeito. Todos somos passíveis de erros, e aquela frase clichê que escutamos desde que somos crianças só é clichê porque é verdade: "É errando que se aprende". Isso também serve para as atitudes do Leandro ou da minha sogra. Muitas pessoas julgaram os dois depois do primeiro livro. Mas, assim como eu disse na introdução daquele livro, repito: "Você pode sentir raiva, ranço e revolta por alguns personagens, que são pessoas reais, mas que neste livro são mostradas apenas pela minha visão e versão dos fatos". Então, entenda, a minha história é contada pelo que eu vivi e senti naquela época, mas ainda existe o lado deles dessa história. Não quero dizer que seria uma história completamente diferente, mas só eles sabem o que sentiram e por que agiram como agiram, o que já passaram na vida que os faz ver o mundo da forma que veem e coisas assim.

Hoje o meu relacionamento com o Leandro é completamente diferente do que era no primeiro livro. E com a minha sogra, então, nem se fala, parecemos outras pessoas. Não estou falando aqui que somos perfeitos, que temos um relacionamento de contos de fadas. Não! Isso não existe, tá? Nós brigamos, temos opiniões diferentes, nem tudo são flores, mas hoje somos capazes de conversar, evoluir e balancear as coisas. Porque, em qualquer relação entre duas pessoas, seja ela de amor, amizade, mãe e filha, é preciso haver concessões: você cede em um ponto, a pessoa cede em outro e vocês vão encontrando o equilíbrio. O que não pode é só uma pessoa ceder, porque uma hora essa corda arrebenta e aí o relacionamento deixa de ser saudável.

Vamos falar do famoso amor-próprio? O que é isso? Onde vive? Como se reproduz? Hahaha. Se você está se fazendo essas perguntas, então temos um problema. Quando você se ama em primeiro lugar, a opinião dos outros para de ser tão importante pra você, você para de se preocupar com a validação externa e escuta as próprias opiniões. Não importa se dizem que você não é capaz de algo, você acredita no seu potencial e sabe que vai conquistar tudo que sonha. Se te disserem que você é feia, você se olha no espelho e ri daquelas pessoas pobres de amor-próprio, porque o que você enxerga no reflexo é lindo e único. Enquanto todos estão em busca da aprovação do mundo, quem tem amor-próprio vive sua vida de verdade. Então, pare de se comparar, pare de apontar os seus defeitos. Vá pra frente do espelho e admire o que vê, suas curvas, cicatrizes, manchas e particularidades, porque elas tornam você quem você é. Olhe também pra dentro, para os seus sentimentos, pensamentos, e valorize sua mente e seu coração, pois eles são a sua essência. Você é incrível, você é único (a) e você é tudo que importa para você.

Não quero que você se inspire na minha história de amor, que tente buscar algo parecido ou siga meus passos para ter um relacionamento saudável. Apenas espero que perceba quanto eu amadureci, aprendi a me amar e que a partir desse momento comecei a viver uma vida mais leve, por isso as coisas começaram a fluir pra mim. Então, primeiro cuide de você, para depois procurar alguém especial para viver ao seu lado.

Um beijo da Fabi de hoje, que aprendeu muito com a Fabi de ontem, e que ainda vai ensinar tudo para a Fabi de amanhã.

AGRADECIMENTOS

Quero começar agradecendo a você, caro leitor, por ter embarcado nessa jornada comigo em dois livros sobre a minha história. Sei que você foi muito paciente, porque precisei de mais tempo para terminar este livro do que pretendia. Claro que nem todo mundo foi tão paciente assim, recebia pedidos constantes e urgentes para que eu lançasse logo, mas isso me deixava muito feliz, pois era sinal de que meu livro havia deixado um quentinho no coração de quem o leu. Obrigada, obrigada e obrigada.

Preciso agradecer imensamente ao meu editor Felipe Brandão, que cuidou dos meus livros com todo cuidado e carinho do mundo. Sempre vibrando por mim, sendo paciente quando eu mudava os prazos e tão animado quanto eu quando o livro saía nas listas de mais vendidos. Quero agradecer também à Editora Planeta por me receber como uma de suas autoras e me dar essa oportunidade incrível. Não posso deixar de agradecer à Malu Poleti, que me ajudou a organizar as ideias deste segundo livro, sempre me dando feedbacks e sugestões.

Obrigada, Mami e Papi, por sempre torcerem por mim, independentemente do caminho que eu escolho percorrer, seja na internet, nas livrarias ou em uma maratona. Obrigada por tudo que vocês me ensinaram e ainda ensinam, sei que sou quem sou por causa de vocês. Amo vocês! Vovó Wilma e vovô Paulo, obrigada por sempre estarem presentes na minha vida, desde pequena preparando meus lanches para a escola, me levando ao médico ou ao balé; até agora, depois de adulta, fazendo um bolinho de chuva em dias chuvosos.

Nina, minha irmã, minha melhor amiga, *sis*. Eu te amo demais. Você sempre será a pessoa para quem eu vou ligar quando a saudade da infância bater, porque você viveu tudo comigo. Obrigada por puxar minha orelha quando foi necessário e por me acolher quando precisei. Todas as nossas aventuras juntas foram incríveis e sei que ainda vamos viver muitas coisas maravilhosas nessa vida, uma sempre ao lado da outra.

Preciso agradecer a toda a família, minha e do Le, da qual agora também faço parte. Meus tios Monica e Ricardo, meus primos Carol, Rick e Sophia, meu irmão Nino e minha cunhada Beta, minhas cunhadas Lari e Nati, meu sogro e minha sogra, Solange, minha prima Cinthia e todas as pessoas especiais das nossas famílias que fazem parte da nossa vida. Uma vida sem família é uma vida sem cor e sem tempero. Vocês são a nossa base, nós amamos muito vocês. Obrigada por serem presentes na minha vida.

Claro que não posso deixar de falar dos amigos que completam a minha vida e fazem parte da minha história. Amigos são pessoas que nós escolhemos para viver ao nosso lado, obrigada a todos, não só os que eu cito no livro, mas aqueles que torcem por mim e me escutam quando preciso desabar.

E por último, mas não menos importante, quero agradecer ao meu marido Leandro, que foi a minha inspiração para os livros, viveu tudo isso comigo e me incentivou a escrever desde o começo. Escutou trechos soltos quando eu estava inspirada, leu alguns parágrafos quando eu precisava de uma opinião e até me ajudou a escolher os nomes de alguns capítulos. Não posso falar que ele me ajudou a lembrar de detalhes, porque sabemos que a minha memória é bem melhor do que a dele, mas ele me levava chá enquanto eu estava escrevendo nos dias frios e sempre estava disposto a me escutar lendo um novo parágrafo. Te amo, amor!

Mais uma vez muito obrigada a todos. Eu pude me encontrar na escrita, me diverti, aprendi muito e fiz um mergulho incrível de autoconhecimento. Foi uma aventura tão fantástica que eu não tenho mais a intenção de parar.

LISTA DE MÚSICAS

"A lenda", Ricardo Feghali, Nando, Kiko Pereira; Universal Music, 2000.

"Eduardo e Mônica", Renato Russo, EMI-Odeon, 1986.

"I'm in Miami bitch", Stefan Gordy, Skyler Gordy; Interscope, will.i.am Music Group, Cherrytree, 2008.

"Livre estou", versão de "Let it go", Kristen Anderson-Lopez, Robert Lopez; Disney, 2014.

"O que é que tem?", Jorge Alves Barcelos; Som Livre, 2012.

"Oh, pretty woman", Roy Orbison, Bill Dees; Monument 45-851, 1964.

"Mambo nº 5", Pérez Prado, Lautstark; BMG, RCA Records, 1999.

"What makes you beautiful", Rami Yacoub, Carl Falk, Savan Kotecha; Sony Music, 2011.

"Can't stop the feeling", Justin Timberlake, Max Martin, Shellback, RCA Records, 2016.

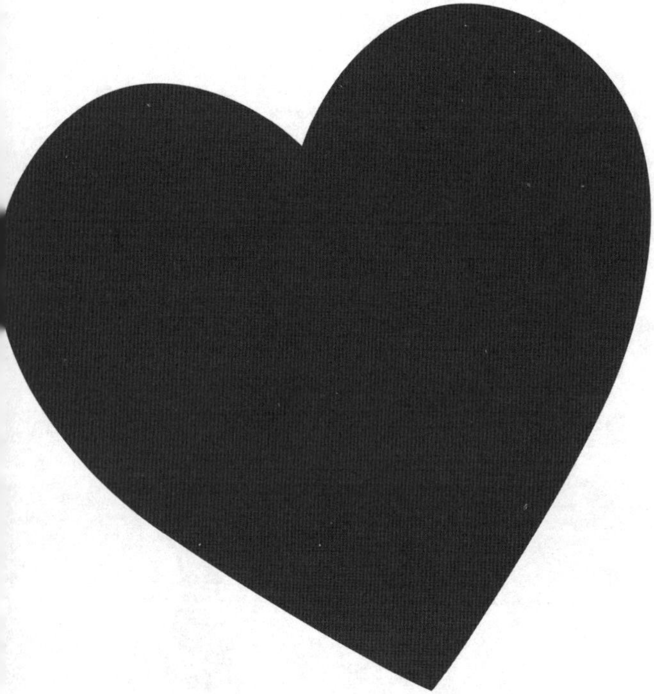

**Acreditamos
nos livros**

Este livro foi composto em Adobe Caslon Pro e Bodoni
e impresso pela Geográfica para a
Editora Planeta do Brasil em outubro de 2020.